LYDIA DAVIS

O FIM DA HISTÓRIA

LYDIA DAVIS

O FIM DA HISTÓRIA

Tradução: Julián Fuks

1ª edição

JO JOSÉ OLYMPIO

Rio de Janeiro, 2016

CIP-BRASIL. CATALOGAÇÃO NA PUBLICAÇÃO
SINDICATO NACIONAL DOS EDITORES DE LIVROS, RJ

Davis, Lydia, 1947-
D292f   O fim da história / Lydia Davis; tradução de Julián Fuks. - 1. ed. -
Rio de Janeiro: José Olympio, 2016.

Tradução de: The end of the story: a novel
ISBN 978-85-03-01275-1

1. Novela americana. I. Fuks, Julián. II. Título.

16-29844   CDD: 813
          CDU: 821.111(73)-3

Imagem de capa: ArtesiaWells/Shutterstock

Este livro foi revisado segundo o novo Acordo Ortográfico da Língua Portuguesa.

Reservam-se os direitos desta tradução à
EDITORA JOSÉ OLYMPIO LTDA.
Rua Argentina, 171 – 3º andar – São Cristóvão
20921-380 – Rio de Janeiro, RJ
Tel.: (21) 2585-2060

Seja um leitor preferencial Record.
Cadastre-se e receba informações sobre nossos lançamentos e promoções.
Atendimento e venda direta ao leitor:
mdireto@record.com.br ou (21) 2585-2002.

ISBN 978-85-03-01275-1

Impresso no Brasil
2016

A autora gostaria de agradecer o apoio generoso da Fundação Ingram Merrill, da Fundação Mrs. Giles Whiting, da National Endowment for the Arts e do Fund for Poetry.

Na última vez que o vi, embora não soubesse que seria a última, eu estava sentada no deque com uma amiga e ele atravessou o portão, suando, o rosto e o peito rosados, os cabelos úmidos. Educado, parou para conversar conosco. Agachou-se no concreto pintado de vermelho ou descansou na ponta de um banco de ripas de madeira.

Era um dia quente de junho. Pouco antes ele havia tirado suas coisas da minha garagem e as ajeitado na traseira de uma camionete. Acho que as levaria para outra garagem. Lembro-me de como sua pele estava corada, mas tenho que imaginar suas botas, suas coxas brancas e grossas quando se sentou ou agachou, e a expressão aberta, amigável, que ele devia ter no rosto, conversando com aquelas mulheres que não lhe exigiam nada. Sei que eu prestava atenção na aparência que minha amiga e eu devíamos ter, as duas sentadas de pé para cima nas espreguiçadeiras, e que na presença dessa amiga eu devia parecer para ele ainda mais velha do que era, mas que ele também podia julgar aquilo atraente. Ele entrou na casa para tomar água, depois voltou a sair e disse que tinha terminado, que estava indo embora.

Um ano mais tarde, quando pensei que já se teria esquecido de mim completamente, ele me mandou um poema em francês, copiado à mão, em sua própria letra. Não havia qualquer carta junto com o poema, ainda que o endereçasse a mim, usando meu nome, como se estivesse começando uma carta, e assinasse o seu nome no final, como se estivesse encerrando uma carta. No começo, quando vi o envelope com sua letra, pensei que podia estar devolvendo o dinheiro que me devia, mais de trezentos dólares. Eu não tinha me esquecido porque as coisas haviam mudado para mim e eu estava precisando. Embora o poema estivesse endereçado como dele para mim, eu não tinha certeza do que ele queria dizer, ou do que esperava que eu pensasse que estava dizendo, ou de como o estava usando. Como ele havia colocado seu endereço no envelope, eu sabia que esperava uma resposta, mas não sabia como responder. Eu não achava que poderia mandar outro poema, e não sabia que tipo de carta responderia àquele. Depois de algumas semanas encontrei uma maneira de responder, contando o que havia pensado ao recebê-lo, o que eu pensava que era e como descobrira que não era aquilo, como eu havia lido e o que pensara que ele queria dizer ao me mandar um poema sobre ausência, morte e reencontro. Escrevi tudo isso em forma de conto para que parecesse tão impessoal quanto o seu poema. Incluí um bilhete comentando que aquele havia sido um conto difícil de escrever. Mandei minha resposta ao endereço do envelope, mas nunca mais ouvi nada dele. Copiei o endereço na minha agenda, apagando o anterior, que já não valia fazia muito tempo. Nenhum de seus endereços durava muito, e a folha da minha agenda onde o anotei está fina e macia, de tantas vezes que já o apaguei.

Outro ano se passou. Eu estava fazendo turismo no deserto com um amigo, não muito longe da cidade onde ele morava, e decidi procurá-lo em seu último endereço. A viagem vinha sendo incômoda até então, porque me sentia estranhamente distante do homem que me acompanhava. Na primeira noite bebi muito, perdi a noção da distância na paisagem iluminada pela lua, e, embriagada, eu tentava mergulhar nos vazios brancos das rochas, que me pareciam macios como travesseiros, enquanto ele tentava me conter. Na segunda noite deitei na cama no quarto do hotel tomando

Coca-Cola e mal conversei com ele. Passei toda a manhã seguinte no lombo de um cavalo velho, no fim de uma longa fila de cavalos, subindo lentamente uma única trilha nas montanhas enquanto ele, irritado comigo, dirigia o carro alugado de um lado para o outro entre as formações rochosas.

Fora do deserto, nossa relação voltou a ser agradável. Enquanto ele dirigia, eu lia em voz alta para ele trechos de um livro sobre Cristóvão Colombo, mas, quanto mais nos aproximávamos da cidade, mais preocupada eu ficava. Parei de ler e me pus a olhar pela janela, mas registrei apenas pedaços isolados do que via à medida que nos aproximávamos do mar: uma colina cheia de eucaliptos que desciam até a água; um corvo-marinho negro sentado num monólito esburacado de calcário branco moldado pelo clima na forma de um relógio de sol; um píer com uma montanha-russa; uma casa abobadada que se erguia muito acima do resto da cidade ao lado de uma grande palmeira; uma ponte construída acima dos trilhos de uma ferrovia que se estendia muito à frente e muito atrás de nós. Seguindo para o norte em direção à cidade, acompanhávamos os trilhos, às vezes nos aproximando e às vezes nos afastando deles, até que se desviaram campo adentro e nossa estrada continuou morro acima às margens da água.

Saí sozinha na tarde seguinte e comprei um mapa de ruas. Examinei o mapa sentada num muro de pedras que continuava frio apesar do sol quente. Um estranho me disse que a rua que eu procurava era longe demais para que eu fosse a pé, mas resolvi ir a pé mesmo assim. A cada vez que chegava no topo de um morro, olhava para a água e via pontes e veleiros. A cada vez que descia em mais um vale estreito, as casas brancas me cercavam novamente.

Quando comecei a caminhada, não sabia que a cidade me pareceria tão grande e quanto cansaço eu sentiria nas pernas. Não sabia que o sol nas fachadas brancas me cegaria depois de um tempo, como incidiria hora após hora nas fachadas que se faziam mais brancas e depois menos brancas, à medida que as horas se passavam e meus olhos começavam a doer. Peguei um ônibus e segui por um tempo, depois desci e voltei a andar. Embora o sol houvesse brilhado o dia inteiro, no fim da tarde as sombras eram frescas. Passei por alguns hotéis. Eu não sabia exatamente onde estava, mas depois, quando me afastei daquele bairro, entendi onde estivera.

Por fim, depois de muito andar, às vezes na direção certa, outras vezes na direção errada, cheguei à rua dele. Era a hora do rush. Homens e mulheres em trajes formais passavam por mim subindo e descendo a rua. O trânsito era lento. O sol estava baixo, e a luz que incidia nos prédios era de um amarelo escuro. Eu estava surpresa. Não imaginava que sua parte da cidade seria assim. Nem acreditava que aquele endereço existia. Mas o prédio estava lá, com três andares de altura, pintado de azul-claro, um pouco desgastado. Estudei o prédio do outro lado da rua, parada num degrau ao qual fora incrustada uma fileira de ladrilhos que formavam o nome de uma farmácia, embora a porta atrás de mim se abrisse para um bar.

Por mais de um ano agora, desde que anotara aquele endereço na agenda, eu imaginara muito precisamente, como em um sonho, uma ruela ensolarada com sobrados amarelos e pessoas entrando e saindo, subindo e descendo os degraus da entrada, e também me imaginara sentada num carro posicionado diagonalmente do outro lado da rua da casa dele, observando a porta e as janelas. Eu o via saindo da casa, pensando em outras coisas, de cabeça baixa, descendo com pressa os degraus. Ou descendo aqueles degraus mais lentamente acompanhado de sua esposa, como duas vezes eu já o havia visto com ela sem que ele soubesse, uma vez de longe quando estavam em uma calçada ao lado de um cinema e uma vez na janela de seu apartamento através da chuva.

Eu não tinha certeza de que conversaria com ele porque, quando o imaginava, me perturbava a raiva em seu rosto. Surpresa, depois raiva, e depois temor, porque ele tinha medo de mim. Seu rosto era neutro e rígido, suas pálpebras caíam e ele lançava a cabeça um pouco para trás: o que eu faria com ele agora? E daria um passo atrás como se isso de fato o tirasse do meu alcance.

Embora tivesse visto que o prédio existia, eu não acreditava que seu apartamento existiria. E, se o apartamento existisse, não acreditava que encontraria seu nome etiquetado ao lado da campainha. Agora cruzei a rua e entrei no prédio onde ele vivera, talvez até recentemente, com certeza havia menos de um ano, e li os nomes ARD e PRUETT num cartão branco ao lado do botão do interfone de seu apartamento, o número 6.

Percebi mais tarde que essa dupla estranha, sem gênero, Ard e Pruett, devia ser a descobridora do que quer que ele tenha deixado para trás: os pedaços de fita colados nas coisas, os clipes e alfinetes entre as tábuas do chão, os pegadores de panelas ou os potes de tempero ou as tampas de panela atrás do forno, a poeira e as migalhas nos cantos das gavetas, as esponjas duras e manchadas embaixo da banheira e da pia da cozinha que ele alguma vez usara energicamente para limpar uma bacia ou um balcão, os fios de roupa pendurados nas partes mais escuras do armário, lascas de madeira, buracos de pregos no gesso com manchas e arranhões ao redor ou perto deles que pareceriam aleatórios simplesmente porque Ard e Pruett não saberiam qual havia sido seu propósito. Senti uma conexão inesperada com essas duas pessoas, ainda que elas nem me conhecessem e eu nunca as tivesse visto, porque elas, também, haviam vivido algum tipo de intimidade com ele. É claro que poderiam ter sido inquilinos anteriores os que encontraram as coisas deixadas por ele, e talvez Ard e Pruett tivessem encontrado as marcas de uma pessoa completamente diferente.

Porque eu tinha que ir tão longe quanto possível para encontrá-lo, toquei a campainha. Se não o encontrasse desta vez, deixaria de tentar. Toquei, e toquei de novo, mas não houve resposta. Fiquei parada na rua apenas o bastante para sentir que tinha chegado, por fim, ao ponto final de uma jornada necessária.

Eu havia me disposto a andar até um lugar distante demais para se chegar a pé. Havia continuado mesmo quando já era tarde, e quando estava no limite das minhas forças. Algo dessa força havia retornado quando me aproximei do lugar onde ele vivera. Agora eu ultrapassava sua casa, em direção a Chinatown e ao bairro da luz vermelha, passando pelos galpões da baía, pela enseada, como eu pensava, tentando lembrar a cidade, e ainda que ele não morasse mais naquela casa, e eu estivesse tão cansada, e tivesse que continuar andando, e houvesse mais morros para subir por todos os lados, ainda assim eu me sentia calma por ter estado lá, calma como não me sentia desde que ele me deixara, como se, mesmo que ele não estivesse lá, eu o houvesse encontrado mais uma vez.

Talvez o fato de que ele não estivesse lá tenha possibilitado esse retorno, e tenha possibilitado um fim. Porque, se ele estivesse lá, tudo teria que continuar. Eu teria sido forçada a fazer algo, nem que fosse ir embora e pensar naquilo a uma grande distância. Agora eu seria capaz de parar de procurar por ele.

Mas o momento em que eu soube que havia desistido, o momento em que eu soube que havia encerrado a busca, veio um pouco mais tarde, quando estava sentada numa livraria naquela cidade, sentindo na boca o gosto amargo de um chá barato que um estranho me trouxe.

Eu tinha ido até lá para descansar, num prédio antigo cujo piso de madeira crepitava, uma escadaria estreita que conduzia a um pavimento inferior, a iluminação fraca do porão, e um andar superior mais limpo e mais claro. Eu atravessara a livraria, descera e subira a escada, percorrera os cantos de cada estante. Sentei-me para olhar um livro, mas estava tão cansada e sentia tanta sede que não conseguia ler.

Fui até o balcão da frente, próximo à porta. Um homem sombrio em um cardigã estava parado ali atrás, empilhando livros. Perguntei se havia água, se eu podia tomar um copo d'água, embora soubesse que era improvável haver água ali, numa livraria. Ele disse que não tinha, sugerindo que eu fosse a um bar próximo. Eu não disse nada, me virei e subi alguns degraus até a sala da frente com vista para a rua. Fiquei sentada ali numa cadeira, descansando enquanto as pessoas se moviam em silêncio ao meu redor.

Não era minha intenção ser rude com o homem, eu simplesmente não conseguia abrir a boca e falar. Teria tomado todas as minhas forças empurrar o ar para fora dos pulmões e emitir um som, e teria me machucado ao fazer isso, ou me tomado algo que não me sobrava naquele momento.

Abri um livro e olhei uma página sem ler, depois folheei outro livro do início ao fim sem entender o que via. Pensei que o homem atrás do balcão devia achar que eu era uma indigente, já que a cidade estava cheia de indigentes, particularmente do tipo que apreciaria se sentar numa livraria quando a tarde se fizesse mais escura e mais fria, e pediria a ele um copo d'água, e talvez até seria rude se ele não lhe desse nada. E por ter pensado, diante da sua expressão de surpresa, e talvez de preocupação, quando dei as costas sem responder, que ele estava me confundindo com uma indigente, de repente senti que podia ser o que ele pensava que eu era. Outras vezes já me sentira sem nome e sem rosto, caminhando pelas ruas da cidade à noite ou na chuva sem que ninguém soubesse onde eu estava, e agora esse sentimento havia sido inesperadamente confirmado pelo homem do outro lado do balcão. Enquanto ele me olhava, eu flutuava para longe do que pensava ser, e me tornava neutra, sem cor, sem sentimento: havia chances iguais de ser o que eu pensava que eu era, aquela mulher cansada pedindo água, e o que ele pensava que eu era, e talvez já não existisse nada que se pudesse chamar de verdade, algo a nos unir, então ele e eu, encarando-nos um ao outro através do balcão, estávamos mais separados do que dois estranhos costumam estar, isolados como se numa neblina, as vozes e os passos perto de nós silenciados, um pequeno poço de claridade ao nosso redor, até que eu, em meu novo papel de indigente, cansada e desorientada demais para falar, desviei o olhar sem responder e segui até a outra sala.

Mas, enquanto eu pensava nisso, ele veio até o lugar onde eu estava sentada, perto de uma estante alta. Inclinou-se em minha direção, gentilmente perguntou se eu aceitava uma xícara de chá, e quando a trouxe agradeci e bebi. Era forte e quente, mas tão amargo que secou a minha língua.

❧

Esse parecia ser o fim da história, e por um tempo foi também o fim do romance – havia algo tão final naquela xícara amarga de chá. Então, embora ainda fosse o fim da história, eu o coloquei no início do romance, como se precisasse contar o fim primeiro para seguir e contar o resto. Teria sido mais simples começar pelo começo, mas o começo não significava muito sem o que veio depois, e o que veio depois não significava muito sem o fim. Talvez eu não quisesse ter que escolher um lugar para começar, talvez eu quisesse que todas as partes da história fossem contadas ao mesmo tempo. Como diz Vincent, muitas vezes eu quero mais do que é possível.

Se alguém me pergunta sobre o que é o romance, digo que é sobre um homem perdido, porque não sei o que dizer. Mas é verdade que agora faz um longo tempo que eu não sei onde ele está, depois de primeiro saber e depois não saber, saber de novo e perdê-lo de novo. Por um tempo ele morou nos arredores de uma pequena cidade a algumas centenas de quilômetros daqui. Por um tempo trabalhou para o pai, um físico. Agora talvez dê aulas de inglês para estrangeiros, ou ensine redação para homens de negócios, ou administre um hotel. Talvez esteja numa cidade diferente, ou em cidade alguma, embora uma cidade seja mais provável do que um vilarejo. Pode ainda estar casado. Disseram que ele e sua mulher tiveram uma filha e lhe deram o nome de uma cidade europeia.

Quando me mudei para este vilarejo, cinco anos atrás, parei de imaginar que ele apareceria de repente na minha frente, porque era improvável demais. Em outros lugares onde morei não era tão improvável. Ao menos em três cidades e em dois vilarejos eu ficava na expectativa de que ele aparecesse: se descia uma rua, imaginava-o vindo na minha direção. Se percorria um museu, tinha certeza de que ele estava na próxima sala. E, no entanto, eu nunca o via. Ele podia estar lá, na mesma rua e até na mesma sala, me observando a uma pequena distância. Ele podia ter escapado antes que eu notasse.

Eu sabia que ele estava vivo em algum lugar, e por muitos anos morei numa cidade que muito provavelmente ele visitaria, embora meu bairro fosse uma área suja e decadente junto ao porto. Quanto mais me aproximava do centro da cidade, mais esperava vê-lo. Me descobria andando atrás de uma figura familiar, larga, musculosa, não muito mais alta do que eu, de cabelos claros e lisos. Mas a cabeça virava e o rosto era tão diferente do dele, a testa errada, o nariz errado, as bochechas erradas, que se tornava feio só porque podia ser o dele e não era. Ou um homem vinha de longe na minha direção com sua postura arrogante, tensa. Ou, mais perto, num vagão lotado do metrô, eu via seus mesmos olhos de um azul pálido, a pele rosada com sardas, suas maçãs do rosto altas, proeminentes. Uma vez, os traços eram os dele mas exagerados, e então a cabeça era como uma máscara de borracha: o cabelo era da mesma cor porém mais grosso, os olhos tão claros eram quase brancos, a testa e as maçãs saltavam de forma grotesca, a carne vermelha pendia dos ossos, os lábios apertados como se sentisse raiva, o corpo absurdamente largo. Outra vez, a versão de seu rosto carecia tanto de definição, era tão suave e aberta, que era fácil ver como, com o tempo, se desenvolveria até se transformar no outro rosto que eu amara tanto.

Eu via suas roupas em muitas pessoas: de um material bom porém grosseiro, com frequência esfarrapadas ou desbotadas, sempre limpas. E não conseguia deixar de acreditar, embora soubesse que não fazia sentido, que, se homens suficientes usassem aquelas roupas no mesmo lugar, ele seria forçado a aparecer por algum tipo de magnetismo. Ou imaginava que um dia eu veria um homem usando exatamente as roupas que ele usava, uma jaqueta xadrez vermelha, ou uma camiseta de flanela azul-clara, e calças brancas de pintor ou um jeans rasgado na barra, e esse homem também teria cabelos lisos de um ouro avermelhado, penteados para um dos lados de sua larga testa, olhos azuis, maçãs proeminentes, lábios finos, um corpo largo e forte, uma postura ao mesmo tempo tímida e arrogante, e a semelhança seria completa, até o último detalhe, o rosa no branco dos olhos, as sardas nos lábios, a rachadura no dente da frente, como se todos esses elementos tivessem se juntado e só o que faltasse, para transformar aquele homem nele, seria a palavra certa.

❖

Embora eu lembre que foi num fim de tarde ensolarado em outubro, na cobertura de um edifício público alto, não consigo lembrar o motivo daquele evento. Cercada de outras pessoas, numa espécie de átrio, circular ou octogonal e inundado pela luz do sol, com as portas abertas para o exterior, fui levada até ele por Mitchell, que me disse seu nome. Esqueci o nome de imediato, como quase sempre fazia quando apresentada a alguém. Como ele já sabia quem eu era, não esqueceu o meu. Mitchell se afastou, deixando-nos a sós. Ficamos ali parados no meio das mulheres que passavam lentamente, com esforço, sozinhas ou em pares, para dentro e para fora do sol forte. Ele disse que me imaginava mais velha. Me surpreendeu que ele tivesse imaginado algo. Muitas coisas me surpreenderam: sua franqueza, o modo como se vestia, no que me parecia uma roupa de caminhada, e, mais que isso, o simples fato de que ele existisse, parado ali conversando comigo, já que ninguém o mencionara antes. Não pensei nele quando saí daquele lugar, talvez porque fosse tão jovem.

Mais tarde, nesse dia, fui a um café meio acabado na estrada costeira ao norte do meu vilarejo, onde ele e alguns amigos, junto com outras pessoas que eu não conhecia, assistiriam a algum tipo de performance que incluía cantos tribais primitivos. Quando entrei, a sala já estava escura a não ser por alguns holofotes no palco. A única cadeira desocupada que eu podia ver na mesa comprida era a que estava ao lado dele, mas havia alguma roupa e talvez uma bolsa pendurada no encosto. Quando me viu hesitando em ocupar a cadeira, ele se levantou e tirou aquelas coisas, levando-as até a ponta oposta da mesa. E, de fato, outra mulher veio até a cadeira logo depois do início da performance e, à luz parca, com irritação, seguiu até a outra cadeira. Não sei quem era aquela mulher.

Ele estava sentado numa das pontas da mesa, olhando toda sua extensão, de costas para a porta por onde eu entrara, e eu estava à sua esquerda, de frente para o pequeno palco onde dois homens se apresentavam, um cantando e dançando, o outro dedilhando um contrabaixo. À minha frente estava Ellie. Eu não a conhecia muito bem nessa época. Ele se inclinava em sua direção durante a performance, que era tão barulhenta e estava tão perto de nós na sala abarrotada que ninguém conseguia conversar a não ser se falasse diretamente no ouvido da outra pessoa.

Naquela época eu gostava de beber. Sempre precisava de um drinque se ia ficar sentada conversando com alguém. Se fosse necessário sentar num lugar público que não servia álcool, ficava desconfortável e não conseguia aproveitar, assim como, se me convidavam à noite para a casa de alguém, eu gostava que me oferecessem um drinque no instante em que chegava.

No primeiro intervalo, perguntei a ele e a Ellie se serviam álcool no café, e eles disseram que não. Perguntei aonde eu podia ir para comprar alguma bebida. Eles disseram que havia uma pequena mercearia perto dali onde eu podia comprar cerveja, e ele se ofereceu a ir comigo, mais uma vez se levantando rapidamente da cadeira.

Lá fora, andou ao meu lado no caminho de terra à margem da estrada, através das folhas secas dos eucaliptos.

Não consigo lembrar sobre o que conversamos, mas naqueles dias eu raramente me lembrava do que tinha conversado com uma pessoa que eu acabara de conhecer, porque tinha muitas outras coisas em mente. Me preocupava não apenas se havia algo de errado nas minhas roupas ou nos meus cabelos, mas também com o modo como eu parava, andava, sustentava a cabeça e o pescoço, onde colocava os pés. E se não estava andando, e sim tentando comer e beber enquanto falava, me preocupava em como engolir a comida e beber sem engasgar, mas engasgando de vez em quando. Tudo isso me mantinha tão ocupada que, ainda que eu lembrasse uma frase por tempo suficiente para respondê-la, não pensava o bastante sobre ela para poder lembrá-la mais tarde.

A estrada estava escura na hora que saímos, às sete e meia ou oito. Ou melhor, a margem da estrada por onde andávamos era iluminada pelos postes e pela luz do café e das lojas próximas, e a outra margem da estrada era escura, escoltada por eucaliptos que impediam a chegada da luz dos postes. Uma placa ou duas pendiam entre as árvores, e atrás delas havia dois pares de trilhos, também escuros, e atrás dos trilhos corria um pequeno riacho, impossível de se ver mas marcado pela grama alta que o margeava, e depois outra estrada, menor e não muito movimentada, embora bem-iluminada, ao pé de uma colina exposta. Na outra direção, atrás do café e das lojas, o mar estava a poucas centenas de metros de distância ao pé de uma colina ou de um penhasco, tão grande e escuro que, embora eu não pudesse vê-lo, sua escuridão pairava sobre a estrada e as luzes elétricas tinham de enfrentá-la.

Não sei ao certo se andávamos pela terra ou pelo asfalto, por onde passamos, ou como ele andava ao meu lado, se de forma estranha ou graciosa, rápida ou vagarosa, perto de mim ou a alguma distância. Acho que ele se inclinava em minha direção em sua avidez por falar e ouvir o que eu dizia, o que era difícil, já que eu falava muito baixo. Não sei ao certo que marca de cerveja compramos, qual era exatamente a confusão entre o dinheiro e a marca de cerveja, se ele pagou também pela minha cerveja junto com a sua. Talvez eu quisesse uma mais cara e tivesse comprado duas garrafas dessa marca, enquanto ele só tinha dinheiro para duas garrafas mais baratas e gastou-o nelas. Sei que gastou tudo o que lhe restava porque mais tarde, nessa noite, ou nas primeiras horas da manhã, ele ficou sem gasolina e, sem nenhum dinheiro, pediu um dólar a um estranho que passava pela rua. Contou isso a Ellie no dia seguinte na biblioteca, e foi ela quem me contou, embora tenha sido muito depois.

Houve o convite dele, quando estávamos de volta ao café, minha hesitação, sua ousadia, minha incompreensão, depois o barulho do carro dele, meu medo, o litoral à noite, meu vilarejo à noite, meu jardim e a roseira, os arbustos de planta-jade e minha grade, minha casa, meu quarto, as cadeiras de metal, nossa cerveja, nossa conversa, suas afirmações inexatas, de novo sua ousadia, e por aí vai.

Quando ele me convidou para sair e tomar um drinque, e a primeira coisa que eu disse foi que devia estar em casa trabalhando, me senti como uma tradutora tola, ou uma professora cautelosa, muito mais velha do que ele. Na época eu me sentia cada vez mais velha, talvez por estar num lugar novo e numa situação nova, e ter que me ver com frescor e me medir como se não estivesse tão familiarizada comigo mesma quanto pensava. Eu não era tão velha, mas era muitos anos mais velha do que ele.

Tem mais que eu não gosto de lembrar: minha hesitação, minha preocupação súbita, minha ansiedade ao correr atrás dele, a vergonha por ter corrido atrás dele, minha falta de graça, o fato de me sentir mais velha e não agir, como eu pensava, de acordo com a minha idade.

Seus passos eram tão determinados quando ele saiu do café depois do fim da performance, sem me dizer uma palavra, que pensei que ele estava chateado com a minha hesitação. Nós não tínhamos falado mais que uma dúzia de frases um para o outro e eu já pensava que o tinha magoado, o que não surpreende porque eu sempre pensava que ele estava magoado, ou bravo, mesmo quando já o conhecia fazia muito mais do que umas poucas horas. É claro que o modo como eu correra atrás dele devia ter demonstrado quanto queria escapar para algum lugar em sua companhia, apesar da minha hesitação. Quando saí atrás dele, ele disse que só estava tirando algumas coisas do carro. Fora sua estranheza que o fizera sair tão abruptamente.

Enquanto estávamos parados junto aos nossos carros ao lado do café, ele perguntou aonde podíamos ir. Em seguida, ainda mais ousado do que eu esperava, perguntou se podíamos ir para a minha casa. Hesitei de novo, e desta vez ele se desculpou. Gostei da modéstia que mostrou ao se desculpar. Como eu não sabia quase nada sobre ele, cada coisa que fazia e dizia me mostrava um aspecto inteiramente novo dele, como se estivesse se desdobrando na minha frente. Como estava cansada, gostei da ideia de ir direto para casa. Entrei no meu carro, e ele entrou no dele. Esperei para que pudesse me seguir e, quando ele ligou o motor, seu carro branco, grande e velho rugiu. Continuou rugindo tão alto, ao seguir bem na minha cola, que meus dentes começaram a bater e minhas mãos tremiam no volante, que eu apertei com força suficiente para fazer doer os nós dos dedos.

Com seus faróis tomando o meu retrovisor e minhas mãos apertando o volante, dirigindo pelo litoral e atravessando outro vilarejo onde um cinema começava a se esvaziar, seguimos rente à enseada, por sobre um pântano, e depois por uma colina seca até entrar no meu vilarejo, passando pelos sinais de trânsito e pelo café aberto na esquina, virando à esquerda e subindo até a minha casa.

Acho que ele tropeçou no escuro ao percorrer o caminho de terra sulcada embaixo do cedro, mas posso estar me confundindo nesse ponto, porque alguns dias depois eu mesma tropecei no canteiro de chorões-da-praia, bem ali, quando ele estava indo embora. Eu estava acenando em despedida. Não cheguei de fato a cair, mas tropecei naquele canteiro alto em que crescia o cedro, diante da casa. Eu sempre era estranha com ele, tinha dificuldade em controlar meus braços e minhas pernas quando entrava no quarto, quando me sentava numa cadeira. Ele dizia que eu era estranha por ser muito ávida e me mexer rápido demais para meu próprio corpo.

Agora eu andava diante dele, e junto à parede da frente ele ergueu um galho com espinhos de uma rosa-trepadeira, que crescera demais, para que eu passasse sem me arranhar. Ou talvez não tenha sido no escuro e sim outro dia, à luz do sol. Ou foi naquela noite, mas a noite não estava tão escura. Na verdade, só minha lembrança daquela específica noite é escura, porque sei que havia dois postes de luz ali perto: um deles iluminava também o interior do meu quarto.

Percorremos a trilha curva passando pela roseira descuidada que crescia junto à janela, onde eu tanto me sentava para contemplar o lado de fora, e demos a volta na lateral da casa passando pelos arbustos de planta-jade. Seguimos por um caminho de tijolos até o portão de madeira pintada de branco no meio da cerca pintada de branco, e pelo corredor passamos a janela do meu quarto até chegar à entrada. Junto à porta, uma luz elétrica brilhava de dentro de uma lanterna fixada no gesso branco da parede.

No lado de dentro, sentamos em duas cadeiras metálicas dobráveis entre a mesa verde de carteado em que eu trabalhava e um piano de armário alugado. Fui buscar na cozinha duas cervejas, que nós tomamos naquelas cadeiras duras e desconfortáveis.

Ele contou que havia pouco tempo que terminara o romance que estava escrevendo, mas mais tarde descobri que não era verdade. O que ele terminara não era um romance, e sim um conto de vinte páginas que depois ele cortou até que tivesse seis. Ou eu não o ouvira bem, ou ele estava tão nervoso que disse por engano a palavra "romance" e não se deu conta.

Como eu não sabia qual era o nome dele, ele parecia apenas meio real, um estranho para mim, embora eu não o temesse. Fiquei impressionada pela terceira vez, depois de algumas horas durante as quais estivemos sentados em nossas cadeiras duras e separadas, conversando cuidadosamente sobre uma e outra coisa, com polidez e distanciamento, quando ele perguntou se podia tirar as botas.

O fato de eu poder me confundir em muito do que conto não me incomoda. Mas não sei o que incluir. Há a minha hesitação no café e a persistência dele. O modo como eu o segui para fora do café e voltei a entrar. O rugido de seu carro quando ele o ligou. O modo como os faróis e o para-choque de seu velho carro branco preenchiam meu espelho retrovisor. A gentileza com que, na minha casa, ele afastou do meu caminho o galho de espinhos para que eu não me arranhasse. As cadeiras duras de metal. E a estranheza da luz forte ao lado da minha cama. O modo como minha mente, como um professorzinho de óculos, pairava sobre o que acontecia ali embaixo, julgando isso e aquilo.

Ao amanhecer eu estava dormindo, e acordei porque ele me dizia alguma coisa antes de partir. Tive que acordar mais para entender o que dizia. Estava citando algum poema como forma de despedida, e eu entendi por que ele o fazia, mas ainda assim isso me incomodou.

Então veio o rugido do carro mais uma vez quando ele se afastou da casa, perturbando a paz daquela vizinhança rica. Mesmo que ninguém o visse ou ouvisse, eu sentia vergonha de que um homem tão jovem estivesse saindo da minha casa ao amanhecer, num carro que rugia cortando a quietude do elegante vilarejo costeiro, descendo a ladeira através das propriedades cercadas e gradeadas dos vizinhos: as pessoas do outro lado da rua em sua casa em estilo oriental que eram proprietárias de uma grande parte do vilarejo e que mais tarde convidariam Madeleine e eu, junto com muitos outros moradores da região, para ir a uma festa que celebrava uma nova aquisição ou construção, talvez a piscina; o casal mais velho que morava pouco abaixo, cujo elaborado jardim de cactos margeava o beco que levava à loja de conveniência onde eu comprava coisas como cigarro e comida de gato; o jovem casal que morava num pequeno chalé vizinho à nossa casa, descendo a rua, que não era deles e sim alugado, embora eu não soubesse, assim como não sabia que a jovem, que trabalhava numa loja de roupas na rua principal e me vendia alguma coisa de vez em quando, morreria na estrada alguns anos depois, quando um grande caminhão bateria na traseira de seu carro no momento em que ela se aproximava da saída perto do nosso vilarejo; depois passando pela igreja norueguesa de madeira escura, com sua fileira de eucaliptos, virando à direita no final da ladeira e rugindo a uma distância cada vez maior, até que eu já não pudesse ouvir.

Como aqui também estou perto do mar, de vez em quando uma gaivota passa em sobrevoo. Há um riacho por perto, tão amplo que eu costumava chamá-lo de rio, antes que Vincent me corrigisse. Deságua em um rio de maré, muito largo, que Vincent também me indicou que não chamasse de rio, e sim de estuário. Este vilarejo fica numa montanha entre dois corpos d'água.

Mas trata-se de outro oceano. E eu não seria capaz de chegar a ele sem passar por quilômetros e quilômetros de cidade, porque a cidade está construída bem rente à costa. Não há chorões-da-praia, nem arbustos de planta-jade, nem palmeiras aqui. As rochas não são de arenito, mas de granito e calcário. O solo não é arenoso nem vermelho, mas de uma argila marrom-escura.

É março, e faz frio. As meias grossas de algodão de Vincent estão penduradas no varal, ainda úmidas depois de várias horas sob o sol. Ainda há um pouco de neve no chão, mas algumas aves migratórias já voltaram e estão cantando, procurando um lugar para fazer seus ninhos. Tentilhões se agitam em volta das calhas da varanda dos fundos, e nós arrastamos lama para dentro da cozinha.

Acabo de terminar a tradução de uma longa autobiografia escrita em estilo difícil por um etnógrafo francês. É bom que tenha acabado, porque, quanto mais tempo passo num livro, menos dinheiro eu tenho. Vou mandar para o editor junto com a nota e esperar até que chegue o cheque.

Mais cedo, hoje, li sobre um escritor japonês que vive na Inglaterra e escreve em inglês. Seus romances são meticulosamente construídos, têm muito pouca trama, e oferecem informações de maneira fragmentária, improvisada. O artigo me parecia importante por uma razão que eu não conseguia identificar, e pretendia guardá-lo e relê-lo, mas perdi a revista. Sou ineficiente no meu trabalho com o romance, e essa ineficiência infecta outras coisas que tento fazer. Isso era mais compreensível quando eu tinha que largar e retomar o romance. Agora, mesmo que trabalhe nele quase todo dia, ainda fico confusa e esqueço o que estava fazendo quando o larguei no dia anterior. Tenho que escrever instruções para mim mesma em pequenos cartões com uma seta diante de cada uma. Procuro a seta, leio a instrução, trato de segui-la, e então gradualmente me lembro do que estava fazendo e sei onde estou até encerrar o dia, quando escrevo para mim mesma mais uma série de instruções. Mas nos piores dias só fico sentada ali, de camisola, meu próprio cheiro cálido subindo pela abertura da gola. Ouço os carros numa corrente interminável na estrada embaixo da minha janela, e penso que algo está acontecendo simplesmente porque o tempo está passando. Não me visto até que tenha passado metade do dia aqui. Nem sempre tomo banho antes, só quando chego ao ponto de me sentir plenamente madura.

❖

Eu gostava de refazer cada momento daquela primeira noite, quando ele e eu nos sentamos à mesa com amigos de um dos meus lados, amigos do outro lado dele, o ruído da performance tão alto que ninguém conseguia conversar, quando saímos juntos, sem que nos conhecêssemos, e compramos duas garrafas de cerveja cada um, voltamos e tomamos uma cerveja cada, e ainda tínhamos mais cerveja fechada no saco de papel marrom aos nossos pés, e ficamos sentados sem abri-las, guardando-as por mais um tempinho. Esse me pareceu, de certa maneira, o melhor momento de todos, quando tudo mal tinha começado. Quando abríssemos a segunda garrafa de cerveja, estaríamos abrindo também tudo o que viria, o fim do outono e todo o inverno, mas enquanto permanecíamos sentados sem abri-la estávamos numa espécie de ilha, e toda a felicidade se estendia à nossa frente, sem começar até que abríssemos a segunda garrafa de cerveja. Não consegui enxergar isso no momento, porque não sabia o que se seguiria, mas mais tarde pude olhar para trás e ver.

Olhar aquela noite em retrospectiva era quase melhor do que vivê-la pela primeira vez, porque o tempo não passava rápido demais e fugia ao controle, eu não precisava me preocupar com meu papel e não me deixava distrair pelas dúvidas, porque sabia o que aconteceria no fim das contas. Revivi aquilo tantas noites que tudo deve ter acontecido apenas para que eu pudesse reviver depois.

Então, depois que ele me deixou, o começo não era só a primeira ocasião feliz, a abertura para uma infinidade de ocasiões felizes, mas também continha o fim, como se o mesmo ar do espaço onde estávamos sentados, naquele lugar público, onde ele se inclinou, mal me conhecendo, e sussurrou ao meu ouvido, já estivesse permeado com o fim, como se as paredes do café já fossem feitas da matéria do fim.

Eu chegara ao vilarejo algumas semanas antes de conhecê-lo. Tinha um emprego, mas não um lugar onde morar. Estava hospedada num apartamento minúsculo que pertencia a alguns universitários que estavam fora. Eu tinha ido até lá para ensinar, mas nunca antes dera aulas e estava assustada. Sozinha naquele apartamento, tirava os livros das estantes e lia coisas que eu pensava que me ajudariam a responder às perguntas dos alunos. Imaginava que seriam inteligentes e já saberiam mais do que eu. Mas lia com tanta pressa e tão aleatoriamente que depois não lembrava nada.

Mitchell era a única pessoa que eu conhecia, e ele me mostrou a cidade e os vilarejos próximos, passeou comigo pelo campus, respondeu às minhas perguntas e me apresentou às pessoas, embora, por sua própria timidez, costumasse esquecer os nomes até dos colegas mais antigos. Havia dois lugares nos quais ele achava que eu poderia querer morar: um pequeno apartamento mobiliado que seria só meu, e um quarto não mobiliado numa casa grande que eu compartilharia com outra mulher. Levou-me primeiro à casa, e não fui sequer ver o apartamento.

A casa era bonita e estava quase vazia, as salas em suas duas alas se abriam para um deque fechado por uma cerca e por velhos arbustos. Pensei que era como uma hacienda espanhola, embora não soubesse bem o que era uma hacienda. A mulher morava ali com uma cadela e uma gata ainda filhote. Ninguém a conhecia muito bem, mas tinham opiniões formadas a seu respeito. Mitchell me guiou pelo portão até o deque, e a mulher, Madeleine, saiu de seu quarto pelo outro lado do deque para nos encontrar. Era alta, com longos cabelos loiros avermelhados amarrados para trás, e um sorriso amplo, tenso, imutável em seu rosto. Estava nervosa em me conhecer, pude notar, tão nervosa que ficara quase rígida de medo. Era meio-dia, e o sol incidia sobre nós com um brilho forte.

Além da cadela e da gata, as únicas coisas que vi naquela primeira visita foram alguns equipamentos eletrônicos e uns grandes cachepôs de corda ainda não pintados, feitos pela própria Madeleine. É provável que estivessem ali ao sol. Nunca voltei a ver os equipamentos eletrônicos.

Eu estava nervosa, também, só de pensar que moraria com uma mulher que não conhecia, que ninguém conhecia bem, naquela casa com um cheiro mofado de alho, incenso velho, milhete, chá, cachorro, gato e xampu para tapetes. Embora Madeleine mantivesse sua parte da casa muito limpa, ela estava infestada de pulgas dos animais. Meu quarto não tinha pulgas, mas estava coberto com uma camada de poeira.

Tudo o que eu tinha no quarto, no começo, além da cama de casal e do colchão que Madeleine e eu havíamos buscado no canto mais distante da casa, o depósito do porão, era o que estivera dentro do meu carro, o que eu levara comigo por todo o país. Então encontramos, talvez também no depósito, a mesa de carteado e as cadeiras de metal.

Morando juntas na mesma casa, continuamos agindo como se morássemos sozinhas. Continuamos falando sozinhas nos nossos quartos separados. De um dos quartos, num mau dia, podia-se ouvir a palavra "merda"; do outro, a palavra "puta". Ou havia alguma confusão: no meio da noite Madeleine lembrava que uma torta pela metade havia sido deixada fora da geladeira, levantando-se para guardá-la, mas eu já a guardara. Ela pensava, então, tê-lo feito e esquecia o assunto.

Madeleine não tinha dinheiro nem para um carro nem para um telefone. Paguei para que instalassem o telefone e aluguei um piano. Quando eu estava fora de casa, Madeleine levava ao meu quarto a única partitura que tinha, uma esfarrapada edição Schirmer dos *Noturnos* de Chopin com manchas circulares de café na capa amarela, e tocava as mesmas peças de novo e de novo em estilo lânguido. Muitas vezes, quando eu chegava, a encontrava ali tocando, em posição muito ereta, e aquilo me agradava ou me irritava, dependendo do humor do momento e do estado da nossa relação, que flutuava constantemente. De noite, depois do jantar, eu tocava sonatas de Haydn. Meu estilo era monótono, duro, mecânico.

Mas quando ela tocava o piano, e tocava mal, o fazia com tanta graça e dedicação que, mesmo que eu soubesse que sua performance era imprecisa e romântica, ainda me convencia de que era de algum modo correta. Como ela não duvidava de si mesma, como fazia cada coisa com toda a convicção, eu sempre acreditava nela apesar de mim. Com frequência me sentia desajeitada ao lado dela, ou inocente a ponto de chegar à estupidez. E, no entanto, eu não era inocente. Mais tarde, quando ele estava conosco, ele parecia ainda mais inocente.

Quando me mudei para aquela casa, era a estação seca, e lentamente o céu se fazia pesado, lentamente chovia, deixando cair umas poucas gotas de vez em quando. Eu dava uma aula por dia. Dirigindo de volta pelas praias, observava a espuma das ondas e pensava na primeira cerveja que tomaria quando chegasse em casa. Não comia nada ao chegar, e, em vez disso, tomava uma cerveja ou uma taça de vinho. Na maioria das vezes me preocupava demais com a aula do dia seguinte para encontrar alguém à noite. Corrigia trabalhos e anotava ideias para as aulas. Mesmo depois de ir para a cama, continuava ensinando no escuro, às vezes por várias horas. Expressava as coisas melhor nesses momentos, na cama, do que no dia seguinte.

Se de fato passava a noite com outras pessoas, gostava quando o vinho ou a cerveja eram servidos livremente. Tirava os óculos e os deixava no colo, de onde sempre acabavam escorregando para o chão. No final deixava que ficassem ali, cobrindo-os com meus pés descalços. Os contornos se suavizavam, os traços se tornavam ilegíveis, e eu lentamente me deixava tomar pelo torpor. Não gostava quando as pessoas à minha volta paravam de beber, porque isso significava que a noite estava terminando, que a vida real recomeçaria, que o dia seguinte se aproximava. Continuava bebendo sozinha, mesmo sabendo que não devia, porque teria dificuldade para dirigir na volta para casa, não perceberia os sinais fechados, tentaria me concentrar, fazendo uma careta, na estrada que descia para a praia e voltava a subir as montanhas, enquanto esperaria a mudança do sinal nas interseções vazias. Mas era difícil parar de beber, porque uma parte de mim devia acreditar que, se eu continuasse a ponto de meus dedos perderem a coordenação, além do ponto em que minha cabeça caísse para o lado e eu fechasse os olhos brevemente, e até além do ponto em que não pudesse falar coerentemente, apenas escolhendo com deliberação meus pensamentos e minhas palavras, eu chegaria do outro lado a uma nova condição, a um novo mundo. Olhando-me no espelho ao chegar em casa, via pequenas alterações: minhas bochechas estavam coradas, meus cabelos, fracos e desarrumados, meus lábios, pálidos.

A maior parte de cada dia, eu passava trabalhando na minha mesa de carteado. Meu quarto era muito espaçoso, com ladrilhos vermelhos, teto pontiagudo, vigas escuras, frestas profundas, paredes brancas de gesso tão grossas que o ar do quarto estava sempre frio, mesmo quando o sol brilhava e fazia calor do lado de fora. Se eu erguia a cabeça do trabalho, via os troncos verdes dos pinheiros oscilando lentamente contra o céu, um arbusto cheio de rosas vermelhas atrás das árvores, lanças arqueadas de plantas suculentas com suas bordas serrilhadas, e a terra macia e poeirenta com pinhas espalhadas ao pé de altos ciprestes que se inclinavam para longe da casa. Do outro lado da rua havia um portão com gelosia em estilo oriental. De vez em quando, à luz do sol, uma jovem de roupa azul e solta carregando uma raquete de tênis passava por aquele portão e era recebida por dois cachorrinhos. Os carros passavam devagar, subindo ou descendo o morro. Pessoas que saíam para uma caminhada apareciam de repente com um barulho suave de passos no asfalto, o som mais alto e mais sensível de vozes, mulheres idosas e casais idosos, bem-vestidos, de cabelos brancos, descendo cuidadosamente para a praia, ou para fazer compras ou olhar vitrines na rua principal, voltando a subir para suas casas. Cachorros a esmo despontavam na paisagem quase no limite do enquadramento da janela, farejando.

Com frequência eu ouvia um trem passando a certa distância, mais abaixo no morro, perto da água. Era mais fácil ouvi-lo à noite. Durante o dia, muitos outros barulhos surgiam entre mim e o trem: as vozes dos meus agradáveis vizinhos que, com tempo de sobra, conversavam na rua junto à minha janela, os carros eventuais que subiam e desciam a lateral do morro, o tráfego constante de carros e caminhões a dois quarteirões de distância na estrada costeira, os motores do maquinário pesado dos canteiros de construção a alguns quarteirões de distância, o som de martelos e serras que vinha desses mesmos lugares, e outros barulhos que eu não conseguia distinguir, mas que criavam um burburinho geral que parecia benévolo porque se dava sob um sol firme e forte e no cenário de uma profusão ordeira de verde-escuro, entre arbustos de folhas grossas e árvores e grama pontilhada de flores vermelhas e azul-celeste.

De noite, o ar suave e perfumado estava livre da maioria daqueles ruídos, assim como estava livre do sol quente e da profusão de cores, já que as plantas, no escuro, eram apenas formas imprecisas contra as paredes das casas ou a calçada, e através desse ar mais vazio eu podia ouvir as rodas do trem batendo compassadamente nos trilhos e o assobio de seu apito, tão puro quanto seu único olho amarelo.

Durante o dia eu podia me levantar da mesa e sair, e, se tivesse estado dentro de casa por um bom tempo, o calor do sol, a doçura da brisa e as cores das plantas atrás da cerca branca se intensificavam tanto pelas horas de recolhimento que pareciam um ataque quase insuportável. Eu levava Madeleine no meu carro para comprar argila ou comida. Ou ia andando até a rua principal, ladeando a cerca do jardim arenoso de cactos, passando por um velho com chapéu de palha que cuidava lentamente do jardim com seu macacão com remendos de couro, passando pela igreja no-rueguesa, passando pelos consultórios médicos de madeira com suas jane-las impecáveis, regadores automáticos ligando e desligando por toda parte sobre os canteiros de chorões-da-praia, infinitos raios de sol cintilando nos cromados dos carros.

Ou caminhava pela praia ou pelo morro, sozinha ou com Made-leine. Quando ela não estava ocupada produzindo alguma coisa de argila ou papel machê, no quarto ou no deque, quando não estava cozinhando ou comendo, quando não estava meditando ou vendo televisão, coisas que fazia com a mesma atenção séria e concentrada, ela caminhava por muitas horas seguidas, com uma energia firme e inquieta, a cadela ao seu lado, parando apenas para conversar com algum conhecido ou para se defender de pequenas gangues de garotos que a provocavam com insultos porque ela não era como as outras pessoas do vilarejo. Ela subia e descia a rua principal, ia além das lojas até o parque, além da estação de trem até a praia, seguia pela beira do mar até muito longe e então voltava ao ponto de onde começara, seguindo até muito longe no sentido contrário.

Se eu estivesse com Madeleine, caminhávamos pela praia ou pelo penhasco com vista para o mar; se estivesse sozinha, subia o morro, me afastando da casa.

Como o vilarejo havia sido construído num morro escarpado, e como todos os vilarejos daquela costa foram construídos nas laterais dos morros ou no topo de um penhasco por cima do mar, eu sempre tinha a sensação de morar acima de algo, de morar sobre uma pequena plataforma, uma base ou um platô, com ladeiras íngremes por cima e por baixo. Minha casa e o deque ficavam em um nível. A estrada costeira ficava em outro. O parque ficava em outro, e um pouco mais abaixo havia o nível dos trilhos, incrustados no morro logo acima da praia. As estradas acima da minha casa eram ora íngremes, ora planas por um trecho, ora subiam ligeiramente enquanto eu caminhava e passava pelos jardins exuberantes que pendiam das encostas, terrenos tão densamente tomados de verde que nem sempre era fácil ver que um bosque de árvores era parte de uma propriedade, uma propriedade privada, anexa a uma casa quase sempre escondida. As propriedades eram mantidas com cuidado, mas no limite de cada uma podia haver uma única garrafa ou lata de cerveja, ao lado da estrada, como se a estrada em si, correndo como um rio através daquele espaço de propriedades privadas, carregasse em seu dorso a vida do mundo exterior, e tivesse vomitado em suas margens sinais do mundo exterior que os donos das propriedades cuidadosamente removiam, andando durante o dia pelas margens de seus bosques ou gramados, e que a estrada, com suas flotilhas de adolescentes ágeis e animados, um rio subindo e voltando a cair, deixaria de novo durante a noite. E quase toda estrada tendia a subir o morro e voltar a descer, quer de forma direta e íngreme, quando, enquanto eu andava, minhas costas se voltavam para o mar, quer subindo suavemente, correndo pelo morro quase paralela ao oceano, quando eu via o mar quase de qualquer ponto, fosse como um pedaço de azul que aparecia entre os galhos de um pinheiro, fosse como uma larga planície azul, ou prateada, ou preta, do ponto onde eu surgia depois de passar por uma casa, acima de qualquer vegetação, e se eu fosse para longe o bastante ela sempre voltaria a descer, como se só pudesse resistir à força da gravidade por aquele tempo. A alguma distância à minha frente, no meio do cruzamento, eu podia ver uma grande pinha, ou podia ser uma pomba, escura e em formato de cone. O aroma de eucalipto pesava tanto no ar que cobria meus lábios abertos.

Como a paisagem e o clima eram novos para mim, eu gostava de estudá-los, embora costumasse fazer isso menos a pé e mais pelas janelas do meu quarto ou do meu carro. A estrada costeira seguia sem precisão a linha da praia, às vezes se desviando para dentro, para o outro lado do morro, às vezes mantendo-se visível do mar, mas muito acima, sobre um penhasco. Quando a estrada descia para correr ao lado da praia e perto da água, eu costumava observar as ondas, que se agigantavam acima da minha cabeça, ou observava no céu alguma asa-delta como um pássaro imenso, ou, correndo os olhos pela areia, reparava nos surfistas que, vestidos de preto, vinham na direção da estrada carregando as pranchas sob os braços, e todas aquelas pessoas não apenas na areia, mas na água, e no ar. No ar também havia pipas e vez por outra um grande balão listrado movido a ar quente que se apressava terra adentro.

As pessoas na praia costumavam estar aos pares, dois mergulhadores vestidos, afundados pelo peso de seus escafandros e ocupados em afivelar e desafivelar suas coisas, ou dois homens barbudos e robustos exercitando-

-se de short lado a lado, ou um homem e uma mulher de meia-idade com pernas marrons e camisetas impecáveis andando em ritmo acelerado, ou um estudante loiro e musculoso, os óculos erguidos sobre a cabeça, senta-do numa cadeira, lendo um livro pesado de capa de couro enquanto sua namorada loira está deitada numa toalha ao seu lado. Se eu estivesse na praia em vez de no carro, de um certo ponto poderia erguer o olhar e ver a pequena estação de trem à beira-mar, trens chegando com seus apitos, um denso amontoado de gente acumulado na plataforma.

Há um trem perto daqui, também, um trem de carga que demora tanto a passar que eu chego a me esquecer dele completamente enquanto não passa. Também ele é mais fácil de ouvir à noite, quando a estrada está quieta e o estalo rítmico das rodas ecoa no morro que fica logo atrás. Ou em dias úmidos, quando os trilhos parecem tão próximos que poderiam estar apenas escondidos atrás da fileira de árvores.

Esta manhã estou cheia de dores porque ontem trabalhei pesado limpando a casa e preparando uma refeição complicada para um hóspede, um homem solitário que parece ainda mais solitário porque é muito alto e magro e tem um nome simples, Tom, e que, talvez pela mesma razão, sempre dá a impressão de ser um homem silencioso embora converse com bastante disposição. O jantar até que correu bem, ainda que o pai de Vin-cent tenha sido uma grande distração, sentado numa poltrona à minha direita e pedindo pedaços da minha comida.

Tanto tempo se passou desde que comecei a trabalhar neste roman-ce que primeiro saí de meu apartamento na cidade e passei a morar com Vincent, e em seguida seu pai veio morar conosco, causando um trabalho extra e trazendo consigo uma sucessão de enfermeiras para cuidar dele.

Durante o mesmo período, um prado pelo qual eu costumava cami-nhar foi substituído pela construção de um pequeno condomínio. O prado tinha muitas flores selvagens, e ao menos quatro variedades diferentes de grama. Tinha um pequeno bosque de mudas esguias numa ponta, e na outra um grande carvalho apoiado contra a encosta rochosa perto de um galpão. Agora o carvalho sumiu, e a fileira de casas se apoia contra a encosta. Na frente das casas, onde ficava o prado, há apenas um asfalto preto e fresco que serve de entrada para os carros e uma extensão considerável de grama baixa.

Em outro terreno vazio de nosso vilarejo, construiu-se um lava-rápido. E, poucos meses atrás, aprovou-se um grande projeto mesclando moradias e escritórios apesar da oposição de quase todos no vilarejo. Ocupará uma área selvagem, perto daqui junto à estrada, onde o criador de galinhas costumava passear quando era menino. O criadouro de galinhas também encerrou suas atividades, e o criador agora faz gaiolas de passarinho para vender na loja da estrada. Essas são apenas algumas das mudanças.

Temos uma nova enfermeira para o pai de Vincent, que está trabalhando neste instante no andar de baixo. Parece responsável e dedicada, e mais alegre do que a última, embora um tanto hipocondríaca. Tem uma tatuagem no braço que eu ainda não me atrevi a examinar. No momento, o velho está lhe pedindo um almoço diferente do almoço que indiquei para ele. Durante todo o tempo que passo aqui em cima também escuto os dois discretamente. O velho a aceitou com muita doçura esta manhã e colocou seu braço em volta dela quando ela chegou, mesmo sendo apenas seu segundo dia. Ela sussurrou para mim, "Acho que ele gosta do meu cabelo." Se ela não o mantiver distraído, porém, ele vai começar a perguntar por mim.

Tenho enfrentado problemas quase constantes com essas enfermeiras. Embora gostem do velho, não duram muito. Uma vinha só metade do tempo, chegava tarde quando vinha, dando uma desculpa diferente a cada vez – doença, problema no carro, menstruação intensa, a mudança para o horário de verão etc. Outra assinou contrato para trabalhar o verão inteiro e então, depois de algumas semanas, disse abruptamente que estava indo para o Caribe para dar aulas de culinária. Quando reclamei, ela ficou indignada e desapareceu de vez, sem nem vir se despedir do pai de Vincent, que continuou intrigado com isso independentemente do que eu lhe dissesse.

Na sala que está abaixo de mim agora, a enfermeira tosse e escolhe uma melodia no piano, talvez para que eu perceba que já é hora de parar de trabalhar e liberá-la. Uma delas costumava vir e anunciar a hora se eu demorasse cinco minutos para descer. Outra apenas deixava o velho começar a subir as escadas, embora isso fosse tremendamente difícil para ele.

Ele me contou, depois de passados vários dias, que tinha saído ao amanhecer posterior à primeira noite porque não sabia se eu iria querer acordar ao lado dele. Mais tarde, naquela manhã, foi encontrar Ellie na biblioteca. Queria se aconselhar com ela. Queria saber se ela achava que ele devia me esperar na saída da aula, se devia ficar parado ali junto ao prédio da minha sala para me encontrar. Ellie disse que, claro, ele devia. Ele queria saber se me deixaria desconfortável. Ela disse que claro que não. Foi, então, com o incentivo de Ellie que ele esperou por mim, em pose cuidadosamente pensada, empunhando ou fumando seu cachimbo. Ellie só foi me contar isso meses depois.

Na segunda vez que ele veio, ficou e passou o dia comigo. Fomos caminhar na praia. Quando ele desceu até a areia por cima das pedras eu não conseguia encará-lo, não sei por quê. Andamos um bom tempo sem falar nada, seguindo as pedras e as trilhas de conchas quebradas. Eu me sentia desconfortável. Pensei que seu silêncio se devia à timidez. Fiz esforços para conversar com ele, mas era difícil. O silêncio entre nós era tão espesso que as palavras não eram ditas, mas compelidas através de sua densidade. Parei de tentar.

Eu não sabia seu sobrenome, e também não tinha certeza de seu nome. Se era o que eu pensava, era diferente e eu nunca conhecera ninguém que se chamasse assim. Eu tinha vergonha de perguntar a ele. Torcia para vê-lo ou ouvi-lo em algum lugar.

Me pergunto, agora, por que não liguei para alguém e perguntei. Havia ao menos duas pessoas a quem poderia ter ligado. Mas eu não as conhecia muito bem, como conheceria mais tarde. É mais fácil, para mim, entender por que não lhe perguntei diretamente. Já passara havia muito tempo o momento de fazê-lo sem me sentir ridícula.

Passei vários dias sem saber seu nome, porque durante esse tempo eu estava quase sempre sozinha com ele. E, como eu não tinha um nome para ele, ele continuou parecendo um estranho, apesar de estar se tornando íntimo tão rapidamente. Quando soube enfim qual era o seu nome, foi como se eu aprendesse o nome de um marido, um irmão, ou um filho. Mas, como só descobri depois de conhecê-lo tão bem, seu nome também me pareceu estranhamente arbitrário, como se não precisasse ser aquele e pudesse ser qualquer outro.

Dois dias depois de conhecê-lo, cheguei tarde em casa, fui para a cama e fiquei deitada no escuro, nervosa, pensando nele, desejando que estivesse comigo, depois caindo num sono leve por um instante antes de acordar de novo e pensar nele. De repente, depois das duas da manhã, um carro rugiu na estrada perto da minha janela, faróis nadaram pelo meu quarto, o motor parou e os faróis se apagaram. Olhei pela janela próxima à cama e vi o capô branco de um carro estacionado logo depois do grande cedro na frente de casa. Ouvi uma voz falando, e pude distinguir algo do que disse: "Quero que você... não posso... este carrossel... este velho carrossel... para a cidade..." Tive certeza de que era ele quem estava falando consigo mesmo ali fora, porque o carro era branco, rugia, e havia parado ao lado da minha casa. Pensei que, se era ele, aquilo podia significar que ele era meio louco. Mas eu ainda não o conhecia muito bem. Não sabia se ele era louco. Só sabia que se distraía de quando em quando, e esquecia o que estava fazendo e onde se encontrava. A essa altura, eu me sentia disposta a aceitar o que quer que viesse a descobrir depois, embora aquilo me assustasse um pouco.

Vesti alguma roupa. Saí pela lateral da casa e segui por baixo do cedro, pelo caminho até a calçada da rua. Só então vi que o carro era menor que o dele. Não era o carro dele, afinal. Agora eu estava assustada por outra razão – aquele era um estranho fora de controle, ainda mais imprevisível. Dei meia-volta em direção à casa, os faróis se acenderam e me flagraram, e a voz disse: "Você está bem?" Parei de andar e perguntei: "Quem é você?", e a voz respondeu algo como "Só estou tentando me encontrar."

Voltei para dentro. Segui pelo hall até o banheiro. Me sentei no vaso e vi que minhas mãos e minhas pernas estavam tremendo.

Mais tarde, naquela noite, sonhei que havia encontrado um fragmento do livro dele no chão do hall. Tinha uma folha de rosto com meu nome escrito, e meu endereço na universidade. A maior parte fora escrita com simplicidade, mas havia uma passagem sobre Paris em que a escrita se tornava subitamente mais lírica, incluindo uma frase sobre o "tremor da guerra". Em seguida o estilo voltava a ser simples. A última frase era mais curta que o resto: "Sempre estamos surpreendendo nossos contadores." No sonho, eu gostava do texto e me sentia aliviada com isso, apesar de não gostar da última frase. Depois de acordar, gostei também da última frase, até mais do que do resto.

Vejo agora que, como ainda não tinha lido nada dele no momento do sonho, o que eu estava fazendo era compor por ele algo que pudesse me agradar. E embora fosse meu sonho e ele não tivesse escrito o que eu sonhei que ele escreveu, as palavras de que me lembro ainda parecem pertencer a ele, não a mim.

✣

Três dias depois de nos conhecermos, um amigo o chamou pelo nome na minha presença e eu soube que estava certa. Outros dois dias se passaram até que eu descobrisse qual era o sobrenome, quando fui a uma seção especial da biblioteca que continha pequenas revistas e vi seu nome completo impresso ao lado de seus poemas.

Eu vinha me perguntando o que faria se não gostasse de seus poemas. Mas nem chegara a pensar em ver seu sobrenome na página e não estava preparada para o choque que senti. O motivo do choque não estava no nome em si, cheio de consoantes e difícil de pronunciar, um nome que eu nunca tinha visto antes e nunca voltaria a ver, de modo que parecia pertencer apenas a ele. O motivo do choque estava em algo que eu não pude identificar a princípio.

Saber seu nome, tendo demorado tantos dias para descobrir, parecia aprofundar sua realidade. Dava-lhe um lugar no mundo que antes ele não tinha, e lhe permitia pertencer ao dia mais que antes. Até então, ele pertencia a um tempo em que eu estava cansada e não pensava tão bem quanto durante o dia, e tampouco via tão bem, um tempo em que a escuridão rodeava de todos os lados qualquer luz que houvesse, e ele vinha e ia embora mais pela escuridão e pela sombra do que pela luz.

Em seguida, também, enquanto ele só tivesse o primeiro nome, podia pertencer a alguma história contada por alguém, ou podia não passar do amigo de qualquer outra pessoa, podia ser alguém que eu não conhecia bem. De fato eu não o conhecia muito bem, ao mesmo tempo que já me aproximara tanto dele que nem um centímetro nos separava.

Mas, mesmo depois de saber seu nome, mesmo semanas depois de conhecê-lo, nunca cheguei a perder completamente o sentimento de que ele era alguém que eu nunca vira à luz do dia, que de repente entrou comigo no meu quarto no meio da noite e tinha um nome que eu não sabia com certeza qual era.

Senti outro choque depois que terminei de ler seus poemas e fui encontrar Ellie ao fundo da seção de livros raros, quando ela me contou que a mãe dele só era cinco anos mais velha do que eu.

Por um longo tempo eu não soube como chamá-lo no romance, ou como chamar a mim mesma. O que eu realmente queria para ele era um nome inglês de uma única sílaba, para combinar com seu nome verdadeiro, mas, ao procurar um equivalente, minha mente apelou ao mesmo truque a que costumava apelar quando enfrentava um problema difícil de tradução: a única solução que realmente parecia adequada era a própria palavra original. Enfim decidi usar para os dois personagens os nomes do homem e da mulher de um conto que ele escrevera. Nesse ponto, assim, eu os chamei de Hank e Anna. Dei o início do romance para que Ellie lesse. Disse que não tinha pressa, ela não tinha que ler o texto naquele instante, mas não esperava que demorasse tanto quanto demorou. No começo não liguei que ela não lesse, porque eu mesma não queria pensar naquilo. Queria descansar do romance. Mas finalmente veio a impaciência para ouvir o que ela tivesse a dizer.

O motivo por que ela não queria ler a história naquele instante era que a trama se parecia demais com uma experiência que ela estava vivendo na época. Ela se apegara muito a um homem mais jovem. Ele não a deixara, mas ela temia que o fizesse. Quando ele enfim a deixou, pouco depois, ela ainda não havia lido o que eu lhe dera, e agora era ainda mais difícil, embora ela tenha me dito que estava se preparando para a leitura. Estava tão brava que queria se mudar para algum país estrangeiro.

Nesse meio-tempo, pensei em mostrá-lo a mais alguém, mas ninguém parecia certo. Vários amigos tinham se oferecido para dar uma olhada, mas alguns deles, eu sabia, não seriam objetivos, e outros provavelmente não seriam úteis por outras razões. Eu conseguia pensar em dois cuja leitura ajudaria, mas queria esperar até que tivesse mais para lhes mostrar.

Vincent perguntou por que eu não mostrava o texto a ele. Parecia ávido para ler, talvez a fim de saber mais sobre mim, e sobre certos episódios da minha vida que, segundo pensa, venho escondendo dele, como o que ele chama de meu "caso" na Europa. Eu não chamaria de "caso" ficar quatro noites deitada na cama de um hotel ao lado de um homem magro e nervoso, tentando não o acordar, e então, sem conseguir dormir, sentar nos azulejos do banheiro tentando ler, mas bêbada demais para entender o que via. Esse homem tinha uma tremenda dificuldade para dormir quando estava longe de casa. Viajava com frequência, e quando voltava para a sua mulher, no Maciço do Jura, dormia por várias semanas seguidas. Foi isso que ele me contou. Com o rosto branco e tenso de cansaço, ele se arrastava pelo quarto escuro do hotel dizendo que tinha que dormir. Enfiava-se embaixo das cobertas, se enrolava às minhas costas, começava a falar ao meu pescoço, e continuava por uma hora ou mais. Depois caía no sono. Se eu não conseguia dormir, ia ao banheiro, acendia a luz e me sentava no chão, ou então saía do hotel.

Na primeira noite, saí daquele quarto e fui direto para o meu próprio hotel. Na segunda vez que tentei sair, já amanhecia e a porta da frente estava trancada. Como não quis acordar o homem cansado, que finalmente estava dormindo, toquei a campainha do recepcionista noturno, que apareceu de roupão, o rosto muito fechado, e destrancou a porta só depois de muita discussão. Saí pela porta embaçada ao lado do aquário de peixes dourados e me vi no meio da rua, onde alguns trabalhadores repintavam uma linha amarela no asfalto sob o primeiro sol da manhã e me olharam com curiosidade, já que eu ainda trajava minhas roupas pretas da noite. A porta da frente do meu hotel também estava trancada, de modo que eu tive que andar pela cidade por algum tempo, vendo as pessoas montarem os estandes no mercado local.

Mais tarde nesse dia, quando fui nadar na praia, não me sentia muito bem. Tudo o que pude fazer foi ficar no mar com a água na altura da cintura por um longo tempo, oscilando o olhar entre o horizonte e os outros banhistas, chapados em suas esteiras ou sentados ao vento forte, protegendo os olhos da areia. Logo comecei a me sentir tonta pelo calor e pela claridade, saí da água e fui pela areia até um café à beira da praia, e passei o resto da tarde sentada ali de roupão sob os olhares preocupados do proprietário e do garçom, pressionando gelo contra a minha testa e comendo um pouco de sal da ponta do meu dedo. Quando o sol estava baixo no céu, uma inglesa alta me ajudou a cruzar a areia até um táxi, e em seguida me deixou no meu quarto de hotel com algumas aspirinas e um copo d'água.

Ainda não quero mostrar isto para Vincent, porque ele já parece tão cético. Ele sabe mais ou menos sobre o que é o livro, ainda que eu não tenha contado tudo diretamente, e tende a enxergar como sórdidos todos os casos amorosos que tive na vida. Admito que tive outros homens antes dele. Houve o pintor que morava sozinho numa velha loja de barcos, e um antropólogo que costumava me levar à ópera com a mãe. Houve outro logo depois desse, que sorria muito, e outro logo antes dele, que bebia muito, e aquele que me levou ao deserto, e outro antes daquele, que se tornou muito ciumento com coisas que só imaginava. Mas nenhum desses casos durou muito tempo, alguns nem sequer se consumaram, e todos foram com tipos de homens inteiramente respeitáveis, a maioria professores universitários.

Ellie leu finalmente as páginas que lhe mandei. A essa altura ela estava prestes a se mudar enfim para um país estrangeiro, mas apenas por um ano e não por causa do jovem amante, e meu manuscrito era parte das coisas que ela precisava resolver antes de ir. Pareceu ter gostado, mas disse que os nomes estavam errados. Não queria que o herói se chamasse Hank. Pensava que ninguém poderia se apaixonar por alguém chamado Hank. É claro que não é verdade que ninguém consegue se apaixonar por alguém chamado Hank. Mas ela queria dizer que eu podia escolher o nome que quisesse para meu herói, ao passo que homens chamados Hank, e os homens e mulheres que se apaixonam por eles, não são livres para escolher.

Depois que Ellie objetou tanto em relação a Hank, por um tempo chamei a mulher de Laura e o homem de Garet. Mas eu não gostava de fato do nome Laura para essa mulher, já que uma mulher de nome Laura me parece uma mulher pacífica, ou ao menos graciosa. Susan podia ser melhor, mas uma mulher chamada Susan seria sensata demais para ir e voltar de uma ponta de um vilarejo à outra, andando pela noite, procurando um homem e seu velho carro branco mesmo quando ele estava com outra mulher, apenas por estar determinada a dar uma última olhada nele. Não dirigiria até a casa dele na chuva, subiria na sacada e olharia pela janela do apartamento.

Então a chamei de Hannah, e depois de Mag, e depois de Anna mais uma vez. Descrevi meu quarto, e como essa mulher, Anna, se sentava à mesa de carteado tentando trabalhar apesar de tudo. Em outras versões era Laura na minha mesa de carteado, ou Hannah tocando o piano, ou Ann na minha cama. Por um longo tempo eu o chamei de Stefan. Num dado momento até estava chamando o romance de Stefan. Então Vincent disse que não gostava do nome porque era europeu demais. Concordei que era europeu, embora pensasse que combinava com ele. Mas, como não estava plenamente satisfeita de qualquer maneira, tentei pensar em outro nome.

Uma amiga minha que já escreveu vários romances me disse alguns meses atrás que num romance ela avançou tão rápido, revendo apenas uma página ou duas a cada dia, que mais tarde descobriu, quando releu o romance, que o nome de um dos personagens havia mudado doze vezes ao longo do livro.

O que eu vi, quando o vi parado no caminho me esperando, foi não apenas seu rosto, não apenas suas mãos, e não apenas a posição do seu corpo, mas também a camisa xadrez vermelha de flanela, gasta no colarinho, a camiseta branca desfiada, a calça militar cáqui e as botas de caminhada. Ele estava com um cachimbo na mão e uma mochila no ombro.

A cada vez que o encontrava, no começo, prestava tanta atenção no que eu via quando ele aparecia, e no que nele estava diferente do que eu vira na vez anterior, que me lembro de suas roupas com clareza surpreendente.

Se eu colocava meus braços em volta dele, o que sentia sob meus dedos, contra minha pele, era a matéria de suas roupas, e só quando apertava mais forte sentia os músculos e os ossos de seu corpo. Se o tocava no braço, estava na verdade tocando a manga de algodão da camiseta, e se o tocava na perna, estava tocando o jeans gasto de sua calça, e se colocava minha mão na parte mais baixa de suas costas, sentia não apenas as duas cordilheiras de músculos, rígidas como ossos, mas também a lã macia de seu suéter esquentando ao toque da minha mão quente. E se ele me estreitava contra seu peito, o que eu via, a um centímetro do meu olho, era a teia de fios de algodão de sua camiseta, ou os fios de lã de seu suéter, ou a maciez da parte felpuda de sua jaqueta.

Assim como ele parecia um pouco diferente a cada vez que o via, a cada vez eu também aprendia novas coisas a seu respeito. Cada coisa que aprendia sobre ele vinha como um pequeno choque, que me agradava ou me aturdia, e me aturdia só um pouco ou muito. Quando ele se sentou no bar mais tarde naquele dia, no primeiro dia, me surpreendeu dizendo coisas raivosas sobre alguns dos meus alunos e em seguida sobre Mitchell. Seu tom era um tom de ciúme, embora ele não tivesse razão para sentir ciúme. E quando ele disse aquelas coisas raivosas, voltou abruptamente a me parecer um estranho, um estranho de que eu não gostava. Só quando o conheci melhor, entendi que a raiva que ouvi vinha de sua decepção, e ele se decepcionava com frequência. Quase todo mundo o decepcionava e, assim, o enraivecia – quase todo homem, ao menos: ele esperava muito dos homens, e queria admirá-los.

Ele tinha raiva de certos homens e se indignava com certos grandes escritores, e os dois sentimentos vinham do mesmo tipo de decepção, eu pensava. Ele estava sempre lendo os grandes escritores, como se estivesse determinado a conhecer o melhor que já se escreveu. Lia quase tudo o que algum grande escritor tivesse escrito, e então se indignava. Havia algo de errado ali, dizia. Ele respeitava o autor, mas havia algo de errado. Lia quase tudo o que outro havia escrito e de novo se indignava. Havia algo de errado ali também. Era como se esses escritores o tivessem decepcionado. Ser grande tinha que significar ser perfeito, em sua visão. Quando ele apontava como eles tinham falhado, eu não podia discordar – suas razões não eram ruins. Mas em suas leituras determinadas ele deixava para trás um escritor após o outro. Talvez tivesse que ver como falhavam para encontrar um lugar para si naquele mundo.

Uma das coisas que descobri, ao lhe perguntar diretamente, foi o fato de ter havido não algumas, mas muitas mulheres antes de mim, e que eu não era sequer a mais velha. Na época, isso me atemorizou e pareceu diminuir o que havia entre nós. Depois isso passou, eu me acostumei à ideia e aceitei.

Mais tarde pude dizer a mim mesma que ao menos fui a última mulher, já que ele se casou depois que terminamos. Mas talvez ele não estivesse dizendo toda a verdade. Foi a ligeira pausa antes de me dar a resposta, e seu olhar envergonhado, que me fizeram acreditar nele. Talvez ele tenha se sentido constrangido pela crueza da minha pergunta, e a resposta falsa tenha sido a única resposta possível àquela pergunta.

Na primeira vez que disse que o amava, ele só me olhou pensativo sem responder, como se estivesse ponderando o que eu lhe dissera. Na época, não entendi sua hesitação. As palavras haviam saído de dentro de mim, quase apesar de mim, e ele não respondeu. Agora penso que, se ele pôde ter tanta cautela em dizer o mesmo a mim, é provável que me amasse mais profundamente do que eu o amava. É provável que eu tenha dito o que eu disse cedo demais para que aquilo significasse algo, e ele sabia, embora não tenha conseguido se poupar de me dizer o mesmo alguns dias depois, já que provavelmente me amava mesmo, ou pensava me amar.

Digo em algum momento que me apaixonei por ele bem de repente, e que isso aconteceu quando estávamos olhando um para o outro à luz de velas. Mas isso parece fácil demais, e também não consigo lembrar exatamente a que velas me referia. Não havia velas no café da primeira noite, e também não havia velas na minha casa pouco mais tarde, por isso fica evidente que não me apaixonei por ele na primeira noite. E, no entanto, de fato lembro que, já na manhã seguinte, quando voltei a vê-lo, senti uma emoção súbita e forte. Se não estava apaixonada por ele, não sei o que estava sentindo. Se já havia me apaixonado por ele antes daquilo, deve ter acontecido em algum ponto entre a partida dele ao amanhecer e o momento em que voltei a vê-lo, a não ser que tenha acontecido no exato instante em que o revi.

Terá acontecido quando ele não estava presente e não me dei conta? Talvez não tenha acontecido de repente, mas de maneira gradual, e o que senti quando o revi foi apenas o primeiro degrau, e havia outros depois disso – mais tarde naquele dia, no dia seguinte, no seguinte, e dois dias depois desse, até que alcançasse uma intensidade extrema, que já não se poderia ultrapassar, e começasse a oscilar e flutuar até começar a declinar gradualmente, de modo que a coisa esteve sempre em movimento? Talvez houvesse uma vela acesa no quarto na primeira vez que disse que o amava, mas esse não havia sido o momento em que eu me apaixonara, eu sei, então ainda não sei ao certo a que velas me refiro.

Se a luz estava acesa, eu observava cada um dos detalhes dele até os poros de sua pele, e, se o quarto estava escuro, via seu contorno contra o céu ensombrecido lá fora, mas ao mesmo tempo conhecia tanto seu rosto que podia vê-lo também, e mesmo saber qual era sua expressão, embora sem luz nem todos os detalhes estivessem presentes.

Eu pensava que, em certos casos, uma pessoa se apaixonava devagar e gradualmente, e, em outros, muito rápido, mas minha experiência era tão limitada que não podia ter certeza. Acho que só tinha me apaixonado uma vez antes.

Houve vezes que senti que o amava, mas outras não, e como ele era desconfiado e inteligente deve ter distinguido exatamente quando eu parecia amá-lo e quando não, e talvez não acreditasse muito em mim por causa disso. Talvez tenha sido por isso que hesitou e deixou passar tantos dias, depois que eu disse que o amava, para me responder.

Acho que me sobreveio uma certa fome em relação a ele, seguida de sentimentos de ternura, que cresceram gradualmente, por uma pessoa que atiçava aquela fome e logo a satisfazia. Talvez fosse isso o que eu sentia por ele e pensava que era amor.

O primeiro sentimento que tive por ele, contudo, mesmo antes disso, não foi mais que uma apreciação calma feita quando o vi pela primeira vez: alguém agradável, inteligente, robusto, que também me julgava atraente, de modo que foi com simplicidade, naquela mesma noite, como duas pessoas famintas e sedentas, que pudemos decidir que queríamos encontrar um lugar para estarmos a sós e continuarmos juntos muito depois de satisfazer nosso apetite.

Essa apreciação e essa ligeira fome, que não era particularmente por ele, mas por qualquer homem que tivesse algumas das qualidades de que eu gostava, não ficaram mais intensas imediatamente, e não se tornaram logo uma fome particular, uma fome que só poderia ser satisfeita por ele. Outro sentimento veio antes, quase de imediato, em poucas horas, com certeza no dia seguinte, na vez seguinte que o vi, e era um tipo de fascínio, ou um tipo de distração. Ele entrou na minha mente como uma distração em relação ao que ocupava minha mente antes. Ele tomou uma grande parte da minha mente, tornando-se para mim uma obstrução: meu pensamento tinha que dar a volta nele para chegar a outra coisa, e, se eu conseguisse pensar em outra coisa, não demorava muito para que o pensamento sobre ele afastasse novamente o outro pensamento, como se ganhasse força ao ser ignorado por um curto tempo.

Ele era uma distração para mim quando eu não estava em sua companhia, e, quando estava, eu me sentia fascinada em olhá-lo e ouvi-lo. A visão dele e o som de sua voz me mantinham quieta, ou me mantinham por perto. Já me bastava estar perto dele e vê-lo e ouvi-lo, meio paralisada, mesmo que um ou dois dias antes eu nem sequer o conhecesse.

Era a distração que parecia demandar que eu parasse o que quer que estivesse fazendo e voltasse para ele, ao lugar onde pudesse vê-lo, e em seguida era o fascínio que me fazia precisar estar perto dele, e logo era a necessidade de estar perto dele que se transformava numa fome que crescia mais forte e mais forte em mim e nele, também.

O quarto dele ficava num vilarejo a pouco mais de um quilômetro do meu, passando a pista de corrida e o espaço das feiras e um longo trecho de terra usado como estacionamento durante as corridas e feiras. Dirigia até lá seguindo uma estrada que dava a volta no estacionamento da pista, e de um lado havia o campo escuro, à noite, daquele grande terreno vazio, e do outro mais um trecho vazio, de terra sulcada, recuando até um canal d'água e ainda mais até as montanhas que não tinham casas voltadas para a pista, mas sim do outro lado, uma densidade de casas, incluindo a minha, no lado voltado para o mar. Então eu cruzava uma ponte estreita por cima do canal de água que fluía das montanhas, onde havia um córrego rochoso cercado de arbustos e ervas daninhas, cheio de lagostins no fim de maio, suas margens de lama sujas de cascas de melancia e garrafas de cerveja, descendo até o mar, onde se fazia largo e raso e se deixava tomar por fortes correntes na maré baixa, seus bancos de areia corroídos e rompidos pedaço a pedaço pelas águas movediças. Subia então pelo lado interno da outra montanha.

Na primeira vez que fui lá, segui caminho conforme as instruções dele. Atrás de uma fileira de garagens ele tinha um único quarto estreito sem cama, nem mesmo um colchão no chão, apenas um saco de dormir estirado no tapete, e mais nenhum móvel, só livros e roupas empilhados ou jogados contra as paredes, uma máquina de escrever, também, a não ser que a máquina de escrever ficasse na garagem, e um conjunto de tambores indianos. Havia uma pequena cozinha conjugada ao quarto, e na cozinha um fogão elétrico de uma só boca, ao lado da geladeira. Chegava-se ao banheiro pela cozinha. Fiquei no quarto por um tempo, tomando com ele uma xícara de chá ou um copo d'água, sentados no tapete. Ele pediu desculpas pelo tamanho do quarto, provavelmente porque eu parecia muito desconfortável.

Depois de tomarmos chá ou água, ele me mostrou a garagem. Tinha orgulho dela. O ambiente de concreto estava cheio de estantes contendo uma grande quantidade de livros. Fiquei impressionada com a quantidade de livros que ele tinha. Ele não contou que a maioria era de um amigo. O amigo ficou muito bravo com ele, mais tarde, por alguma coisa que tinha a ver com os livros, talvez os livros tenham sido confiscados pelo proprietário do apartamento quando ele foi forçado a sair. Havia uma escrivaninha de frente para a porta da garagem, com um abajur e uma máquina de escrever, e era ali que ele trabalhava. Costumava trabalhar por várias horas em seus escritos, embora tenha sido difícil descobrir o que ele estava escrevendo. Ou ele não contava quando eu perguntava, ou eu não perguntava.

Eu dizia a mim mesma que não ia com frequência ao quarto dele porque o cômodo era pequeno e escuro demais, mas, depois que ele se deslocou por um ou dois vilarejos e foi morar num apartamento iluminado e arejado com vista para uma estufa de cactos, eu também não queria ir lá com muita frequência. Fui uma vez, eu lembro, quando ajudei a arrumar livros numa estante baixa, e outra vez quando ele preparou uma panela muito grande de sopa de repolho bastante rala para que jantássemos, mas só umas poucas vezes depois disso, portanto devo admitir que preferia vê-lo na minha própria casa. Quando ele saiu do apartamento com vista para a estufa de cactos, eu já não falava com ele tanto ou tão abertamente, e soube que tinha se mudado, mas não soube para onde. Depois disso me mudei, e acho que ele também não sabia onde eu estava morando.

Ele tocava tambores indianos, ou ao menos disse que tocava e eu acreditei. Disse que havia vivido na Índia quando era criança. Voltara aos Estados Unidos num navio com a mãe e a irmã. Ele se ofereceu para tocar para mim, mas demorei um bom tempo para aceitar. Só de pensar nele tocando aquele instrumento, tão estranho para mim, já sentia o mesmo constrangimento que senti algum tempo depois quando outro amigo se pôs a tocar guitarra e a cantar canções libertárias. Uma vez eu pedi que ele batucasse nas minhas costas, e ele o fez, batendo em minha pele com os dedos e as palmas. Só no fim chegou a tocar os tambores para mim, quando eu já estava desconfortável na presença dele e já restavam poucos sentimentos, e ele estava magoado, e estávamos fazendo coisas que não tínhamos feito antes, como se quiséssemos ver se assim sentiríamos algo mais um pelo outro, mas senti o mesmo constrangimento que esperava sentir.

Quando comecei a trabalhar no romance, pensei que tinha que me manter muito próxima dos fatos em alguns pontos, inclusive a vida dele, como se o sentido de escrever o livro pudesse se perder se eu alterasse algum detalhe como o dos tambores indianos e ele tocasse algum outro instrumento em vez disso. Como eu queria escrever estas coisas fazia muito tempo, pensei que tinha que contar a verdade sobre elas. Mas o surpreendente foi que, depois de já tê-las escrito tal como se deram, descobri então que podia mudar ou tirar alguma coisa, como se escrevê-las uma vez já houvesse satisfeito o que quer que eu precisasse satisfazer.

Às vezes a verdade parece ser suficiente, desde que eu a comprima e a rearranje um pouco. Outras vezes não parece bastar, mas eu não estou disposta a inventar muito. A maioria das coisas se mantém como era. Talvez eu não consiga pensar em algo para pôr no lugar da verdade. Talvez eu só tenha uma imaginação fraca.

Uma razão por que continuei a trabalhar no romance foi ter pensado que seria capaz de escrevê-lo quase sem pensar sobre ele, uma vez que já conhecia a história. Mas quanto mais tempo passava tentando escrevê-lo, menos eu entendia como trabalhar nele. Não conseguia decidir que partes eram importantes. Eu sabia quais me interessavam, mas pensava que tinha que incluir tudo, mesmo as partes monótonas. Então tentei escrever partindo das partes monótonas para depois curtir as partes interessantes quando as alcançasse. Mas em todos os casos eu passava pelas partes interessantes sem notar, o que me levava a pensar que, afinal, elas não eram tão interessantes assim. Eu me deixei desencorajar.

Várias vezes me senti tentada a desistir. Havia outras coisas que eu queria fazer em vez disso, outro romance que queria escrever e alguns contos que queria terminar. Com prazer, se pudesse, deixaria que outra pessoa terminasse este livro por mim – desde que fosse escrito, não me importava quem seria o autor. Uma amiga minha disse que, se eu não conseguia escrever o romance, eu podia ao menos guardar partes dele e transformá-las em contos, mas eu não queria fazer isso. Na verdade, não queria desistir, porque àquela altura eu já passara muito tempo trabalhando nele. Não tenho certeza de que essa seja uma boa razão para insistir em alguma coisa, embora em certos casos deva ser. Uma vez fiquei tempo demais com um homem por essa mesma razão, porque muita coisa já se passara entre nós. Mas talvez eu tivesse outras razões, melhores, para insistir no livro, ainda que não saiba bem quais eram.

Então não fui capaz de escrevê-lo quase sem pensar sobre ele, afinal. Tentei a ordem cronológica e não funcionou, por isso tentei uma ordem aleatória. O problema era como criar uma ordem aleatória que fizesse sentido. Pensei que podia fazer com que uma coisa levasse à outra, cada parte crescendo a partir da parte anterior, e também incluir algum respiro a esse esquema. Tentei escrever no passado, depois mudei para o presente, mesmo que àquela altura já estivesse cansada de escrever no presente. Depois resolvi deixar algumas partes no presente e restituir o passado em todo o resto.

O tempo todo eu parava para fazer traduções. Disse a Vincent que estava escrevendo menos de uma página por semana, e ele riu porque pensou que eu estava brincando. Mas, ainda que levasse tanto tempo para escrever uma página, eu insistia em pensar que o trabalho se aceleraria. Sempre tinha uma razão diferente para pensar que o trabalho se aceleraria.

Às vezes o romance parece ser uma prova para mim mesma, tanto para a mulher que eu era na época quanto para a que sou hoje. No começo, a mulher não era como eu porque, se fosse, eu não conseguiria enxergar a história com clareza. Depois de um tempo, quando me acostumei a contar a história, consegui tornar a mulher mais parecida comigo. De vez em quando penso que, se houvesse bondade suficiente em mim na época, ou profundidade ou complexidade suficientes, isto funcionaria, se eu soubesse fazer funcionar. Mas se eu era simplesmente superficial ou maldosa demais, não funcionaria, não importa o que eu fizesse.

Eu não era com ele a mesma que era com outras pessoas. Tentava não ser tão determinada, tão ocupada, tão apressada quanto eu era sozinha e com amigos. Tentava ser gentil e silenciosa, mas era difícil, e isso me confundia. Também me exauria. Eu tinha que me afastar dele só para descansar disso.

De qualquer jeito eu tinha que me afastar dele, para trabalhar. Eu passava aos meus alunos muitos trabalhos e isso significava que também tinha muito trabalho a fazer, corrigindo os artigos deles. Trabalhava no meu escritório e também em casa, à noite.

Meu escritório, entre dois professores de clássicos no sétimo andar de um prédio novo, era espaçoso e cheio de prateleiras vazias, com uma fileira de janelas altas e estreitas com vista para quadras de tênis, bosques de eucaliptos e o mar ao longe. As janelas eram vedadas e à prova de ruído. Mas, através das paredes, sempre que eu parava de trabalhar para ouvir, escutava vozes: o riso conjunto de um aluno e um professor, depois o canto rítmico de um professor dando aula, em seguida o zumbido de conjugações em latim – sempre, parecia, o verbo *laudare*, "louvar".

Eu parava de trabalhar, olhava pela janela, e erguia as mãos e em seguida os braços à altura do nariz para cheirar minha pele. Meu próprio cheiro, doce e perfumado, me fazia lembrar dele.

Outro cheiro que me fazia pensar nele era o de lã crua do cobertor mexicano da minha cama. Ele costumava sair cedo para me deixar dormir, mas eu não conseguia dormir. Algumas horas depois ele vinha e me encontrava no escritório. Quando eu era a primeira a acordar, e ele saía da cama depois de mim, arrumava a cama com cuidado e perfeição. A primeira vez que fez isso foi na primeira manhã em que acordou ali. A cada vez que o fazia, aquilo me parecia um ato de ternura, que ele arrumasse uma coisa minha com tanto cuidado, participando da organização da minha casa.

Eu estava esperando por ele numa sala lotada. Como ele parecia não vir me encontrar, decidi que não viria. Pensei que já tinha me largado, antes mesmo de estarmos juntos por uma só semana. Minha decepção era tão aguda que a sala parecia esvaziada de toda vida que tivesse, e o ar se fazia escasso. Pessoas, cadeiras, sofás, janelas, cortinas, púlpito, microfone, mesa, gravador e luz do sol eram conchas esvaziadas do que haviam sido antes.

Quando ele de fato me deixou, meses depois, o mundo não ficou vazio e sim pior que isso, como se a qualidade do vazio se concentrasse a ponto de virar um tipo de veneno, como se cada coisa parecesse viva e saudável, mas na verdade tivesse sido injetada com um conservante venenoso.

Desta vez ele não tinha me deixado, apenas chegara atrasado. Estava lá entre as pessoas amontoadas na porta quando me levantei para sair. Tudo na sala recuperou a vida. Ele explicou que tinha perdido a noção do tempo. De vez em quando ele perdia a noção do tempo e do que estava fazendo, nem sempre sabia o que estava fazendo ou como planejar o que tinha que fazer, e às vezes era difícil para ele fazer o que tinha que fazer.

Saímos juntos dali para ir à casa de um amigo, e discutimos no caminho.

Devo ter ido a pelo menos sete leituras enquanto o conhecia, ou até mais. É difícil descrever uma leitura de maneira empolgante, e seria ainda mais difícil descrever mais de uma no mesmo romance, mesmo que algo da poesia que ouvi tenha me dado raiva, como deu. Eu podia transformá-las em outra coisa, como palestras, ou danças, mas acho que não iria a mais de um espetáculo de dança. A última leitura era de poesia fonética, a mais difícil para mim. Porque fui forçada a ficar ali parada sem que minha mente pudesse se apegar a quase nada, vagando para fora de mim e atravessando a janela de vidro, procurando por ele ainda uma vez.

Discutíamos sobre sua amiga Kitty. Estávamos sentados juntos em seu carro, numa rua estreita e iluminada. De cada um dos lados havia pequenas áreas de gramado bem-aparado que desciam até as calçadas brancas. As casas que se erguiam no meio desses gramados eram pequenas e brancas, de um único andar, com telhados vermelhos. Uma pequena palmeira crescia ao lado de uma casa, um arbusto de folhas flexíveis ao lado de outra, uma videira de flores vermelhas numa terceira. Cada uma das casas na rua parecia ter um gramado e só uma outra coisa plantada nesse gramado, como se essa fosse a regra. O sol incidia num certo ângulo e se refletia na calçada branca e nas paredes brancas das casas, e, como as casas eram baixas e pequenas, com tão poucas árvores ao redor, uma grande quantidade de céu azul era visível. Estávamos esperando para sair do carro e entrar na casa de um amigo. Ou éramos os primeiros a chegar, ou apenas estávamos tentando encerrar a discussão.

Ele próprio faria uma leitura em poucos dias. Leria alguns dos seus poemas e também um conto. Disse que queria convidar essa mulher, Kitty, para a leitura porque ela o ajudara a planejar o evento.

A última vez que falara sobre ela tinha sido no meu escritório. Ele havia surgido atrás de mim no corredor que levava à sala, me envolvera com os braços e me beijara ali, publicamente, o que me deixara nervosa. Embora o corredor à minha frente parecesse estar vazio, pensei que alguém podia aparecer de repente atrás de mim e desaparecer em seguida.

Sentado no meu escritório, primeiro reclamou dela, depois disse que se preocupava. Não gostei sequer de ouvir o nome dessa mulher, porque assim que a mencionou ele pareceu se afastar de mim, sair da sala e me deixar ali sentada diante do seu rosto, agora distraído e preocupado, com a testa ligeiramente franzida indicando irritação, e diante do seu corpo, agora muito rígido. Senti que tinha sido esquecida, ou ao menos que o que eu era para ele tinha sido esquecido, como se de repente ele me confundisse com um velho amigo a quem podia confidenciar suas preocupações ou reclamações sobre Kitty.

Kitty apareceu no quarto dele algumas semanas mais tarde, e a razão que ele me deu para a visita não fez nenhum sentido para mim quando tentei compreender.

Sua leitura foi numa tarde de domingo, numa casa antiga e elegante sobre uma montanha da parte menos valorizada da cidade. A casa tinha uma escadaria com corrimões pesados e janelas com vitrais, cortinas grossas apartadas das portas por cordões de veludo, alcovas e janelas salientes, pé-direito alto e candelabros. Ele leu com outro poeta, um homem da minha idade, mas não consigo lembrar quem era, e também confundo essa leitura com outra na mesma casa meses depois, depois que ele me deixou, em que uma mulher leu um conto sobre Robinson Crusoé. Fiquei de pé no fundo da sala, onde podia desviar o olhar das fileiras de pessoas por uma passagem arqueada que levava à sala seguinte, vazia. Vi o que podia ver dele, tendo toda a distância da sala entre nós, quando ele subiu num púlpito. Só pude ver a cabeça e os ombros por cima das cabeças do público. Eu estava preparada para sentir vergonha, em nome dele, se ele não lesse bem ou se lesse algo que não era muito bom. Mas ele leu com clareza e confiança, e nada do que leu pareceu ruim, embora eu não tenha gostado particularmente do conto. Kitty não apareceu.

Eu poderia falar mais da casa onde aconteceu a leitura, mas não tenho certeza de quanta descrição deve haver no romance. Outra coisa que poderia descrever seria a paisagem, a terra avermelhada e arenosa vazando para as calçadas por toda parte, as linhas dos penhascos sobre o mar e os barrancos arenosos que erodiam em direção à água, o mar tão próximo que eu podia ouvir as ondas tarde da noite, como uma cortina caindo de novo e de novo, se a maré estivesse alta. Não era uma paisagem exuberante, porque o clima era seco demais. Durante um período do ano as montanhas eram marrons, e a única vegetação verde mais espessa crescia nas fissuras das montanhas onde se acumulava a umidade, ou nos vilarejos onde as plantas eram regadas, e prosperava o chão coberto de suculentas, e arbustos gordos de folhas reluzentes abraçavam as lojas. Como antes eu não conhecia aquela paisagem, ela me interessava bastante. Era tão difícil, com rodovias largas cortando tudo e sempre uma nova construção crescendo abruptamente numa montanha marrom, casas amontoadas ou empilhadas umas sobre as outras em espaços tão abertos, como se antecipassem uma futura congestão, ou num pequeno cânion uma fila de casas novas ao longo de uma nova estrada, e na ponta da fila a última casa em construção, uma armação de madeira crua, enquanto as primeiras casas já estavam ocupadas, com carros nas garagens. Só raramente algum vestígio de algo mais antigo permanecia, como uma visão, uma velha fazenda distante da estrada, uma trilha poeirenta cheia de ervas daninhas levando até a casa, um bosque de eucaliptos e carvalhos retorcidos em volta.

Eucaliptos com seu cheiro defumado, oleoso, cresciam por toda parte, muito altos, o tronco subindo muito antes de se abrir em galhos. Eram árvores desiguais, de madeira macia e fraca. Como perdiam galhos permanentemente, tinham grandes lacunas ao longo do tronco. Soltavam folhas estreitas, queimadas, em forma de lança, que se acumulavam no chão em volta, e camadas de cortiça caíam em longas faixas, junto com pequenos botões de madeira, marrons com cruzes talhadas de um lado, de um azul empoeirado do outro. Um velho professor da universidade reclamava sempre que, deitado na cama à noite, permanecia acordado pelo pio de uma coruja próxima e por aqueles botões de madeira que caíam no telhado em cima de sua cabeça e rolavam calha abaixo, um por um, caindo e rolando, caindo e rolando a noite inteira.

Depois da leitura, no fim da tarde, ele e eu fomos com um grupo de pessoas à casa de um amigo em outra montanha próxima, bem debaixo de uma rota de aviões que seguiam até o aeroporto na baía. Passamos a maior parte do tempo no quintal, e aviões enormes passavam sobre nossas cabeças com frequência. A cada vez parávamos de conversar e esperávamos que o avião passasse. O quintal era cheio de ervas daninhas, e um limoeiro bonito crescia perto da casa. Dois meninos jogavam bolas ao ar de novo e de novo, e as bolas ficavam presas na árvore ou iam parar no telhado do galpão no fundo do jardim.

Ele não havia lido o conto que eu já conhecia, aquele que ele descrevera como um romance na noite em que o conheci, um conto muito claro, preciso e confiante sobre um homem e uma mulher, ambos de meia-idade, que se encontram numa cidade costeira onde a mulher está de férias e o homem trabalha num hotel, num cenário vagamente europeu. Continha descrições tranquilas, bem-construídas, incluindo uma do efeito do sol nas pernas pálidas da mulher que eu apreciava a cada vez que lia. Gostava tanto de muitas partes do conto que o resto também parecia bom. Agora me pergunto se me senti atraída por ele porque ele tinha o tipo de mente que desejaria escrever aquele tipo de conto, o tipo que eu já apreciava, ou se ele se sentiu atraído por mim porque eu tinha o tipo de mente que gostaria do tipo de conto que ele gostava de escrever. Um amigo meu, depois de ler o conto, disse que não tinha gostado porque os personagens, tão silenciosos e distantes uns dos outros, e no entanto unidos com tanta firmeza por sua compreensão sem palavras, não eram pessoas que ele gostaria de conhecer. Eu não pensei nisso, mas apenas em como o conto estava bem-escrito.

Mais tarde ele leu, apenas na minha presença, sete poemas curtos que havia escrito para mim. Disse que definira como regra para si mesmo que cada um contivesse uma referência a uma flor. Não queria deixar que eu ficasse com eles porque estavam inacabados. No fim, nem chegou a me dar uma cópia dos poemas. Talvez nunca os tenha acabado. Então eu não os tenho aqui, onde poderia reler e ver o que penso deles agora, como tenho o conto. Está aqui no meu quarto, numa pasta própria, ainda que eu o tenha visto poucas vezes, durante todos esses anos, por medo de conhecê-lo tão bem que já não poderia vê-lo como realmente é. Mas a cada vez que o li, as frases soaram pacíficas nos meus ouvidos, a ordem e a clareza ainda me agradam.

Me lembro de alguns versos de seus poemas, incluindo um em que ele dizia que a costa tinha um quilômetro em particular. Era o quilômetro entre a casa dele e a minha. Eu gostava dos poemas, apesar de serem mais cuidadosos que o conto, ou então o cuidado que ele investia nos poemas era tão evidente que eles pareciam cautelosos, enquanto o cuidado do conto parecia muito justo. Eu tinha ouvido aqueles poemas, e ouvido outros em sua leitura, e lera outros ainda na biblioteca, ou talvez esses fossem os mesmos que ele lera, e conhecia bem um conto, e ouvi outro em sua leitura, e mais tarde ele leria para mim mais um, de seu próprio caderno, e isso era tudo o que eu conhecia da sua escrita. Ele estava sempre escrevendo, e de tempos em tempos me contava que estava trabalhando num conto, ou numa peça, ou em outra peça, e depois num romance, mas eu nunca vi nenhum deles porque ele nunca terminava uma coisa antes de abandoná-la ou deixá-la de lado temporariamente, como ele dizia, e começar outra, e só me mostrava uma obra quando estava quase terminada.

Ele escrevia coisas num caderno, e eu escrevia coisas num caderno. Algo do que ele escrevia era sobre nós, é claro, e de vez em quando líamos em voz alta trechos dos nossos cadernos. As coisas que havíamos escrito costumavam ser aquelas que não diríamos um para o outro, ainda que as lêssemos em voz alta. Mas também não estávamos dispostos a dizer o que quer que fosse a seu respeito depois da leitura.

Assim, por trás do meu silêncio, e por trás do silêncio dele, havia uma dose de conversa, mas essa conversa estava nas páginas dos nossos cadernos, e era então silêncio, a não ser quando escolhíamos abrir os cadernos e ler algumas partes.

Se ele fosse um mau escritor, acho que eu não teria conseguido continuar com ele. Ou minha falta de respeito pelo que fazia e que considerava tão importante teria nos destruído em pouco tempo. Mas o fato de que ele escrevesse bem não me ajudou a amá-lo mais profundamente do que amei. Se eu de fato o amava, isso não vinha nada a ver com sua escrita, e quando lhe falava sobre o ato de escrever eu sentia que não era a amante dele, que éramos tão distantes quanto duas pessoas que não se conheciam muito bem, mas se respeitavam e se gostavam.

A distância entre nós nesses momentos não era diferente da distância que havia entre nós quando estávamos entre amigos. Nunca dávamos nenhum sinal, na frente dos outros, do que acontecia entre nós. Ficava evidente para as pessoas apenas quando chegávamos juntos ou íamos embora juntos, dois momentos que eu sempre saboreava, em parte porque contrastavam com todos os outros, em que nossa proximidade era ignorada. Eu não tinha vergonha dele, não me sentia constrangida, mas muitas vezes queria me afastar, de modo que, mesmo sabendo que estava perto de mim, eu não o tocava. Na verdade, eu queria tê-lo perto de mim e ao mesmo tempo queria me afastar dele.

Talvez nunca tenhamos perdido consciência da nossa estranheza, de que algumas pessoas pudessem desaprovar nossa relação porque ele era tão mais jovem, ou porque eu era professora e ele era aluno, embora ele não fosse meu aluno e muitos outros professores fossem amigos dele, e embora ele fosse mais velho que a maioria dos outros alunos. Mas talvez também sentíssemos que, se simplesmente ficássemos de mãos dadas na frente dos amigos, eles prestariam muita atenção nisso, e isso satisfaria sua forte curiosidade sobre como nos comportávamos juntos, sobre o que era a nossa relação: eu me comportava como mãe dele? Ele tentava me proteger, como um filho ou um pai? Ou tínhamos a mesma idade no comportamento? Éramos tensos ou relaxados? Juntos éramos violentos ou delicados? Éramos malvados ou bondosos?

Eu sabia que a curiosidade deles era forte porque naquele lugar, desde que eu chegara ali e mesmo depois de partir, todos tínhamos um grande interesse na vida dos nossos amigos e conhecidos e mesmo de pessoas que nunca havíamos visto. Havia uma grande fome de histórias, em especial as que envolvessem emoção ou drama, em especial amor e traição, embora, em geral, esse interesse não fosse cruel.

Outra leitura foi feita por alguém que identifiquei no meu caderno como "S.B.". Depois dessa leitura, em que ele se sentou atrás de mim, fomos com um grupo de pessoas a um restaurante mexicano. Era comum fazer refeições em restaurantes nessa época, em especial em restaurantes mexicanos, porque grupos de amigos ou aqueles que recebiam visitantes da universidade costumavam sair juntos para comer. Mais tarde no romance menciono um jantar num restaurante japonês durante o qual eu saí da mesa e tentei ligar para ele de um telefone público que ficava do lado do banheiro. Mas não descrevo a comida ou os amigos, ainda que algumas pessoas interessantes estivessem presentes. Na verdade, ao longo desses meses eu via e encontrava pessoas interessantes, de modo que tudo o que cerca a história, tudo o que tenho deixado de fora, daria outra história, ou muitas outras, de caráter bem diferente desta.

Mais tarde, ficamos sozinhos na sala de um amigo, e ele se sentiu ofendido porque eu não quis beijá-lo. Pode ter pensado que eu tinha vergonha dele, mas eu apenas não queria que me beijasse naquele instante.

Não consigo lembrar quem é "S.B." ou que tipo de leitura foi aquela. Também não consigo lembrar, por mais que tente de novo e de novo, o que aconteceu na semana anterior à leitura, quando ele e eu estávamos começando a nos conhecer. Só há duas anotações sobre aquela semana no meu caderno, e só uma tem alguma coisa a ver com ele. Nessa anotação eu descrevo o que me parece um incidente sem nenhuma importância: eu estava almoçando num café do campus com uma pessoa que identifico como "L.H.". Estávamos sentadas na plataforma exterior. Um gambá apareceu na base de concreto de uma árvore próxima causando algum alvoroço entre os estudantes e professores que almoçavam. Por acaso olhei através da porta que levava ao café, e vi que ele estava ali, parado com uma bandeja nas mãos, parecendo incomodado. Pensei que estava frustrado porque havia muita gente sentada ali fora e não havia lugares livres, mas ele podia estar de rosto franzido porque não enxergava bem, ou porque a luz do sol era forte demais, já que ele franzia o rosto com frequência, em especial sob o sol. Não sei se ele nos viu e veio conversar, se sentou conosco, ou se simplesmente deu as costas e foi embora. Se eu não tivesse anotado isso no caderno sobre aquela semana, e se não tivesse me lembrado da leitura, acho que não teria uma consciência tão aguda daqueles dias sobre os quais não me lembro de nada.

Tenho trabalhado a partir das minhas lembranças e do caderno. Há muita coisa que eu teria esquecido se não tivesse anotado no caderno, mas meu caderno também deixa de fora muita coisa, que só lembro em parte. Também tenho lembranças que nada têm a ver com esta história, e bons amigos que não aparecem nela, ou aparecem indistintamente, porque na época tinham pouco ou nada a ver com ele.

Quando penso nele franzindo o rosto sob a luz do sol, olhando para a plataforma do café, me pergunto se confundi a cena, durante todo esse tempo, com uma outra ocasião em que ele franziu o rosto. Na única foto que tenho dele, ele tem o rosto franzido enquanto olha para mim, a uma distância de uns cinco metros. Está no veleiro de um primo meu, curvado, de mãos ocupadas, talvez prendendo um cabo, e olha para mim de lado, franzindo o rosto. A foto não é muito nítida, é provável que tenha sido tirada com uma câmera ruim. Esse tempo todo presumi que ele franzia o rosto de irritação, porque eu queria fotografá-lo num momento como aquele, enquanto ele tentava fazer uma coisa difícil no barco de um homem que o deixava desconfortável porque dava ordens ríspidas como prender certos cabos e que, além disso, claramente desaprovava nossa relação. Mas agora percebo que ele podia estar franzindo o rosto apenas por ter erguido o olhar de repente sob o brilho do sol.

Um ano depois que a foto foi tirada fui velejar com o mesmo primo, no mesmo barco. Quando voltei, por acaso peguei a foto e voltei a observá-la. Dessa vez tive dificuldade para conciliar o que vi e o que sabia. Ele estava lá no barco, na foto, e eu olhava em sua direção, mas ele não estava mais no barco: eu estivera naquele barco no dia anterior e sabia que ele não estava lá. Uma hora depois de a foto ter sido tirada, ele já não estava no barco, porque estávamos na doca quando eu tirei, prestes a desembarcar. Mas enquanto ele e eu estivéssemos juntos, ele estaria de alguma forma naquele barco, não estaria distintamente ausente do barco, como estaria um ano mais tarde.

Tenho pensado na foto porque recentemente a mencionei para Ellie ao telefone. Excetuando-se o ano que passou na Inglaterra, Ellie mora perto de mim há um longo tempo. Mas agora ela está prestes a se mudar de novo, desta vez para o sudoeste do país. Ela contou que no dia anterior havia vasculhado suas coisas no porão de seu prédio. Primeiro descobriu que não conseguia abrir o cadeado. Outro morador, acreditando que aquele era o seu depósito, havia instruído sua secretária a quebrar o cadeado que Ellie pusera muitos anos antes e substituí-lo por um novo. O cadeado original pertencera ao pai de Ellie. Era a única coisa dele que lhe restava. Tudo o que tinha a ver com essa mudança a perturbava, de qualquer forma. Agora ela estava mais perturbada porque o cadeado de seu pai havia sido destruído e retirado por um estranho, e ela não tinha acesso ao próprio depósito. Então, quando conseguiu abrir a porta descobriu que uma enchente havia estragado alguns dos seus livros e papéis.

Mas ela estava me ligando para contar que tinha descoberto fotos dele em uma de suas caixas, e pensou que eu podia querer ficar com elas. Disse que eram duas, mas depois, enquanto falava comigo e ao mesmo tempo olhava toda a pilha de fotos que tinha na mão, fotos de uma festa que ela não conseguia lembrar, e outras de pessoas que nós duas conhecíamos e que só ela conhecia, descobriu outra foto dele, embora nesta ele aparecesse parcialmente obscurecido por um monte de gente. Ela me perguntou se eu queria cópias das fotos. Eu disse que sim, mas também disse que, quando o envelope chegasse, eu talvez o mantivesse fechado por um tempo.

A esta altura estou acostumada à versão de seu rosto que criei na minha própria memória e da única foto que tenho. Se visse uma imagem clara dele ou, pior, várias imagens de ângulos diferentes, com luzes diferentes, teria que me acostumar a um novo rosto. Não quero essa inquietude agora, e sei que vou me sentir tentada a nunca abrir o envelope. Mas também vou sentir curiosidade.

A enfermeira, no andar de baixo, está tocando piano para entreter o pai de Vincent. Comete erros bem nos lugares em que sei que vai cometer. Ouço os erros e não consigo escutar as palavras que estou tentando escrever. Apesar disso, o velho adora quando ela toca.

Nestes dias, no clima quente, aranhas tecem teias entre os abajures e as laterais das lâmpadas. Muitos insetinhos estranhos, pretos, voam constantemente em volta do abajur. Temos telas em todas as janelas e portas, mas a gata abriu buracos nos cantos inferiores de algumas. Aranhas também tecem fios únicos pelas trilhas do jardim, à noite, mesmo no tempo que eu levo para ir à mercearia da esquina e voltar, de modo que, quando volto da rua, os fios macios se acumulam nas minhas pernas nuas.

Antes que o prado fosse trabalhado e preparado para a construção de casas, comecei a aprender a identificar as flores selvagens que cresciam aqui, e em seguida as gramíneas selvagens. Nunca antes tinha pensado em identificar tipos de mato. Agora percebo que deveria ser capaz de identificar aranhas, também, pela aparência, as formas de suas teias, seus hábitos e o lugar que escolhem para viver, para poder nomeá-las em vez de chamá-las de "aranha grande", "aranha pequena", "aranhinha escura" etc.

Às vezes sinto que alguém mais está trabalhando nisto comigo. Leio uma passagem depois de algumas semanas e não reconheço uma boa parte dela, ou reconheço de maneira turva, e digo a mim mesma, Bom, não está ruim, é uma solução razoável para esse problema. Mas não chego de fato a acreditar que fui eu que encontrei a solução. Não me lembro de tê-la encontrado, e me sinto aliviada, como se esperasse que o problema ainda estivesse ali.

Da mesma maneira, vou decidir se incluo certo pensamento em certo lugar do romance e então descubro que, muitos meses antes, havia anotado que devia incluir o mesmo pensamento no mesmo lugar e não o fiz. Tenho o curioso sentimento de que minha decisão de vários meses atrás foi tomada por outra pessoa. Agora houve um consenso e de repente estou mais confiante: se ela pensou no mesmo plano, deve ser bom.

Mas outras vezes descubro que essa pessoa trabalhando comigo foi apressada ou descuidada, e agora meu trabalho é ainda mais difícil, porque tenho que tentar esquecer o que ela escreveu. Não tenho apenas que apagar ou rasurar aquilo, mas também esquecer o som daquilo para não voltar a escrevê-lo, como se fosse um ditado. Eu devia saber como agir, porque, quando traduzo, tenho que produzir o melhor texto possível em inglês já na primeira vez que redijo, ou então a sonoridade ruim de uma versão ruim vai ficar comigo e tornar mais difícil a escrita de uma boa versão.

Outro problema, em algumas páginas, é insistir em incluir uma frase porque ela parece pertencer àquele lugar, e depois volto a excluí-la várias vezes. Acabo de decifrar por que isso acontece: incluo uma frase porque é interessante, crível, e está expressa com clareza. Excluo porque algo nela está errado. Incluo de novo porque a frase é boa por si mesma e poderia ser verdadeira. Excluo de novo porque enfim a examinei de perto o bastante para ver que essa situação simplesmente não é verdadeira.

Há outra razão por que escrevo uma frase e de imediato a apago: em certos casos, tenho que escrever uma frase na página antes de saber que ela não funciona no romance, porque pode ser interessante quando a digo para mim mesma, mas já não é interessante quando a escrevo.

Por um longo tempo, nossos dias e noites seguiam o mesmo padrão. Eu trabalhava o dia inteiro, às vezes noite adentro, ou passava a noite com outros amigos meus, e ele frequentava suas aulas e estudava e escrevia e via seus amigos, e então já bem tarde da noite ele vinha e tomávamos uma cerveja juntos e conversávamos e íamos para a cama e acordávamos de manhã e nos separávamos pelo dia inteiro. Quase nunca dormíamos separados, porque eu tinha muita dificuldade para dormir se estivesse sozinha, e porque durante os primeiros meses, de qualquer jeito, ele não tinha cama no seu quarto, só um saco de dormir no chão. Ele disse que não compraria uma cama enquanto pudesse dormir na minha.

Ele quase não tinha dinheiro. Não tinha nenhum dinheiro extra para coisas como uma cama. Tinha menos e menos dinheiro durante o período em que o conheci. Estava esperando um empréstimo estudantil que era adiado semana após semana. Eu tinha tanto dinheiro, na época, e estava tão desacostumada a ter dinheiro, que gastava sem pensar, e duas vezes emprestei uma quantia específica de dinheiro de que ele precisava. Nas duas vezes ele relutou em aceitar, embora na primeira tenha relutado mais que na segunda. Na primeira emprestei cem dólares, ainda que ele já se sentisse um pouco desconfortável por ser doze anos mais novo e estudante, sem nem aceitar o meu dinheiro. Ele me pagou de volta logo, mas a segunda quantia, de trezentos dólares, que emprestei a ele antes de ir para o Leste pela segunda vez, ele nunca me devolveu.

Também tinha grande dificuldade em conseguir emprego. Acho que trabalhou na biblioteca da faculdade durante um tempo. Na época em que terminou comigo, estava trabalhando num posto de gasolina.

Às vezes eu tocava piano para ele. Ele gostava que eu tocasse para ele. Sentava-se muito rígido, na borda da cama ou numa cadeira dura ou direto no chão, e assistia e escutava. Seu rosto, como de costume, não me dava pistas do que ele podia estar pensando. Também jogávamos tênis juntos, até que eu já não parecia capaz de evoluir mais e me senti desencorajada. Encontrávamos amigos juntos, mas quase sempre eram amigos meus. Embora o conhecessem desde antes, não eram próximos dele, talvez por ser tão mais jovem ou por alguma outra razão, mas logo se tornaram meus amigos íntimos. Uma vez tomamos um drinque com Ellie num majestoso hotel antigo na praia. Ellie depois me contou ter pensado que eu havia sido bastante cruel com ele ao permanecermos os três ali sentados, alinhados num sofá, vendo os hóspedes do hotel entrar e parar diante de um quebra-cabeça antigo montado sobre uma mesa próxima.

Não muito tempo depois de nos conhecermos, fomos juntos visitar Evelyn, uma amiga minha e de Ellie que morava com seus dois filhos pequenos em três cômodos ao fundo de uma casinha. As crianças estavam frenéticas nesse dia, quase não pararam de correr em alta velocidade, rindo ou explodindo em lágrimas ou batendo com os punhos fechados em si mesmas ou na mãe. Enquanto conversávamos com Evelyn no cômodo maior, onde ela preparava as refeições, comia, dormia, trabalhava e lia livros da biblioteca, as crianças brincavam juntas com selvageria, às vezes saindo para o bosque de bambus e rodeando latas de lixo no beco atrás da casa, às vezes fechadas em outro cômodo, onde pulavam do peitoril da janela à cama de novo e de novo, ou se escondiam da mãe e a chamavam aos gritos, ou tiravam a roupa e se sentavam em grandes cestas de palha. Evelyn se levantava o tempo todo para repreender as crianças de seu jeito brando e ineficaz, ou para tirar uma lâmpada do banheiro, ou um punhado de papel higiênico, porque nunca comprava o suficiente de nenhum suprimento para ter de sobra e sempre pegava algo emprestado de um cômodo para usar no outro. A cada vez que Evelyn saía do cômodo, eu olhava para ele, sentado ao meu lado em uma mesa de jantar grande e redonda, e sentia como estava contente de estar em sua companhia, como estava contente de estarmos simplesmente sentados ali nos encarando, e me parecia mais fácil e mais simples amá-lo ali do que em qualquer outro lugar.

Penso agora que isso podia ter algo a ver com a natureza de Evelyn. Ela não via as coisas como a maioria das pessoas. Tudo era sempre mais fresco e interessante para ela, com tanta frequência ela se maravilhava e se satisfazia com o que via, por motivos peculiares e imprevisíveis, que costumava parar no meio do que estava fazendo, maravilhada com aquilo, incapaz de passar rapidamente a outra coisa, de uma forma evidente até mesmo em suas refeições, que eram ora incompletas porque ela não conseguia ir além de um ingrediente incrível ou de um prato incrível, ora completas, mas servidas horas depois do prometido porque ela parara e passara um longo tempo contemplando cada detalhe. Ela não julgava as coisas, ou seus julgamentos não eram duros, ou não tinham qualquer coisa a ver com os julgamentos das outras pessoas. Assim, na presença dela, tudo parecia cheio de possibilidades maravilhosas, e naquela tarde senti que o que nós tínhamos no momento era inteiramente satisfatório e bom.

A vida dele para além de mim não me parecia muito real. Ele não me obrigava a prestar muita atenção a isso, porque era modesto demais ou, se não de fato modesto, porque falava de si com brevidade e mudava de assunto como se algo fosse se perder ou ser prejudicado se ele comentasse por tempo demais.

Eu não sabia exatamente o que ele fazia quando estava longe. Podia imaginá-lo sozinho no quarto. Podia vê-lo trabalhando num emprego, e o emprego era sempre menor, desprezível. Podia vê-lo em sua garagem. E também havia as tediosas tarefas diárias que ele devia fazer em algum momento em que não estava comigo, como comprar comida, cozinhar, limpar o apartamento, lavar roupa. Eu só conseguia construir um quadro vago dele com os amigos, que eu não conhecia, que viviam em quartos avulsos em lugares desconhecidos da cidade. A maioria dos amigos era tão jovem quanto ele, e como as pessoas daquela idade não me pareciam muito interessantes, embora eu mesma tenha passado por essa idade, eles tendiam a se fundir para mim num grupo indistinguível. Quando o imaginava na companhia deles, ele parecia muito mais jovem, como se fossem os companheiros de brincadeiras e eu a sua tia – não bem sua mãe, embora sua mãe fosse também muito jovem, como eu havia descoberto, tão jovem que parecia, mesmo para ele, uma irmã mais velha.

Eu não sabia quanto tempo ele passava com os amigos, já que ele nem sempre me contava se havia se encontrado com eles ou, se contava, não dava ideia de quanto tempo passara em sua companhia. Eu não conseguia de fato acreditar que algo importante pudesse acontecer quando estavam juntos. Minha impressão era de que ele e os amigos só ficavam sentados em algum lugar, conversando de um jeito que não acrescentava nada ou não mudava nada, apenas fazendo o tempo passar enquanto se tornavam um pouco mais velhos e talvez um pouco mais capazes de passar por mudanças interessantes, e que essa conversa se dava num quarto, um apartamento, uma casa, um bar no campus, ou um centro estudantil – num espaço privado ou universitário, mas nunca em um espaço público da cidade, como o café onde ele encontrava seu amigo mais velho.

Esse era o único amigo que podia me interessar, um homem excêntrico e recluso que na minha mente se associava vagamente com literatura, que era quase um velho ou era um velho no meu modo de pensar na época, embora agora eu perceba que ele provavelmente não passava dos 60 anos, e, é claro, como eu mesma já me aproximo dos 50, os homens de 60 me parecem cada vez mais jovens. Ele encontrava esse amigo num café ou ia até sua casa, numa parte misteriosa da cidade que eu imaginava ser o coração da parte antiga, ainda mais antiga, talvez, do que era possível naquele vilarejo, que de todo modo não chegava a ser muito antigo. Talvez eu a imaginasse mais e mais antiga quanto mais pensava nela, apenas porque não sabia bem onde ficava.

Esse amigo morava num único quartinho cheio de estantes e livros, tomado pelo cheiro ruim de roupas sujas e pelo cheiro forte e amargo do tabaco – ou então, como eu mesma nunca cheguei a visitá-lo, terei imaginado isso ao pensar num velho que morava sozinho? Também via esse velho como um homem barbado e um pouco gordo na cintura, nas coxas, nos braços, nas bochechas, mas não sei se ele me contou isso ou se criei um retrato instantâneo do sujeito quando ele me contou pela primeira vez que visitaria um velho estudioso num quartinho apinhado de livros, e nunca questionei esse retrato, que ficou registrado na minha mente como verdade.

Na realidade, muitos anos antes, eu havia conhecido outro velho estudioso que recebia visitas de outro jovem ardente, e talvez tenha apenas aplicado a esse velho a imagem que conhecia.

Embora esse amigo me parecesse mais interessante do que os amigos jovens e o elevasse um pouco na minha estima, enquanto seus amigos jovens e o que ele podia estar fazendo em sua companhia só o rebaixavam, meu interesse por esse amigo também era bastante limitado, porque a amizade não me parecia inteiramente inocente, mas contaminada, eu imaginava, pela sua autoconsciência, como se ele soubesse quanto era tocante que um jovem idealista e ambicioso e talentoso tivesse uma amizade com um homem muito mais velho, mais pobre, mais culto, em cuja presença a vaidade do jovem se esvaecia e ele se tornava mais puro e até bom, ou ao menos se sentia puro e bom. Como eu tinha certeza de que, lado a lado com seu interesse real pelo velho, havia uma consciência dele mesmo visitando o velho, acompanhando um velho que se apartara da sociedade, o prazer que podia dar a um velho isolado ao partilhar livremente sua juventude, seu frescor, sua mente rápida, seus modos gentis. E ele partilhava essas coisas livremente, porque não podia haver perigo de que qualquer laço duradouro se estabelecesse, já que sua juventude em si lhe dava permissão não apenas para esquecer o velho por semanas a cada vez, distraído pelo esforço imenso de construir ou começar a construir uma vida para si mesmo, mas também para se afastar abrupta e definitivamente, deixando-o para trás quando chegasse a hora de partir. Assim, ainda que houvesse ternura e felicidade reais em sua voz quando falava dele, eram misturadas com uma elação ingênua, um orgulho ingênuo pelo fato de ele ter aquela joia incomum e preciosa que era sua amizade com um velho excêntrico e malcheiroso, desperto à noite e adormecido de dia, que combinava mais com o Leste ou mesmo com a Europa do que com o Oeste, e que decerto nada tinha a ver com as pessoas que víamos ao nosso redor nas ruas ladeadas de palmeiras destas cidades costeiras.

Agora recordo que vários dos amigos com que ele se encontrava tinham ligação com o teatro da cidade, embora não saiba ao certo se eram estudantes ou atores profissionais, diretores ou assistentes. Lembro que, quando ele me contou do teatro e dos amigos, seu tom era mais firme, mais confiante, como se quisesse ou esperasse que eu ficasse impressionada com isso, ao menos com o fato de que alguns amigos seus, que evidentemente o respeitavam, estavam envolvidos em algo tão potente quanto uma performance teatral. Mas não tenho certeza de que meu interesse e respeito pudessem se atiçar por nada em sua vida, a não ser pelas mesmas coisas e pessoas que atiçavam meu interesse e meu respeito na minha própria vida.

Por exemplo, sei que o respeitava por ter lido certos livros, e lido com tanta atenção e de forma tão organizada, mas eram sempre livros que eu mesma tinha a intenção de ler. E o respeitava pelo modo como ele escrevia.

Não teria desejado passar muito tempo, de qualquer forma, ou talvez nenhum tempo, com seus jovens amigos, que eram tão mais jovens que eu teria me sentido uma velha ou uma professora deles, e eles seriam respeitosos comigo como se de fato eu fosse sua professora.

Mas uma vez fomos a uma peça juntos e eu conheci alguns deles, ainda que só me reste uma imagem fugidia do interior do teatro, na verdade só um canto próximo à entrada, e a lembrança de cumprimentar com um aperto de mãos um grupo de pessoas que ele conhecia.

Não sei se foi nesse dia que seguimos depois para um café, ou se houve mais uma ida ao teatro, depois da qual encontramos alguns de seus amigos, fomos a um café ou a um bar para tomar uma cerveja, e conversamos sobre peças e filmes. Mas nunca gostei em particular de conversar sobre peças e filmes. E nunca de fato senti um grande interesse por teatro. Ele queria escrever peças teatrais. Pouco antes de perdermos o contato completamente, ele me contou que tinha ganhado uma bolsa para uma escola de dramaturgia. Era uma bolsa que ele queria conseguir, mas contou que havia decidido não aceitar. Se aceitasse, ele disse, a vida seria fácil demais. As razões que ele me deu podiam ser as razões reais, ou podiam ser razões inventadas ou exageradas para me impressionar. Se eram mesmo essas as razões, elas me impressionavam, mas ao mesmo tempo eu mantinha consciência de que podiam não ser reais.

Não sei se ele queria que eu conhecesse seus amigos jovens. Sei que queria que eu fosse mais divertida com ele, e não tão séria, porque às vezes ele me dizia explicitamente: "Queria que você brincasse mais comigo." E eu sabia que ele queria que eu passasse mais tempo no local onde ele morava. Mas eu me sentia mais confortável cercada pelas minhas próprias coisas, perto das coisas que eu podia fazer e das coisas minhas que me interessavam.

Pela mesma razão, acho, eu quase nunca andava em seu carro. Disse que não gostava de andar em seu carro porque o rugido pelo escapamento quebrado era alto demais, mas agora, é claro, essa não parece ser uma boa razão. Eu poderia ter aguentado o rugido ensurdecedor, ou mesmo gostado do ruído, se não tivesse medo de ser consumida pelo mundo dele, se não tivesse me apegado com tanta teimosia ao meu próprio mundo – meu próprio carro, minha própria casa, meu próprio vilarejo e meus próprios amigos.

Tenho tentado lembrar o interior do carro. Vejo algo vermelho lá dentro, mas não sei se era a jaqueta vermelha dele, ou um cobertor que ele mantinha no carro, ou o estofado. Tenho quase certeza de que o ar lá dentro era pesado e tinha o cheiro de mofo de um carro muito velho, do couro seco dos assentos ou do estofado, e de que esse cheiro era sobreposto por um cheiro de sabão em pó, já que suas roupas estavam sempre lavadas. E tenho certeza de que o banco de trás e mesmo o banco da frente estavam cheios de roupas e livros, cadernos, papéis soltos, canetas, lápis, equipamentos esportivos e tantas outras quinquilharias. Sei que depois que ele perdeu o segundo apartamento, quando estava dormindo no apartamento de uma namorada mas não tinha onde guardar suas coisas, ele carregava todas as roupas no carro e decerto várias outras coisas, o que quer que coubesse.

Ainda assim, depois que ele me deixou, eu costumava procurar o carro dele o tempo todo, com tanta constância e por tantos meses que nunca perdi o hábito de notar carros parecidos com o dele, e o carro começou a assumir vida própria, independente, tornou-se uma criatura viva, um tipo de animal, um cachorro de estimação, amigável, leal, ou um cachorro estranho, ameaçador, cruel.

Me surpreendia, de novo e de novo, ao me ver com um homem tão jovem. Tinha 22 anos quando o conheci. Fez 23 quando já nos conhecíamos, mas quando cheguei aos 35, já não sabia onde ele estava.

A ideia de ele ser doze anos mais novo me interessava. Eu não sabia se voltava esses doze anos para estar com ele, ou se ele se antecipava para estar comigo, se eu era o futuro dele ou se ele era o meu passado. Às vezes pensava que repetia uma experiência que tivera um longo tempo antes: mais uma vez eu estava com um jovem idealista, ambicioso, talentoso, assim como estivera quando eu mesma era jovem, mas agora, mais velha, tinha uma confiança e uma influência sobre ele que não tivera com aquele outro jovem. Mas também havia uma distância entre nós causada por isso, que não estaria lá em outras circunstâncias.

Eu disse a ele que aquilo me fazia me sentir mais jovem do que eu era, estar com ele, e ele disse que estar comigo o fazia se sentir mais velho. Mas é claro que o contrário também devia ser verdade: eu me sentia até mais velha do que eu era, por contraste em relação a ele, e ele se sentia mais jovem. Ele devia se sentir desconfortável com a minha idade, de vez em quando, porque se mostrava muito cauteloso com o que dizia quando falava de coisas que eu conhecia bem, mas ao mesmo tempo essa diferença de idade devia fazer com que se sentisse mais sofisticado.

Disse que tinha medo de dizer alguma coisa que o fizesse parecer jovem aos meus olhos. Percebo agora o esforço que ele devia fazer, a cada vez que falava, para imaginar, antes de abrir a boca, o que o faria parecer novo demais para mim, e assim evitar dizê-lo.

Eu sabia mais do que ele, ao menos sobre certas coisas, e de vez em quando o corrigia quando ele dizia algo errado. Eu não estava acostumada a saber mais do que outra pessoa. Não estava acostumada a sentir que sabia muito sobre qualquer coisa. Eu sabia mais apenas porque tinha vivido doze anos a mais. Tinha mais conhecimento em mim, não porque ia atrás desse conhecimento e o agarrava tal como ele o fazia, mas porque se acumulara em mim, quase contra a minha vontade.

Ele se sentia envergonhado ou desconfortável porque eu sabia mais. Mas o que eu via era que nossas mentes eram apenas diferentes, a dele se abria para o território dele e a minha se abria para o meu próprio território, e nenhuma era mais rica que a outra. Mas ele queria ser capaz de me ensinar coisas, ele disse, queria ser capaz de me ajudar, até de conseguir um emprego para mim, embora eu já tivesse emprego. Ele queria encontrar um emprego para mim, mas não teria conseguido, na época não encontrava um emprego sequer para si mesmo. Mais de uma vez ele disse que queria me levar para algum lugar. Não lembro se chegou a mencionar qualquer outro lugar além da Europa e do deserto. Mas nunca fomos ao deserto, e ele não poderia me levar para a Europa, ele não tinha dinheiro para me levar a parte alguma.

Um amigo meu uma vez me contou de um caso que teve com uma mulher muito mais velha. Também queria levá-la a algum lugar onde nada a distraísse e onde ela pertencesse inteiramente a ele, um lugar tão inacessível que era quase imaginário. Enquanto me contava a história do início ao fim, com todos os detalhes, eu percebia outras semelhanças, ainda que não dissesse nada: a primeira noite também começara num momento em que se tiraram os sapatos, embora no caso deles tenha sido ela quem perguntou se podia tirar os sapatos, e ele os tirou no quarto dela. Era ela, no caso dele, que trabalhava num posto de gasolina, e, depois que ela terminou o caso, foi ele quem a procurou no posto e discutiu com ela – embora eu tenha certeza, já que ele é muito mais gentil que eu, que não foi tão persistente.

Meu amigo contou que não conseguia parar de escrever certas coisas sobre a história. Como não podia conversar com ela, uma vez que ela não o escutava, ele escrevia sobre o assunto para que outras pessoas lessem, e para que ela pudesse ler, também, e se deixasse afetar não apenas com o que estava escrito, mas com o fato de ser algo público. Se ela não se afetasse, ele ao menos teria a satisfação de contar aquilo em voz alta, e de transformar aquele caso amoroso, que não durara tanto quanto ele queria que durasse, em algo mais duradouro.

Era como se eu participasse do comecinho da vida dele, de sua vida como adulto, e isso era empolgante para mim. Havia nele uma força simples que tinha a ver com sua juventude, um vigor puro, e uma sensação de possibilidades ilimitadas, que era algo que mudaria, eu pensava, em doze anos. No começo existiam todas as possibilidades, eu pensava, e com o passar dos anos algumas dessas possibilidades desapareciam. Eu não me importava, mas gostava de estar com uma pessoa que ainda não tinha passado por isso.

Mas de vez em quando eu precisava conversar com alguém que havia passado pela experiência de viver esses doze anos e chegado ao mesmo ponto, com o mesmo tipo de conclusões que eu tinha, e então eu queria estar com pessoas da minha idade, e cheguei até a dar as costas para ele, se estávamos na mesa de um restaurante, e me virar para as pessoas da minha idade. Quando meu humor era esse, se ele falava comigo eu me virava e respondia, mas de imediato voltava a lhe dar as costas, como se ele fosse contagioso, ou como se eu tivesse medo de ser puxada de volta para a sua juventude, perder o controle da minha própria idade e da minha geração, escorregando para trás por aqueles anos até uma inocência ou um frescor que também acarretavam certo desamparo. Eu não queria aquela juventude para mim. Só queria que estivesse ali comigo, à distância de um braço, dentro dele.

Ainda assim, o fato de excluí-lo de forma tão explícita, nessas vezes, também me dava uma consciência mais intensa de que ele estava ao meu lado, sentado em silêncio, chocado com a minha grosseria, e ouvindo a conversa ou entregue a seus próprios pensamentos, ou fazendo vista grossa para a minha grosseria e conversando com a pessoa do outro lado, de modo que, mesclado à minha inquietude pelo que eu estava fazendo, havia também um prazer intensificado com a proximidade dele, como se o fato de excluí-lo, de tê-lo ao meu lado mas atrás de mim, apenas aumentava minha sensação de quanto ele estava próximo, uma riqueza ainda intacta. Era como se a recusa, por um momento, do prazer que ele e eu tínhamos um no outro apenas concentrasse mais esse prazer. Mas ele devia ter consciência dessa divisão do meu sentimento por ele, e isso devia magoá-lo.

Uma noite eu não esperava vê-lo, porque ele próprio estava ocupado ou por alguma outra razão, e chamei Mitchell para vir jantar com Madeleine e comigo. Tínhamos acabado de comer e ainda estávamos sentados à mesa na varanda junto ao deque, Mitchell relatava uma viagem recente, quando ele atravessou o portão e o deque e chegou até nós. Vê-lo me provocou um sentimento agudo de irritação, porque não queria encontrá-lo naquele momento, mas ele não deve ter suspeitado que eu pudesse sentir algo assim. Bastante à vontade, sentou-se conosco e ouviu Mitchell terminar de contar sobre a viagem. Depois que Mitchell foi embora, ele desceu o morro comigo e me levou ao bar que ficava no fim da minha rua, para encontrar um professor que admirava muito. Dois outros estudantes também estavam presentes. Meu sentimento de irritação continuou, e cresceu, quando me vi sentada ali antipatizando veementemente com o professor e seus alunos, que prestavam tanta atenção nele que mal pareciam ver ou ouvir qualquer outra coisa. Mas não sei se minha antipatia em relação àqueles três homens alimentava minha irritação, e por isso não a dissipei ao longo de toda a noite, ou se eu desgostava deles com tanta veemência só porque já estava irritada.

Agora que me lembrei desse professor, de quem já havia me esquecido, também lembrei que ele vivia um pouco acima no morro e um pouco ao sul de mim no mesmo vilarejo, e que costumava dar aulas em casa, onde os alunos se reuniam em pequenos seminários.

E lembro que esse era outro lugar em que ele podia estar nesse dia, antes de vir até mim ao fim da noite, talvez porque realmente fosse um aluno do curso, talvez porque fosse convidado para se unir aos outros apenas ocasionalmente. E, quando me lembro de um lugar específico onde ele podia ter estado, fica mais fácil ouvi-lo, de novo, me dizendo que viria daquele lugar específico ao fim da noite, e fica mais fácil lembrar como o conhecimento do lugar onde ele estava e do plano que tínhamos, a perspectiva de sua aparição mais tarde era tão distinta, tão perceptível e tão doce quanto uma fruta madura perto de mim, à minha vista e ao meu alcance, enquanto eu trabalhava confortavelmente ao longo da noite, começando a escutar, no fim da noite, o som do seu carro e em seguida o som dos passos no portão.

❖

Quando ele ficava calado ao meu lado, seu silêncio me parecia difícil e desconfortável. Tenho quase certeza de que ficava calado porque tinha medo de falar, medo de que eu julgasse o que ele dissesse equivocado – impreciso, ou pouco inteligente, ou pouco interessante. Mesmo quando eu não queria ser rude com ele, eu era rude, e isso o deixava com medo de falar.

Seu silêncio escondia coisas, assim como seu rosto escondia coisas, o que passava por sua mente e o que ele estava sentindo, e me forçava a olhar para ele com mais atenção, procurar o que havia por trás do silêncio. Ele nunca se explicava, diferente de outro homem que eu conhecia que se explicava tão plenamente que não me restava nada a supor. Eu supunha suas razões, supunha seus pensamentos, mas, quando perguntava se estava certa nas minhas suposições, ele não respondia e me fazia supor ainda mais, supor se eu estava certa ou não.

Isso mantinha minha atenção nele, mas às vezes eu perdia a paciência. Eu sabia que não devia ser impaciente com o silêncio dele, ou com seu modo indireto de fazer as coisas, ou com seu jeito mais lento de fazer as coisas, e, no entanto, eu era. Queria que tudo fosse rápido, a maior parte do tempo, exceto quando eu escolhia que fosse lento. Simplesmente queria que tudo fosse tal como eu escolhia, rápido ou lento.

Se penso em como era impaciente com ele, tenho que me indagar sobre a maneira como o amava. Acho que eu era irresponsável em lidar com o amor dele. Eu esquecia, ignorava, abusava. Só de vez em quando, e quase por acaso, ou por um desejo súbito, eu o honrava e o protegia. Talvez eu só quisesse que aquele amor me fosse confiado: no mais estava disposta a deixá-lo sofrer, porque encontrava segurança na confiança daquele amor e não sofria.

Também não era fácil falar com ele. Eu queria falar e minha voz falava dentro de mim, eu pensava nas palavras que devia dizer e não as dizia, e o que de fato dizia era seco e rígido, as palavras não comunicavam nada do que eu sentia. Era mais fácil tocar nele ou anotar as coisas.

Assim, às vezes havia essa estranha formalidade entre nós, um vazio e uma dificuldade, por causa da estranheza do que ele dizia quando falava comigo, e da estranheza do que eu dizia quando falava com ele, e os silêncios vastos que caíam entre nós. Talvez não precisássemos conversar, mas quando estávamos juntos sentíamos que tínhamos que travar algo como uma conversa. Tentávamos falar, de novo e de novo, e fazíamos isso mal, havia tantas barreiras no caminho.

Outras coisas me incomodavam nele, e ele devia saber. Eu ficava inquieta se ele ficava em silêncio por muito tempo na companhia de outras pessoas, ou se fazia um comentário que mostrava que ele não tinha entendido sobre o que era a conversa, a enunciação mais clara quando ele estava mais nervoso, os tês notavelmente ligeiros, ou se ele ria de uma forma autoconsciente, a voz tensa crescendo. Até o sorriso, largo como sempre, parecia tenso e autoconsciente, como se ele estivesse se oferecendo para mim, parado atrás do sorriso e do corpo largo, tão rijo, tenso e quieto. Eu achava seu corpo anormal de tão largo, os braços e as pernas anormais de tão grossos. Eu achava que sua pele era estranhamente branca, a carne dos membros tão larga e branca que quase brilhava no escuro. De fato, brilhava na luz baixa, num quarto iluminado apenas pela luz da lua ou dos faróis que atravessava as janelas. Ele era com certeza bonito, suas feições eram agradáveis, mas o nariz era estranhamente pontudo e empinado no rosto largo, a pele do rosto era pálida, rosa e cheia de sardas, até os lábios tinham sardas. Ele sempre oscilava de uma pose autoconsciente para outra, com a cabeça jogada para trás, sorridente ou desconfiado, ou de cabeça baixa, quando não sorria e parecia bravo, ou pronto para brigar, mas sem estar bravo, olhando para mim por baixo das sobrancelhas, com os lábios apertados. Eu não poderia negar que seus olhos tinham um belo tom azul, mas mesmo o azul era muito pálido, e o branco muitas vezes estava manchado de sangue.

Quando já não estávamos juntos, o que costumava me incomodar nele não incomodava mais. Era mais difícil ver algo de errado nele, porque, embora as mesmas coisas estivessem ali, elas haviam encolhido, na minha atenção, a ponto de mal se mostrarem visíveis.

✤

Hoje tenho somado coisas. Tenho contado brigas e viagens. Preciso dar mais ordem às lembranças. A ordem é difícil. Tem sido a coisa mais difícil neste livro. Na verdade, minha incerteza tem sido o mais difícil, mas minha incerteza em relação à ordem é a pior parte. Não me incomodo de trabalhar pesado, mas não gosto de não saber o que estou fazendo, ou não saber se o que estou fazendo é a coisa certa.

Tentei encontrar uma boa ordem, mas meus pensamentos não são ordenados – um interrompe o outro, ou um contradiz o outro, e além disso minhas lembranças muitas vezes são falsas, confusas, condensadas ou misturadas umas às outras.

Tenho dificuldade em organizar as coisas na minha vida, de qualquer forma. Não tenho paciência para tentar com muito afinco. Um motivo para que eu esteja demorando tanto para escrever este livro é que, em vez de pensar e organizar o livro com antecedência, simplesmente continuei tentando, cega e impulsivamente, escrever de maneiras que não eram possíveis. Depois tive que voltar e tentar escrever de outro jeito. Cometi muitos erros, erros que eu só percebi depois de tê-los cometido.

Ainda me vejo esquecendo coisas que não pretendia esquecer e fazendo coisas que não planejava fazer. Me vejo fazendo coisas antes do que pretendia: Puxa, digo a mim mesma, então já estou *nesta* fase.

Reclamei para Ellie há algumas semanas que, embora eu pretendesse que o romance fosse curto, ele vinha crescendo e crescendo e claramente se tornaria bem longo antes que eu pudesse reduzi-lo ao tamanho que ele deve ter. Mas ela disse que essa parecia uma forma perfeitamente razoável de proceder. Fizera a mesma coisa com a dissertação muitos anos atrás, contou. Isso me reconfortou por um momento. Mas agora voltei a me preocupar. Se o romance crescer ainda mais, será que vai me restar tempo para reduzi-lo antes que acabe o dinheiro?

Não posso parar de vez de traduzir. Recentemente tentei calcular quanto dinheiro eu gasto a cada mês, quanto eu tinha em mãos no momento, e quanto eu precisava ganhar nos meses seguintes para completar esse valor. Satisfeita comigo mesma, desci e expliquei a Vincent que eu parecia gastar cerca de 2.300 dólares por mês, e tinha o bastante para cerca de um ano se traduzisse só um pouco. Mas Vincent lembrou que costumo errar nos cálculos. Muitas vezes esqueço o que ele chama de custos ocultos. E esqueço que vou ter que pagar impostos sobre o que ganhar.

Não sou muito boa na administração do meu dinheiro. Um problema é que, quando me pagam pelo meu trabalho, o pagamento sempre vem numa única quantia tão grande que parece ilimitada. Começo a gastar, e cada coisa que compro parece a única que vou comprar, cada pequena quantia parece a única quantia. Não entendo que essa pequena quantia vai ser somada à próxima até que a quantia original tenha acabado.

De vez em quando chega o dia em que não me resta quase nenhum dinheiro, e nenhuma perspectiva de trabalho também. Sinto medo. Não que Vincent não tentaria compensar a diferença se eu ficasse totalmente sem dinheiro, mas se eu não pago uma parte das nossas despesas nós não conseguimos manter o que temos. Nesse ponto eu contabilizo o dinheiro que me resta e por fim, como não tenho alternativa, faço um orçamento e procuro viver dentro dele.

Às vezes, então, o telefone toca e ouço a voz de uma pessoa animada que quer me pagar para eu traduzir um livro. Como eu falo com ela num tom calmo e profissional, ela não faz ideia do desespero que me tomava até aquele momento, ali do outro lado da linha.

Não estou cansada de traduzir, embora talvez devesse estar. Talvez devesse também me envergonhar por ainda estar traduzindo depois de todos esses anos. As pessoas parecem se surpreender com o fato de que uma mulher da minha idade seja tradutora, como se não fosse errado traduzir enquanto se é estudante, ou recém-formado, mas fosse preciso parar depois de certa idade. Ou faz sentido que você traduza poesia, mas não prosa.

Ou é razoável traduzir prosa se você o fizer como um passatempo ou um hobby. Uma pessoa que conheço, por exemplo, não precisa mais traduzir, e esse é um dos muitos sinais de que ele é agora um escritor de sucesso. De vez em quando ele traduz algo curto, como um poema, mas só como um favor a um velho amigo.

Parte disso pode se dever ao fato de tradutores receberem por palavra, de modo que, quanto mais cuidado investem na tradução, menos dinheiro recebem por seu tempo, o que significa que, se são muito cautelosos, podem não ganhar o bastante. E muitas vezes, quanto mais interessante e incomum é o livro, mais detalhista o tradutor tem que ser. Para um ou dois livros difíceis, eu levava tanto tempo em cada página que ganhava menos de um dólar por hora. Mas não sei se isso explica por que tantas pessoas não respeitam tradutores ou simplesmente prefeririam não pensar neles.

Se estou numa festa e digo a um homem que sou tradutora, com frequência ele perde o interesse de imediato e se prepara para seguir e conversar com outra pessoa. E de fato eu já fiz a mesma coisa com outros tradutores em festas, em geral outras mulheres. No começo converso entusiasmada com a mulher, porque há tanto que quero dizer sobre tradução a uma pessoa que entende o trabalho, coisas que ponderei muito e guardei para mim mesma porque não costumo conhecer outros tradutores. Então meu entusiasmo vai morrendo lentamente, porque ela só responde com reclamações, e percebo que não sente nenhum prazer em traduzir – não tem nenhum interesse em seu próprio trabalho e nenhum interesse em mim e no meu trabalho.

Uma mulher, eu me lembro, até era parecida comigo, ou tinha a aparência que acho que tenho até ir me olhar de novo no espelho. Tinha cabelo castanho-claro, muito longo, liso, preso para trás por dois pequenos grampos, usava óculos, era alta e magra, tinha traços regulares que podiam ser agradáveis em seu semblante se não fossem tão sem graça, e usava roupas elegantes, mas sem vida, sem um estilo particular, talvez um suéter sem cor e uma saia simples. A principal impressão que ela me causou foi de tédio, estreiteza e insatisfação. Talvez seja isso o que transmito aos outros. Talvez eu pareça tediosa e cheia de reclamações, embora também me considere entusiástica demais, até. Mas talvez meu entusiasmo seja pior, porque para eles é entusiasmo com coisas tediosas.

Reclamei com outro amigo sobre minha confusão em relação a este livro. Ele me fez uma pergunta clara e direta, como "Quanto você já avançou?", ou "Quanto ainda falta fazer?", como se eu devesse ser capaz de responder a isso. Ele disse que sempre sabia exatamente quanto lhe faltava escrever de um livro. Disse que escrevia cerca de uma página por dia e sempre sabia que tinha, digamos, cem páginas ainda a escrever. Só um de seus livros, ele disse, havia sido confuso, e para esse ele havia criado diagramas elaborados. Mas sinto que eu perderia tempo se parasse para fazer isso, mesmo que saiba que perco mais tempo ao não fazer.

Ontem, por cerca de uma hora, pensei ter entendido o que fazer. Pensei: você só tem que tirar as partes de que não gosta. Assim, tudo o que restar provavelmente vai ser bom. Mas então outra voz se pronunciou. É uma voz que me interrompe com frequência para me confundir. Disse que eu não devia me apressar muito em eliminar coisas. Talvez elas só precisassem ser reescritas, ela disse. Ou deslocadas a outro ponto. Deslocar uma frase a outro ponto podia mudar tudo. E trocar uma só palavra numa frase ruim pode torná-la boa. Na verdade, só trocar um sinal de pontuação já pode ter esse efeito. Então pensei que teria que insistir em deslocar e reescrever cada coisa até ter certeza de que não pertencia a lugar nenhum e que podia ser suprimida.

E, também, talvez não haja nada que não caiba, e este romance é como uma charada de difícil solução. Se eu fosse inteligente e paciente o bastante, seria capaz de encontrá-la. Quando faço palavras cruzadas, nunca chego a terminar, mas em geral não me lembro de ver a solução quando ela aparece. A esta altura venho trabalhando há tanto tempo nesta charada que me vejo pensando que era hora de ver a solução, como se só me fosse preciso cavar uma pilha de jornais para encontrá-la. Sinto o mesmo tipo de frustração, às vezes, com um problema de tradução. Pergunto: Então, qual é *a* resposta? – como se ela existisse em algum lugar. Talvez a resposta seja o que me ocorrer mais tarde, quando eu olhar para trás.

Por causa do tipo de charada que isto é, no entanto, ninguém jamais vai saber que mais algumas coisas pertenciam ao romance e foram deixadas de fora porque eu não sabia onde colocá-las.

Essa não é única coisa que temo. Tenho medo de perceber, depois que o romance estiver acabado, que o que realmente me fazia querer escrevê-lo era algo diferente, e que eu devia ter tomado outra direção. Mas a essa altura eu não vou ser capaz de voltar e mudar, e então o romance vai continuar como está, e o outro romance, o que devia ter sido escrito, nunca vai ser escrito.

Houve cinco brigas, acho. A primeira foi no carro depois da leitura. A segunda, assim que voltamos de uma viagem pelo litoral. Não lembro sobre o que foi essa, só que ainda não tínhamos nos entendido quando o afinador chegou para afinar meu piano, cruzando a terra marrom da entrada, carregando sua mochila preta e assobiando uma música de um famoso espetáculo da Broadway.

Houve duas viagens pelo litoral, pelo que posso lembrar, uma a uma cidade grande onde ele comprou livros, outra para visitar aquele primo meu que nos levou para velejar.

Houve duas viagens de barco, uma no veleiro do meu primo e outra num barco para observar baleias, com um velho que me ignorou quase completamente. Até agora eu não havia incluído a observação de baleias, a vela, ou a viagem para a metrópole, onde, num restaurante lotado, jantamos com as malas de livros novos aos nossos pés.

Viajei três vezes sozinha. Uma foi num fim de semana. A segunda foi por três semanas no início do inverno, quando minhas aulas haviam terminado. Trocamos cartas e nos falamos ao telefone uma vez ou duas. A última viagem, e a mais longa, foi no fim do inverno. Liguei para ele algumas vezes e escrevi uma carta que nunca chegou. Isso foi quando eu morava num apartamento emprestado e ele em cima da estufa de cactos.

A terceira briga foi mais séria que as duas primeiras e ocorreu cinco dias depois da briga interrompida pelo afinador de pianos. Eu estava prestes a fazer a primeira das minhas viagens, a mais curta. Acho que ele estava bravo porque eu estava indo embora, ainda que tivesse bons motivos para ir, e foi por isso que, na noite anterior à partida, ele me deixou uma breve mensagem com Madeleine, que me passou o bilhete indignada. Dizia que não podia me ver, apesar dos planos que tínhamos feito. E não explicava por quê.

Em vez disso passou a noite com Kitty, primeiro indo ao cinema com ela, depois conversando com ela no quarto dele. Disse que ela precisava conversar com ele porque tinha um problema. Liguei várias vezes até ser atendida, briguei com ele por telefone, depois liguei de novo e, por fim, embora já fosse tarde, entrei no carro e fui até a sua casa. Queria estar com ele mesmo que fosse por pouco tempo.

Pela hora tão avançada, ou pelo absurdo do que eu estava fazendo, minha falta de dignidade, o fato de ter tirado a camisola e voltado às minhas roupas para fazer isso, ou por alguma outra razão, quando cheguei à curva comprida e larga da estrada ao redor do estacionamento da pista, seguindo em direção ao acampamento de trailers e vendo, a distância, a estrada com seus pares de luzes amarelas descendo a costa e de luzes vermelhas subindo, e pude ver bem no alto um trem vindo para o sul, com seu único farol e seus dois longos dentes de luz refletida brilhando para mim através dos trilhos, sem nada a não ser escuridão e vazio de ambos os lados, camadas e camadas de tons diferentes de escuridão e vazio, luz suficiente apenas para ver a lateral escura da montanha atrás da cerca de arame farpado, atrás do chão arenoso, atrás do canal de água escura, senti que já não estava observando essa paisagem, e sim que ela me observava: eu era a única coisa móvel exatamente ali, naquele espaço vazio, e de repente me voltei para mim mesma, como se refletida na paisagem, e me forcei a ver o que estava fazendo naquele momento.

Mas não importa o grau de clareza com que pude ver o que estava fazendo, ainda assim eu continuaria fazendo, como se apenas tivesse permitido que minha vergonha se sentasse ao lado da minha necessidade de fazer aquilo, uma separada da outra. Muitas vezes eu escolhia a coisa errada a fazer e me sentia mal em vez de fazer a coisa certa, se a coisa errada era o que eu queria.

Eu estava subindo aquele quilômetro pela costa com um único propósito, de galgar aquele quilômetro e chegar ao outro lado. Eu o encontrei, mas ele não me deixou entrar no quarto. Conversamos do lado de fora, e ele pediu desculpas. Voltei para casa e segui para a minha viagem na manhã seguinte, sem ter certeza do que era verdade e do que não era naquela história.

Era o Dia de Ação de Graças. Eu iria de avião para uma cidade mais ao norte, a mesma cidade, na verdade, onde anos mais tarde eu passaria a maior parte de uma tarde procurando seu endereço mais recente, ainda que na minha memória existam duas cidades, é claro, bastante diferentes. Não muito tempo depois de ter chegado, fui levada a uma casa onde nunca estivera, e mais tarde nessa noite fui levada, no escuro, por ruas que não conhecia, a uma outra casa onde eu nunca estivera. Era um chalé solitário, separado da estrada pela distância de um gramado muito longo, todo um lote da cidade, eu acho, a não ser que a extensão do gramado tenha crescido na minha memória com o passar do tempo. Eu não sabia em que parte da cidade estava, e não soubera antes que iria parar lá.

Fui deixada no local, e não havia mais ninguém na casa a não ser o filho adolescente de alguém dormindo no quarto de cima, que eu nunca cheguei a ver, nem à noite, nem na manhã seguinte, e então parecia que eu estava sozinha na casa. Eu sentia que não apenas as horas me separavam dele, mas também a sucessão de lugares estranhos, como se quanto mais horas passassem e mais lugares estranhos eu visitasse, mais longe dele estaria, e teria que voltar pelo tempo e por todos aqueles lugares para encontrá-lo. Então, embora já fosse tarde, o telefone tocou e, quando atendi, o que ouvi foi a voz dele. Ele não podia saber onde eu estava, eu pensava, já que nem eu sabia onde era. Ele não podia ter ligado para mim. Mas ele havia me encontrado, simplesmente porque eu queria que ele me encontrasse.

A mesma coisa acontecera algumas semanas antes, quando eu queria mais que tudo segurá-lo nos meus braços, e pensava que ele estava em outro lugar, com outras pessoas. Abri a porta de acesso ao hall, e ele estava ali na minha frente, esperando por mim.

Era em momentos como esse, e talvez somente em momentos como esse, quando eu estava longe dele e queria estar com ele, que desaparecia qualquer confusão em mim e eu não me continha mais em relação a ele.

Voltei para casa dois dias depois e encontrei uma pequena cesta de flores azuis em cima do piano, e um bilhete em que ele dizia que estava me esperando ao pé do morro, no bar. Tudo o que eu tinha que fazer era escolher o momento de ir, lavar o rosto e as mãos, descer o morro e encontrá-lo naquele lugar cheio de gente, onde ele estaria sentado num banco, uma pessoa a mais de costas entre toda uma fileira, uma linha apertada de pessoas ombro a ombro, as costas dele, e ele se viraria para me procurar, pressionando as costas de outro homem, enquanto eu atravessasse o tumulto até alcançá-lo. Então eu o teria em meus braços, onde eu queria que estivesse.

Mas, mesmo assim, adiei um pouco o momento, dei uma olhada na correspondência e abri algumas cartas antes de descer o morro. Mantive aquele momento a uma distância curta, talvez para aproveitá-lo onde ele estava, no futuro próximo. Na verdade, talvez eu estivesse mais feliz exatamente nessa situação, tendo-o por perto, tendo a perspectiva de vê-lo na minha frente, sentindo o desejo de estar tão perto dele que nada nos separaria, e sabendo que seria capaz de satisfazê-lo no instante que eu escolhesse. Era uma posição perfeitamente segura, intocada por qualquer problema, qualquer conflito ou contradição, e eu tinha tempo para aproveitá-la. Nada podia perturbá-la, exceto se eu tentasse ficar nela por tempo demais.

E, quando percebo isso, paro para pensar que talvez o que eu julgava tão intolerável depois que ele me deixou não era a coisa óbvia, que ele e eu já não estávamos juntos, que eu estava sozinha, e sim algo menos óbvio, que eu já não tinha aquela possibilidade maravilhosa disponível para mim, de ir encontrá-lo onde quer que ele estivesse e ser bem recebida por ele. Eu queria ir ao seu encontro, mas não sabia onde ele estava; e quando sabia onde ele estava e o encontrava, não era bem recebida por ele.

Quando ele apareceu de repente, como se trazido pela força do meu desejo de que estivesse ali, no hall atrás da porta, uma festa estava acontecendo na minha casa. Era uma festa organizada por mim e por ele juntos, embora eu não consiga lembrar se havia algum motivo específico para isso. Tinha muita gente na casa. Estávamos tentando assar pedaços de frango para alimentar essas pessoas, mas não tínhamos planejado direito e não éramos rápidos o bastante. Eram tantos os que se amontoavam ao nosso redor e tentavam comer, ou esperavam ou pediam para comer, que quase ficamos com medo daquela fome. Assávamos o frango do lado de fora, no deque, numa churrasqueira feita de pedra, e de novo e de novo virávamos a carne macia do frango, com sua gordura brilhosa sob a luz fraca que vinha da casa, mas não conseguíamos deixá-la ao ponto. Alguns comeram, por fim, outros nunca chegaram a comer, e à medida que passavam as horas a fome daquelas pessoas foi satisfeita ou não, mas foi esquecida. Na manhã seguinte havia um cheiro agradável de cerveja nos quartos, e pilhas de migalhas de pão partido por toda parte nos ladrilhos, e o chapéu de feltro que alguém deixara atrás da mesa.

Pouco depois de voltar da minha viagem de fim de semana, fui encontrá-lo em sua garagem. Eu não costumava ir lá. Não perguntava como e quando ele trabalhava. Perguntaria, talvez tenha perguntado uma vez, mas deve ter havido algo no modo como me respondeu, talvez a brevidade da resposta, que me fez pensar que ele não gostava que eu perguntasse.

Saí com alguns livros que vinha querendo ler. Guardei-os na estante que ficava no nicho acima da minha cama, ao lado de outras aquisições recentes: os livros que tinha ganhado durante a viagem, e os que eu comprara com ele alguns dias antes.

Eu olhava as lombadas com frequência. Suas cores, e as poucas palavras dos títulos, nomeando outras possíveis visões de mundo, eram sempre parte do que eu via no quarto, e eu sempre gostava de ter esses indícios de outros mundos perto de mim, mesmo que por meses ou anos eu não abrisse os livros, mesmo havendo muitos que eu nunca lia, mas encaixotava e desencaixotava seguidas vezes, levando-os comigo de um lugar para o outro. Alguns, na verdade, ainda tenho nas prateleiras desta casa, ainda não lidos.

Quando o visitei em sua garagem, ele me mostrou mais de perto o que tinha naquele lugar onde trabalhava, e eu fiquei impressionada com os livros, sem saber, então, que a maioria não era dele. A garagem era maior que o seu quarto, no fundo do prédio. Uma ríspida luz amarela reluzia nas paredes de concreto e nas estantes altas, estranhamente situadas em fileiras no meio do espaço. Caminhava de forma leve e fácil ao redor das estantes enquanto me mostrava como organizava os livros. Nunca desperdiçava movimentos. Ele se movia, mas sempre parecia parado. Pausava antes de se mover, depois se movia de um jeito econômico e deliberado, enquanto eu me atirava constantemente contra as coisas, tropeçava, era desajeitada. Ele também parecia pensar de um jeito econômico, como se também parasse antes de pensar, como também parava antes de falar. É claro que mesmo parando, sendo cuidadoso, ele às vezes dizia algo errado, ou inadequado, e eu pensava no modo como um animal encurralado para e em seguida, com seus instintos perfeitamente alertas, faz um movimento que deveria ser bem-sucedido, mas não é, porque há elementos na situação que o animal não entendeu e não podia ter entendido.

Não voltei a visitá-lo na garagem depois disso, até onde me lembro. Não o ajudei na mudança, quando ele se mudou um ou dois meses mais tarde para os quartos com vista para o jardim de concreto com uma estufa cheia de cactos em vasos. Não me lembro bem quando foi essa mudança. Acho que eu estava fora, acho que tinha voltado para o Leste. Havia algo em disputa naquela mudança. Ou ele devia o aluguel, ou o proprietário não gostava dele, ou um amigo voltou e exigiu o lugar de volta, ou esse amigo ou um amigo diferente ficou bravo por causa dos livros, seja porque foram deixados para trás naquela garagem, seja porque não o foram, ou o proprietário ficou com os livros, ou eles foram danificados, ou alguns sumiram.

Já nesse instante notei, antes de eu mesma estar brava com ele, muito antes de Ellie me contar a história de outra mulher que havia se ofendido terrivelmente com uma proposta dele, algo que ele se ofereceu a fazer por ela em troca de dinheiro, que muitas pessoas pareciam ter raiva dele. Com certeza em qualquer tipo de acordo de negócios, qualquer coisa que envolvesse questões práticas ou dinheiro, mais cedo ou mais tarde ele não fazia a coisa certa e causava irritação na pessoa com quem estava lidando. No começo ele passava uma boa impressão, por exemplo com um proprietário, já que era limpo e organizado, amigável e inteligente, e bonito de um jeito pouco pretensioso, e o proprietário ficaria feliz e com boa vontade em relação a ele. Mas então ele atrasava um aluguel, ou pagava apenas uma parte e esquecia o próximo, e o proprietário ficava primeiro intrigado, depois nervoso, depois bravo, até que finalmente pedia que ele saísse.

Ele havia sido rápido para devolver o primeiro empréstimo que lhe fiz, os cem dólares, mas não me pagou de volta os trezentos que lhe emprestei mais tarde, dinheiro suficiente para que consertasse o amortecedor, provavelmente porque quando voltei ele já havia terminado comigo e por isso a dívida não era algo que afetaria nossa relação, e sim algo que ele iria querer esquecer, assim como iria querer me esquecer, o mais rápido possível, me deixar para trás e seguir em frente.

Só depois percebi que ele chegou a outra mulher e se apegou a ela da mesma maneira como se mudava para um apartamento e vivia lá por alguns meses e então se mudava por algum desentendimento com o proprietário, sempre dando o calote no aluguel e devendo dinheiro. Ele precisava ficar com ela e se tornar parte dela, não perder a si mesmo completamente, mas também não se manter inteiramente separado. Depois de um tempo a deixava e se apegava a outra mulher.

Uma mulher o ancorava no mundo real, o conectava a algo. Sem ela, ele flutuava. Ele não acompanhava muito bem a passagem das horas ou dos dias, não planejava como ganhar dinheiro ou gastar ou guardar, ou, se planejava, seus planos não se ligavam a nada muito real, ainda que ele se mantivesse limpo e organizado, e começasse projetos e trabalhasse neles com afinco, ainda que fosse um trabalhador esforçado, ainda assim ele não costumava terminá-los.

Ele nem sempre sabia o que estava fazendo ou como planejar o que tinha que fazer e, da mesma maneira, às vezes não sabia o que estava dizendo, ou não pensava como aquilo se relacionava com a última coisa que dissera, ou com o que estava fazendo, ou com a situação verdadeira, e então muitas vezes havia uma falta de conexão entre uma coisa e outra em suas conversas e em sua vida. Muitas das coisas que me dizia não eram verdadeiras, ou, pior, não eram o que ele queria dizer. Ele nem sempre sabia o que estava dizendo porque sua mente costumava estar em outra coisa. Uma vez me disse que fazia muito bem uma sopa portuguesa de peixe, depois se corrigiu dizendo que nunca tinha feito essa sopa, mas que acreditava que poderia fazê-la muito bem. Às vezes dizia algo pensando que fosse verdade, mas dizia de um jeito tão estranho que não expressava o que queria dizer. Às vezes estava simplesmente confuso ou enganado. Algumas coisas ele dizia errado por nervosismo, e então podia perceber o erro ou não. Algumas coisas ele distorcia ou exagerava com deliberação. Às vezes mentia com deliberação.

Quando o conheci, como ainda não sabia que ele podia mentir, acreditava em tudo o que ele dizia. Depois, olhando em retrospecto o que ele dissera, sabendo que podia mentir, tinha que me perguntar quais coisas eram verdadeiras e quais não eram. E cada coisa de que eu duvidava me fazia mudar o que eu pensava saber a seu respeito.

Acho que ele queria me esquecer, assim como queria esquecer o dinheiro que me devia, mesmo que tenha me mandado aquele poema francês um ano depois da última vez que nos vimos. Mandá-lo pode ter sido um impulso momentâneo. Talvez alguma lembrança de mim tenha rompido por um instante sua nuvem de esquecimento, sendo logo reabsorvida, de modo que quando ele recebeu a minha resposta, se chegou a receber, mais uma vez estava inclinado a me esquecer e a leu com rapidez, suprimiu qualquer coisa que tenha sentido ao ler, guardou a carta para que fosse esquecida o mais rápido possível – não numa gaveta ou numa caixa, não no cesto de lixo, mas em algum lugar em cima da mesa ou da escrivaninha onde parecesse algo a que ele estava disposto a responder, mas acabasse enterrado entre outros papéis, perdido, e esquecido por fim.

Quando recebi o poema, li tudo de uma vez muito rápido, e várias outras vezes no mesmo dia até conseguir entendê-lo quase por completo, e depois disso já não pude voltar a tirá-lo do envelope, como se tivesse poder demais, como se sua força estivesse contida o bastante dentro do envelope, mas já não se poderia conter se a folha estivesse fora e desdobrada.

Só agora voltei a pegar o poema e tenho vasculhado várias antologias para ver se consigo achá-lo e identificá-lo. Já o encontrei antes, quase por acidente, então pensei que, quando precisasse, seria capaz de encontrá-lo facilmente. É provável que seja um poema bastante conhecido, ou essa foi ao menos a minha impressão depois de tê-lo encontrado por acidente. É provável que seja um poema que eu devia conhecer, ou um poema que outros pensariam que eu devia conhecer pela minha profissão, mas meu conhecimento de literatura francesa é surpreendentemente pobre, assim como meu conhecimento de história francesa. Estranhamente, isso não costuma afetar a qualidade do meu trabalho. No pior dos casos acabo perdendo uma ou duas referências. Mas de quando em quando isso me deixou constrangida.

O poema é um soneto, e começa com a palavra Nous. Olhei no índice de primeiros versos do livro onde eu tinha certeza, esse tempo todo, que o encontraria, e só vi outros primeiros versos começando com a palavra Nous, nas traduções literais oferecidas pelo livro: Nós dois temos as mãos para dar. Nós temos um clero, alguns limões. Nós não vamos viver para sempre nestas terras amarelas. Não encontrei o verso que procurava, que seria algo como: Nós pensamos coisas puras. Desisti, por ora.

Então aconteceu uma coisa peculiar. Pude assistir, como se a distância, às minhas duas mãos que guardavam a carta de volta no envelope. Não a manuseei com cuidado, de forma quase reverente, como fizera pouco tempo antes quando a tirei, mas sim com pressa, descuidada, porque estava frustrada por não ter descoberto que poema era aquele. E, como estou bastante acostumada a ver minhas mãos fazendo o mesmo todo dia com outras cartas, acreditei, ou uma parte independente do meu cérebro acreditou, por um instante, que essa era uma carta que eu acabara de receber, acabara de trazer do correio para abrir em minha escrivaninha. Agora sua caligrafia no envelope de repente voltava a ter um senso de propósito e urgência – a carta parecia ser uma comunicação real e ativa.

Então o instante passou, ou a parte do meu cérebro que sabia a verdade alcançou a parte que acreditara por um instante em algo diferente. Mais uma vez, a carta tinha a permanência desbotada, a imutabilidade, de uma relíquia.

A carta faz parte de uma pequena coleção de coisas aqui no meu quarto que parecem ter alguma vida própria. Relíquias, são mais pesadas, ou mais magnéticas, do que os outros objetos da casa. Além do poema que ele mandou, e de seu conto, uma foto dele, outras cartas e uma página que ele e eu escrevemos juntos, na qual sua caligrafia se alterna à minha, há um cobertor que ele deixou na minha casa, uma camisa xadrez que me deu, uma segunda camisa xadrez cujas mangas estão tão gastas que se tornaram farrapos e ao menos três livros. Um dos livros é um romance de Faulkner que li depois que ele me deixou, um livro em brochura tão velho que suas páginas são amarelas, e suas margens, marrons, a cola tão frágil que cada página, depois que a li e virei, caiu em silêncio da lombada, e, como eu não fechava o livro ao deixá-lo de lado, e sim o mantinha aberto no peitoril da janela ao lado da cama, não é mais um livro e sim duas pilhas de folhas, uma de páginas coladas e outra de páginas soltas, o livro não terminou na história, e a história continuou presente no quarto enquanto eu lia o livro e muitos dias mais tarde, como se estivesse solta no quarto, se desprendesse das páginas e flutuasse, pairasse ali sob o teto pontiagudo: a triste doença da mulher, a destruição das palmeiras selvagens em volta da prisão onde o homem está, o vento forte, o rio largo que o homem pode ver pela janela de sua cela, o cigarro frágil que ele não consegue enrolar com firmeza porque suas mãos tremem demais.

Eu pensava que o sentimento de vazio e desolação só tinha aparecido em fevereiro. Pensava que era suave. A verdade é que apareceu em dezembro, antes que eu fosse para o Leste pela primeira vez. Na realidade estava presente mesmo antes, mesmo perto do começo, mas no começo não importava. Como fui embora em dezembro e voltei, esqueci minha inquietude. Senti falta dele e depois voltei a tê-lo comigo. Mas em fevereiro o sentimento reapareceu, e foi agudo, e persistiu dia após dia.

Houve duas viagens para o Leste, mas não sei se vou descrever a primeira em primeiro lugar e a segunda em segundo, porque hoje estou sentindo que a ordem cronológica não é uma coisa boa, mesmo sendo mais fácil, e que devo rompê-la. Será que, quando esses acontecimentos estão em ordem cronológica, eles não são impulsionados para diante por causa e efeito, por necessidade e satisfação, eles não se lançam à frente com sua própria energia, mas são simplesmente arrastados adiante pela passagem do tempo?

Ou eu apenas estou irritável hoje? Tenho que ser cuidadosa, porque há dias em que me sinto tão irritável que não apenas quero perturbar a ordem cronológica, mas também apagar boa parte do que escrevi. Corte essa frase, digo a mim mesma, com um prazer furioso, e esse parágrafo também – nunca gostei dele ou o respeitei.

Mas se eu ceder a todos esses impulsos quando estiver de mau humor, não vai me restar quase nada.

Nessas ocasiões, a irritação que sinto em relação à escrita é tão pessoal quanto a irritação que sinto quando o velho se mostra teimoso e eu trombo com o muro branco de sua recusa, ou quando, durante uma discussão com Vincent, ele se recusa a me escutar, mas vira os olhos para o teto ou os fecha ou mantém o olhar no jornal. Como se eu pensasse que este romance tem vida e vontade próprias e simplesmente se recusa a fazer o que eu quero.

Nem sempre confio em mim mesma, porque nunca antes tentei escrever um romance. No começo eu pensava que tinha que ser o tipo de romance que admiro. Depois percebi que admiro mais do que um tipo, é claro. Por um tempo pensei que devia ser como o romance que eu traduzia na época em que ele me deixou, não porque era isso o que eu estava fazendo naquela época, mas porque admiro aquele romance. Mas se o tomasse como modelo, teria que cortar quase tudo o que acontece neste. Naquele romance, os personagens só entram e saem dos quartos, olham por portas abertas, chegam a apartamentos, sobem e descem escadas, olham para fora pela janela, olham para dentro pela janela e fazem uns para os outros breves comentários difíceis de entender.

Por um tempo depois disso, eu queria que este tivesse o mesmo tom de alta moralidade da obra de outro escritor que admiro, mas não tem porque eu não sigo os mesmos princípios morais fortes que ele.

Minha inquietude em dezembro às vezes era tédio, e às vezes, em seus piores momentos, um pânico de ficar presa no espaço vazio do nosso silêncio ou na estranheza do modo como tentávamos conversar um com o outro.

Uma vez estávamos sozinhos num restaurante e comecei a me sentir exausta pelo esforço de estar sentada ali tentando falar com ele, tentando fazer com que falasse comigo, e em seguida tentando pensar em outras coisas quando já não podia falar ou fazê-lo falar. Eu avançava pelo tempo daquela noite que passávamos juntos como se carregasse um peso de um minuto para o outro. O fato de que eu iria viajar alguns dias depois não parecia ajudar. Fiquei tão cansada nessa noite, sentia tão pouca vida entre nós que, no meio do mais profundo tédio, propus que jogássemos um jogo: pegar um pedaço de papel e passá-lo de um para o outro, criando juntos um conto, cada um escrevendo uma frase.

Fizemos isso, mas a história era ruim, ou pior que ruim: cada frase seguia a anterior, mas parecia arbitrária, claramente produzida pelo tédio e pela raiva, e essa arbitrariedade começou a me dar medo depois de um tempo, porque parecia mostrar como eram arbitrárias outras frases que se seguiam umas às outras, e outros contos também. Quando paramos de tentar escrever, havia ainda menos vida entre nós.

Como é estranho perceber agora que, embora eu tivesse medo do vazio entre nós, esse vazio não era culpa dele e sim minha: eu estava esperando para ver o que ele me daria, como ele me entreteria. E, no entanto, era incapaz de me interessar profundamente por ele ou, talvez, por qualquer um. Bem ao contrário do que eu pensava na época, quando aquilo parecia tão simples: ele era imaturo demais, ou cauteloso demais, ou apenas jovem demais, ainda não complexo o bastante, e por isso não me entretinha, e a culpa era dele.

Outra coisa que me perturbava de forma ainda mais aguda agora era quanto mudei enquanto estava com ele, me tornando uma pessoa que eu não reconhecia bem, embora dissesse para mim mesma que não precisava ser sempre igual. Eu era apenas um pouco diferente na companhia de outra mulher, ou de um amigo, mas, com um homem que era para mim o que ele era, minha companhia constante, aquele com quem eu partilhava a cama não apenas de vez em quando mas toda noite, aquele para quem eu voltava quando chegava de viagem, aquele que voltava para mim, muitas vezes eu fazia o papel de uma pessoa que mal reconhecia e que me desagradava. E quanto mais desconfortável me sentia, pior essa pessoa se tornava.

Eu não estava sequer representando um papel, na verdade, já que não o fazia de forma deliberada. E também não cheguei a me tornar uma pessoa diferente. Não era uma pessoa diferente que aparecia nessas horas, mas uma parte de mim que não aparecia quando eu estava sozinha ou com outros amigos, uma parte petulante, condescendente, autocentrada, sarcástica e maldosa. Ser todas essas coisas me parecia bastante natural, ainda que eu não gostasse delas.

Durante essa época em que me sentia entediada e inquieta, Madeleine costumava sentir raiva, e eu não sabia por quê. Começava cedo de manhã. O amanhecer se dava com uma faixa de branco leitoso embaixo de uma nuvem. O céu assumia um azul frio, nevado. Os primeiros sons eram de um vizinho fechando o portão, ligando o carro, partindo. Ele acordava um pássaro que fazia um barulho como o de um instrumento de cordas e depois voltava a dormir por um instante. Eu olhava para ver quanta luz havia no céu, e a gata miava uma vez. Agora o pássaro voltava a acordar, fazendo um barulho que parecia de um grilo.

Madeleine começava a se mover pela cozinha, e eu entrava no estado de sonhar acordada. As palmeiras farfalhavam. Mais tarde Madeleine saía para varrer o jardim. Deitada na cama, eu ouvia os dentes do ancinho passar pela terra do caminho de entrada. Ela varria os pinhos. Contornava o aglomerado de chorões-da-praia junto à estrada e os sacos de argila vermelha deixados embaixo do cedro. Ela juntava os pinhos em pequenas pilhas espalhadas por toda parte, e depois os queimava. Gostava de fazer fogueiras com eles.

As manhãs eram quentes e transparentes. Então, depois do almoço, a neblina do mar subia o morro lentamente, e os carros despontavam de faróis acesos, embora de início o ar se mantivesse límpido onde eu estava. Logo também se fazia branco próximo às janelas, as árvores desvaneciam na distância, e os arbustos próximos à casa tornavam-se subitamente distintos, contra a neblina branca.

Nessa época do ano havia borboletas-monarcas por todo o morro, em grupos de cinco ou seis. Como o Natal se aproximava, havia missas especiais na igreja ao pé do morro, e o som do órgão e do canto chegava até mim. Ao ouvir aquilo, eu olhava pela janela do banheiro e via, por cima dos capôs e dos tetos, o Papai Noel de um prédio de tijolos que ficava mais abaixo, ligado à energia elétrica, virando de um lado para o outro.

Madeleine varria e batia portas. Pegava o telefone, que ficava junto à porta do meu quarto, discava um número e logo batia o telefone bruscamente. Ou eu ouvia uma batida suave quando ela pegava o telefone e o carregava até algum ponto fora da minha audição, no hall ou na entrada da cozinha, onde falava com voz abafada e nervosa, muitas vezes em espanhol ou italiano, o gatinho miando de novo e de novo ao fundo. Uma vez, eu sei, ela estava brava com uma amiga, uma espanhola rica que vivia no alto do nosso morro. Eu tinha certeza de que as relações de Madeleine com seus amigos e amantes eram complicadas, mas ela nunca me contou nada sobre eles e eu nunca perguntei.

Ela sempre preferia comer com pauzinhos, muitas vezes um prato feito com alho e milhete, e tomava muitas xícaras de chá ao longo do dia. A pia costumava ficar cheia de pauzinhos e colherinhas, de grãos de milhete espalhados e folhas de chá, e nesses dias, como eu sabia quanto ela estava brava, mesmo os pauzinhos e as colherinhas de metal pareciam bravos, largados naquela pia verde-clara.

Mas, apesar do desânimo e da impaciência, eu não queria me afastar dele quando chegou o momento de ir para o Leste. Parecia verdade, naquele momento, que ele pertencia a mim e eu pertencia a ele para além do meu tédio, para além de qualquer diminuição dos nossos sentimentos. Ao mesmo tempo, eu não sabia em que acreditar: se eu sentia algo menor por ele, como às vezes parecia, ou se sentia algo forte.

No Leste, fui rodeada por tantas dificuldades e dores não relacionadas a ele, não relacionadas sequer a mim, que a importância dele diminuiu em mim até se tornar algo quase ínfimo.

Mas, quando eu pensava que minha mente estava totalmente tomada por outras coisas, enquanto eu me encontrava parada na plataforma de uma estação de trens, ou esperava um carro, entrava ou saía de uma casa, subia ou descia uma rua, me entregava ao frio, me abrigava do frio, de repente me lembrava do cheiro doce de sua pele e sentia falta de seus braços abertos, de como ele era perfeitamente firme quando abria os braços para me receber, como se toda a sua atenção estivesse em mim e em me abraçar, enquanto com outro homem antes dele, e mais outro, não havia espaço para mim, eles eram todos uma superfície dura, sempre se moviam rápido demais, se apressando daqui para lá, em geral para longe de mim, ou através de mim, aplicados em seus próprios ofícios, só de vez em quando vindo na minha direção, quando eu, também, me tornava ofício deles. Ele prestava atenção, observava, ouvia, pensava em mim quando não estava comigo, nada se perdia nele, nada de mim tal como ele me percebia. Mesmo dormindo ele era atento, desperto só o bastante para dizer que me amava, enquanto outros homens, aplicados no ofício de dormir, se incomodavam e me silenciavam: "Pare de se mexer!"

❖

Pensei em transformar as duas viagens para o Leste em uma, no romance, para ser econômica, já que não sei quanto ele estava envolvido naqueles dias, se eu estava tão distante dele. Mas mesmo de longe meus sentimentos em relação a ele mudavam dia após dia, fosse porque cada coisa que me acontecia, embora nada tivesse a ver com ele, mudava o que eu sentia a seu respeito, e também o que acontecia durante à noite, em sonhos, fosse porque meus sentimentos simplesmente envelheciam e se desenvolviam, dia após dia, como criaturas independentes, que cresciam em intensidade ou se enfraqueciam, deterioravam, enjoavam, curavam.

E as duas viagens não foram a mesma. Durante a primeira, fiquei na casa da minha mãe, um lugar difícil para se estar, e ambos sentimos saudades de uma maneira intensa e sincera. Ele me escreveu ao menos quatro cartas, e eu lhe escrevi de volta não sei quantas vezes. Telefonei ao menos duas. Quando fui para o Leste pela segunda vez, a irmã da minha mãe havia ido morar com ela e eu fiquei num apartamento emprestado na cidade, sentindo que o que ele e eu tínhamos juntos estava quase terminado.

Vejo que tenho distorcido um pouco a verdade, acidentalmente em alguns pontos, em outros deliberadamente. Estou reorganizando o que de fato aconteceu para que pareça menos confuso e mais crível, mas também mais aceitável e palatável. Se agora penso que não devia ter vivenciado certo sentimento tão cedo na relação, desloco esse sentimento a um ponto posterior no tempo. Se acho que não devia ter sentido aquilo em absoluto, excluo de vez. Se ele fez algo terrível demais para ser nomeado, ou não digo nada a respeito ou descrevo como terrível sem identificar o que foi. Se eu também fiz algo terrível, descrevo em termos mais suaves ou então não o menciono.

Afinal, há coisas que gosto de lembrar e outras que não gosto de lembrar. Gosto de me lembrar das vezes que ele se comportava com decência, e também de acontecimentos empolgantes ou interessantes por outra razão. Não gosto de me lembrar das vezes que eu me comportava mal, ou de uma maneira feia e sombria, embora não rejeite um tipo dramático de feiura. É desagradável lembrar do meu tédio, assim como de certos acontecimentos, como a visita que ele e eu fizemos, depois que já não estávamos juntos, a conhecidos nossos de que eu não gostava muito, no apartamento alugado deles, embora por um longo tempo eu não conseguisse decifrar por que lembrar dessa visita específica é tão desagradável.

Uma noite, deitada na cama na casa da minha mãe, parei para pensar sobre o herói do livro que eu estava lendo, que era bom, inocente, bonito, inteligente, analfabeto, tinha talento musical e uma origem nobre, porém misteriosa. Eu me lembrei dele, não porque tivessem muitas características em comum, mas pela posição que o herói ocupava na história e a postura dos outros personagens em relação a ele.

Perto da meia-noite, saí da cama para ligar para ele. Levei o telefone para a cozinha e fechei ambas as portas. Minha mãe tinha sono leve, muitas vezes nem dormia, e nunca fechava a porta do quarto à noite porque não gostava de se sentir encerrada num cômodo, e também, provavelmente, porque gostava de saber o máximo possível do que acontecia na casa. Ela ouvia, assim, qualquer barulho, muitas vezes julgava estranho algum barulho, ainda deitada na cama se perguntava o que era, ou saía da cama para verificar. Mas havia noites em que não se preocupava com nada, noites em que dormia pesado e não ouvia o que acontecia na casa, e eu pensei que havia uma boa chance, àquela altura, de que ela estivesse em sono profundo e não me ouvisse.

Eu tinha certeza de que ele ia se surpreender e se alegrar ao ouvir a minha voz, mas ele foi tranquilo e até frio, não mais que ligeiramente educado. Desligamos depois de conversarmos por um breve tempo, e fiquei ali na cozinha, sentada num banco, tentando ponderar por que ele não tinha sido mais afetuoso. Comecei a aceitar minha decepção. Então o telefone tocou. Ele estava ligando de volta, pedindo desculpa. Agora ele era tudo o que não havia sido antes, ardente e falante. Disse que sentia muito, e explicou que estava tentando aceitar o fato de que eu estava longe, e vinha se saindo bastante bem, mas ouvir a minha voz ao telefone e ter que conversar comigo era difícil porque o deixava inquieto, desfazia o trabalho que ele vinha fazendo. Completou dizendo que me amava e sentia muito a minha falta, tanto que era doloroso.

Nesse ponto, por cima de sua voz, ouvi os passos da minha mãe no hall. A porta de acesso ao hall se abriu, e minha mãe olhou através do vão. Seu rosto, sob a luz fluorescente da cozinha, estava inchado de sono, desfigurado, os olhos meio fechados contra a luz, as feições desordenadas. Enquanto eu cobria o fone e a voz dele continuava falando, sem saber que já estava distante do meu ouvido, ela perguntou: "Alguém morreu?"

A essa altura, duas cartas haviam chegado. Li as duas seguidas vezes, até que o estilo em que estavam escritas, apaixonado e elegante ao mesmo tempo, se imprimiu tão profundamente em mim que, quando fui escrever uma carta a um velho amigo, descobri que estava usando o estilo dele, e isso me pareceu uma espécie de traição, embora eu não soubesse bem a quem estava traindo, a ele ou ao amigo.

A distância o fazia parecer ainda mais silencioso, embora em suas duas cartas ele pudesse falar sem parar, já que eu as lia com frequência e, mesmo quando não lia, elas ficavam abertas, jogadas em cima da cama.

Uma terceira carta chegou. Dava para ver que havia sido escrita alguns dias antes, mas a data que constava era do mês anterior. Ele cometia esses lapsos, sua cabeça vagava, ele podia não saber o dia e a hora ou como funcionava o mundo de fora, de acordo com que calendário. Nessas horas parecia olhar para outro lado, e quando ele olhava para outro lado eu podia chegar mais perto dele do que quando ele tinha plena consciência do tempo e do espaço. E seus lapsos também pareciam ser uma prova de sinceridade, porque, se ele não tinha consciência do dia da semana ou do mês, claramente não calculava todos os movimentos que fazia, ainda que pudesse calcular alguns.

Dessa viagem só há três coisas a incluir: meu telefonema, as cartas que ele me mandou, e certo homem ao qual fui apresentada na festa de Réveillon. Guardei o número que esse estranho me passou e liguei para ele dois meses depois, quando voltei para o Leste. Acho que guardei não porque estivesse descontente com o que tinha, mas pelo motivo contrário, porque estar em tão perfeita harmonia com um homem, ao menos por um momento, me fazia pensar que, aonde quer que fosse, eu encontraria outro homem e me uniria a ele em perfeita harmonia. Os convidados da festa eram em sua maioria professores universitários que eu não conhecia, num vilarejo a mais de cem quilômetros da cidade, no meio de um frio tão cruel que a brisa mais suave queimava meu rosto.

♣

Quando voltei, minha mente estava mais focada no trabalho do que nele. Passava períodos mais longos concentrada, sem me distrair com nenhum pensamento a seu respeito.

E havia outras mudanças. Madeleine estava sempre diferente. Ela sempre descobria alguma coisa sobre si mesma, entrava ou saía de algum estado, entrava ou saía de alguma disciplina, ou consultava um especialista, ou encontrava um novo meio para trabalhar, ou um novo processo, ou um novo lugar para trabalhar, e de tempos em tempos um novo relacionamento, embora eu nunca conseguisse saber se era mais que uma amizade apaixonada e tumultuosa.

Agora ela cortara o cabelo muito curto. Isso dava ao seu rosto pálido e vincado um ar de severidade assustada. Ela marcava consultas com um acupunturista que lhe dizia que tudo em seu corpo estava invertido: as coisas yin estavam yang, ele dizia. Não entendi muito bem o que aquilo significava, mas com Madeleine eu não tentava entender quando não captava de imediato o que ela dizia. Agora eu gostaria de entender melhor, agora eu perguntaria o que aquilo significava.

Eu e ele voltamos a discutir. Por duas noites seguidas, Madeleine me pediu uma batata e eu assei-a, e isso foi tudo o que ela jantou. Na terceira noite eu estava grelhando um bife e ele trouxera uma garrafa de vinho para acompanhar, o que era incomum. Madeleine perguntou se podia comer conosco. Eu pensei que não podia dizer não. Em geral ela era bem solta no jeito de viver e comer, tinha muito pouco dinheiro, e também parecia preferir um estilo de vida em que precisava de muito pouco e tinha muito pouco. Mas de vez em quando ela se juntava a mim num banquete ou em outra extravagância e participava com esperteza e espírito elevado, como se retornasse a um estilo de vida anterior. Nessa noite ela comeu um pedaço grande de carne e tomou várias taças de vinho. Eu gostei da companhia dela, mas ele ficou bravo porque ela estava comendo conosco.

Na manhã seguinte fui eu que fiquei brava com ele, por outra coisa, algo que ele e Madeleine haviam feito no jantar, e nós discutimos. Quanto a Madeleine, ela reclamou que tivera dificuldades em digerir a comida, que tanta carne e tanto vinho não lhe faziam bem. Falou com raiva de todos os carnívoros e continuou falando por um tempo sem parecer esperar uma resposta minha.

Poucos dias depois, ele e eu voltamos a discutir. Eu havia lido em voz alta um conto meu em que ele aparecia e isso o deixou contente, mas então eu o retirei do conto antes de lê-lo em voz alta para outras pessoas e ele se irritou. Pensou que eu sentia vergonha dele. Eu neguei. Enquanto discutíamos, ficamos cada vez mais nervosos. Eu estava mais nervosa do que ele, talvez percebendo que o que ele dizia era verdade, em certo sentido, e porque era verdade, embora eu não o houvesse reconhecido antes. Queria que não fosse verdade, e não gostei que tivesse apontado isso para mim.

Ele saiu da casa. Eu fui para a cama calma e brava e comecei a ler um livro, e algumas horas depois ele voltou. Admitiu mais tarde saber que ficar longe não teria nenhum efeito sobre mim, já que eu estava brava demais para me importar se ele estava ou não ali, por isso voltou. Meses depois eu voltei a colocá-lo no conto, no mesmo lugar de antes, porque me sentia mal com o que tinha acontecido. Mas a essa altura ele já não se importava.

Em algum momento durante esses dias, talvez porque sentisse que as coisas entre nós já não estavam tão bem, ele disse que devíamos nos casar. Mas como podia ter quase certeza de que eu recusaria, sua proposta não pareceu sincera. Como foi súbita e até um pouco desesperada, parecia significar apenas que ele estava querendo me capturar, me manter.

Acho que tirei sarro dele por isso. Mas, depois que ele me deixou, fui eu quem disse que me casaria, se ele quisesse, e quando isso não teve efeito, quando ele resistiu, eu fui adiante, ofereci mais. Percebi depois que era perfeitamente seguro dizer qualquer coisa naquele momento, já que nada era possível. Ele pareceu ofendido ou envergonhado por mim, e impaciente comigo, como se eu diminuísse o que um dia ele sentiu, e meus próprios sentimentos também. Agora que eu estava disposta, ou dizia que estava disposta a lhe dar tudo o que não quisera dar antes, ele não queria nada de mim. Ou tudo o que queria era que eu o deixasse em paz, e isso eu não conseguia fazer.

Eu estava andando sozinha por um local cercado apenas por penhascos, rochas e areia – não havia plantas de tipo algum. Um jovem passou correndo por mim, depois parou e deu meia-volta, desorientado e angustiado, e me disse que sua casa ficava mudando, tanto que ele já não a reconhecia. Acordei por um instante e percebi que isso era um sonho, e logo continuei sonhando. Ele e eu entramos juntos numa casa de madeira, evidentemente sua casa. Então, enquanto estávamos lá dentro, a casa se tornou o cenário de uma peça, mudando a cada vez que um ato terminava, mas não consigo lembrar o que acontecia na peça, se é que alguma coisa acontecia.

Discutimos de novo, deve ter sido pela quinta vez. Nessa noite ele foi embora, nervoso, e depois voltou. Voltou como se fosse contra a vontade, pois ainda estava nervoso. Na noite seguinte e por vários dias nem sequer apareceu, e durante esse período eu não sabia onde ele estava. Eu tinha dito algo que o deixara chocado. Aquilo não me chocava, porque eu só dissera algo em que vinha pensando fazia algum tempo, e não me machucava, porque era eu quem estava dizendo. Só foi me chocar mais tarde, quando pude enxergar de um jeito diferente, e vi que ele não podia ter desejado ouvir aquilo. Na época eu pensava que podia lhe dizer qualquer coisa que quisesse, bem abertamente, e ele seria capaz de entender e se compadecer, como se já não fosse outra pessoa, mas uma parte de mim, como se pudesse sentir junto comigo o que eu sentia e não se deixar perturbar mais do que eu.

Ele estava calmo no começo, depois que eu disse o que disse que o chocou, mas logo ficou bravo e foi embora. Foi embora e voltou mais tarde, ainda bravo. Tirou uns lençóis da secadora de roupas e fez a cama enquanto eu o observava. Deitou-se e caiu no sono sem dizer nada.

Ele não apareceu na noite seguinte e não me ligou. Liguei para o seu apartamento e ninguém atendeu. Ao longo da noite saí da cama várias vezes para ligar para ele, voltando em seguida para tentar ler. Fiquei surpresa em ver, no entanto, que, apesar de ele ter dormido na minha cama quase toda noite desde que nos conhecemos, eu sentia que tinha retornado de imediato ao estado de antes, sozinha à noite, como se nunca o tivesse conhecido.

Ainda assim, ao mesmo tempo, eu pensava nele tão constantemente, tão mais constantemente do que quando ele estava comigo, e tão mais concentrada, que era extrema a sua presença no quarto, infiltrando-se entre mim e qualquer coisa em que eu tentasse pensar. Eu percebia que o tinha traído ao sentir o que tinha sentido e dizer o que tinha dito, mas também pensava que uma traição como essa produzia um tipo de fidelidade, porque eu incitara tantos sentimentos de ardor e remorso em mim que conseguia alcançar uma lealdade apaixonada que nunca antes alcançara. Então eu estava deitada ali, sozinha, como se para sempre estivesse sozinha, embora também estivesse estranhamente em sua presença.

Senti medo de apagar a luz, embora já passasse da uma da manhã, e das duas, e depois das três. Enquanto a luz estivesse acesa ao meu lado e eu segurasse o livro à minha frente e lesse uma página de quando em quando, eu estaria segura, estaria distraída de certos pensamentos. O pior pensamento era que ele podia estar com alguém por vingança, e eu não conseguia evitar esse pensamento por muito tempo antes que retornasse com força. E foi justamente isso o que ele fez naquela noite, depois descobri.

Eu sabia que não era justo acreditar que eu podia fazer o que bem entendesse e ele não, que eu podia sentir alguma coisa por outro homem e ele não podia ir ao encontro de outra mulher, mas eu nunca decidia nada de acordo com o que era justo, ou talvez simplesmente nunca decidisse nada, mas me permitisse ser impelida em uma direção ou outra pelo que eu queria naquele momento.

Bem cedo de manhã, depois de ter dormido por um período curto, sonhei que ouvia seus passos no deque. No meu sonho, a cachorra gania e ele lhe perguntava suavemente: "Ela está aqui?"

Mas, na hora em que acordei, ele não havia chegado. Mais tarde, nesse dia, Madeleine e eu descemos ao café da esquina e nos sentamos numa mesa de fora para estudar italiano juntas. Percorremos a lição devagar porque estávamos distraídas: eu prestava atenção na possível chegada dele, e Madeleine estava convencida de que duas pessoas paradas numa esquina próxima estavam falando sobre ela. Ficava olhando para eles por cima dos ombros e murmurando, e por isso eu, que tentava seguir o ditado dela, não conseguia ouvi-la muito bem. Depois de um tempo paramos de trabalhar e ficamos apenas sentadas ao sol.

Esperar mais uma vez naquela noite, em que ele não viria, criava um espaço escuro como um quarto grande, um quarto que se abria para a noite a partir do meu quarto e o preenchia com escuras correntes de ar. Como eu não sabia onde ele estava, a cidade parecia maior, e parecia entrar direto no meu quarto: ele estava em algum lugar, e esse lugar, ainda que desconhecido para mim, estava presente na minha mente e era uma coisa grande e escura dentro de mim. E esse lugar, esse quarto desconhecido onde ele estava, onde eu imaginava que estivesse, com outra pessoa, se tornava parte dele, também, enquanto eu o imaginava, de modo que ele estava mudado, ele continha esse quarto desconhecido e eu também o continha, porque eu o continha naquele quarto e aquele quarto estava dentro dele.

Como ele estava tão ausente, e em dúvida, tendo desaparecido sem uma palavra, sem a conexão de um plano, de um dia ou uma hora em que voltaríamos a nos encontrar, a única maneira pela qual eu conseguia mantê-lo perto de mim era por força de vontade, intimando tudo o que fosse dele para mim e segurando-o ali a cada momento, de modo que agora tudo dele me parecia presente, enquanto em outras vezes apenas uma parte dele estava presente. E, da mesma forma que seu cheiro pairava nas minhas narinas quando ele estava comigo, agora sua essência me preenchia, uma exalação que era mais do que seu cheiro ou seu sabor, uma destilação do todo dele que me permeava e flutuava dentro de mim.

Ele estava fazendo isso comigo. Eu sentia com intensidade que isso vinha dele contra mim. Mas o poder daquilo, a própria força daquilo, era também a força do seu amor por mim, e eu sentia isso também, de modo que, na força extrema do dano que eu sentia que vinha dele, sentia também seu amor. E quanto mais ele permanecia longe de mim, mais intensamente eu sentia quanto ele me amava, e mais intensamente eu acreditava que o amava.

Não conseguia parar de ouvir o barulho dos carros, esperando ouvir o barulho do dele. Prestava atenção no som de cada carro como se fosse uma voz.

Depois de dois dias assim, a sua ausência já durava tanto que eu estava caindo num transe, cheia de tensão. Eu já não precisava guardar sua ausência em minha mente ou sustentá-la; ela crescera tanto que agora me cercava e me sustentava, e eu descansava nela.

Ao sair, dirigindo meu carro, eu tentava distinguir o que eram certezas daquilo que eu não sabia. Dizia em voz alta para mim mesma: Não sei onde ele está. Mas ele está em algum lugar. Está vivo. Está sozinho ou com alguém, homem ou mulher. Se está com uma mulher, pode ficar com ela ou não. Se passou a noite com ela é uma coisa. Se ficou também pela manhã, e ficou até a noite seguinte, isso é outra coisa.

Chegava a esse ponto de verificar o que sabia e o que não sabia, e depois voltava a me dizer o mínimo que sabia, que ele estava vivo em algum lugar, na sua pele, sentado, deitado, parado, andando. Eu sabia que ele tinha cor, tinha calor, se mexia sem parar, mesmo que em movimentos pequenos, e ainda assim ele estava além do alcance dos meus olhos. Mas eu pensava tão forte nele que tinha certeza de que conseguiria vê-lo onde quer que ele estivesse.

O modo como isso terminou não foi o que eu imaginava. Não ouvi o som do seu carro crescendo mais e mais, chegando a um volume horrível e assustador quando ele se aproximasse da casa, e não telefonei até que ele finalmente atendeu. Só consigo lembrar duas coisas sobre o jeito como ele voltou. Uma é que ele estacionou o carro no começo da rua, quer eu ouvisse, quer não, e outra é que, quando voltamos a ficar cara a cara, estávamos no bar ao pé do morro, no terraço dos fundos, onde eu o havia esperado por um longo tempo, ouvindo uma conversa sobre a Austrália que se prolongava para além de qualquer interesse: se todas as pessoas falavam inglês lá, o que se bebia lá, a população de Sidney.

Não me lembro do que conversamos no terraço dos fundos do bar, mas devo ter pedido desculpas, e devemos ter concordado em alguma coisa e decidido alguma coisa juntos. Lembro, sim, ter ficado acordada na cama aquela noite, de luz acesa, observando-o dormir.

Ele havia caído no sono de costas para mim, seu ombro largo e branco para fora do lençol. Eu deitei ao seu lado, me apoiei sobre o cotovelo e olhei tudo o que dele pudesse ver, cada detalhe, em especial sua cabeça, em especial sua testa pálida, cuja lateral eu conseguia ver, já que estava virada para outro lado, e em especial os cabelos, que estavam perto da luz, bem debaixo do abajur. Olhei os cabelos, depois toquei-os, e ele não se incomodou. Eram lisos e curtos, finos em cima da testa e mais grossos na nuca, um castanho-claro avermelhado com mechas loiras. Olhei intensamente para a cor dos cabelos e voltei a tocá-los. Ainda que soubesse que a cor dos cabelos não importava, naquela noite alguma coisa nele parecia importante para mim. Pensei que amava aqueles cabelos e aquela cor, e me pareceu que tudo nele tinha que ser como era, e não podia ser de outro jeito.

Então, ainda dormindo, ele murmurou alguma coisa. Me inclinei sobre ele e perguntei o que tinha dito, mesmo pensando que continuaria dormindo. Mas ele repetiu a mesma coisa, a mesma coisa puramente gentil e amorosa.

Me levantei, enfim, às duas da manhã, e preparei um leite quente para mim, e me sentei para fumar um cigarro na cozinha. Pensei no que eu acabara de pensar sobre seu cabelo, que ele estava comigo agora, ainda mais porque ele dormia e eu estava acordada, mas se ele voltasse a me deixar, ou eu o deixasse, e nós nos separássemos, ele ainda teria cabelo castanho-claro avermelhado com algumas mechas loiras, e eu saberia exatamente, de perto, qual era a aparência de seus cabelos, e ainda teria aquilo, de modo que uma parte dele ainda me pertenceria e ele não poderia fazer nada a respeito disso.

O fato de ele ter voltado para mim depois de me deixar, dessa vez, deve ter me feito pensar que, independentemente do que eu dissesse ou fizesse, independentemente do tempo que ele ficasse longe de mim, ele sempre voltaria para mim, e eu não precisava amá-lo com tanta profundidade, ou com tanta consideração, para que ele continuasse me amando.

❖

O barulho do trânsito está se tornando pesado, um ruído constante por cima do som do trem, os pneus cantando na superfície molhada da estrada, e isso me diz que chegaram as quatro horas, talvez até passaram, e logo vou ter que parar de trabalhar.

Os carros passam bem embaixo da minha janela. A estrada é uma das principais vias que vão de norte a sul às margens do rio. Caminhões pesados passam, fazendo o chão tremer. Os mais pesados até chegam a sacudir minha cadeira aqui em cima. De quando em quando passam até casas inteiras.

Vincent e eu compramos esta casa apesar da estrada porque gostávamos muito do jardim dos fundos, com suas videiras, framboeseiras, pereiras e lilases, nogueiras-pecãs e outras árvores e arbustos em flor. Então começamos a tentar barrar o barulho do trânsito. Eu olhava pela janela, via Vincent parado no jardim da frente e sabia que ele estava tentando descobrir de onde vinha o barulho mais forte. Eu me juntava a ele, e conversávamos sobre o barulho. Conversávamos muito sobre o barulho, de como se refletia nas superfícies mais duras e como podia ser mais bem absorvido. Vincent construiu uma cerca por dentro da cerca viva que cobria toda a frente do terreno. Depois plantamos uma fileira de ciprestes por dentro da cerca. Como uma parte do barulho parecia passar por baixo da cerca, tiramos terra de outras partes do jardim e a empilhamos contra a base da cerca. Depois Vincent estendeu a cerca para as laterais do terreno, e nós acrescentamos uma fileira de pinheiros-do-canadá junto aos ciprestes. Um vizinho nos ofereceu uma muda de pinheiro de seu jardim e, embora não tivesse nem meio metro de altura, nós o pusemos entre os pinheiros-do-canadá. Agora temos pensado que podemos proteger ainda mais o jardim dos fundos se construirmos uma sala em ângulo na lateral da casa.

Às vezes não fico apenas nervosa com este trabalho, mas também assustada, e penso que estou passando por uma crise, uma crise que poderia ser chamada de existencial. Depois percebo que o problema é mais simples: não comi nada e tomei muito café, e meus nervos estão à flor da pele, tão sensíveis que é quase insuportável a perturbação que sinto ao olhar pela janela e ver um caminhão carregando um carro na caçamba e puxando outro atrás.

Mas outras vezes de fato estou confusa e desconfortável. Por exemplo, tenho tentado separar algumas páginas para acrescentar ao romance e quero juntá-las numa caixa, mas não sei como etiquetar a caixa. Gostaria de escrever nela MATERIAL PRONTO PARA SER USADO, mas se fizer isso posso atrair o azar, porque o material pode ainda não estar "pronto". Pensei em incluir parênteses e escrever MATERIAL (PRONTO) PARA SER USADO, mas a palavra "pronto" ainda era forte demais apesar dos parênteses. Pensei então em colocar um ponto de interrogação e deixar MATERIAL (PRONTO?) PARA SER USADO, mas o ponto de interrogação introduziu de imediato mais dúvida do que eu podia aguentar. A melhor alternativa talvez seja MATERIAL – PARA SER USADO, o que não vai tão longe a ponto de dizer que está pronto, apenas que de algum modo vai ser usado, ainda que não precise ser usado, mesmo que seja bom o bastante.

Às vezes penso que, se pudesse ao menos sair daqui por um tempo, limparia a cabeça e trabalharia melhor. Falei com um amigo outra noite, e ele disse que tinha passado duas semanas em uma colônia nas montanhas para trabalhar em seu romance, e acabara de voltar. Escreveu oitenta páginas nessas duas semanas. Eu nunca escrevi oitenta páginas em duas semanas. Ele disse que trabalhava o dia inteiro, inclusive depois do jantar. Disse que outras pessoas de lá saíam do quarto e iam fazer caminhadas, até duas ou três vezes por dia. Disse que era bem silencioso. Um homem num quarto próximo ouvia fitas com orientações para exercícios enquanto se exercitava, mas isso não chegava a incomodá-lo. Disse que a comida não era muito boa. Era comida simples americana. No começo parecia boa o bastante, mas depois de um tempo se tornou difícil de comer. Por exemplo, eles serviam presunto em pedaços muito grossos, de quase três centímetros de espessura, e depois de algumas mordidas ele ficava enjoado. Aprendeu a comer muito pouco no jantar e mais nas outras refeições, que eram melhores. Fiz muitas perguntas sobre o lugar porque estava pensando em tentar me afastar um pouco para trabalhar no romance, embora eu tenha viajado uma vez com esse propósito e não fez muita diferença.

Estava morando na cidade, nessa época. Recebi uma bolsa e usei parte do dinheiro para tirar do vermelho minha conta bancária. Usei uma parte maior para alugar um chalé durante o verão. Depois de encher o chalé de comida e consertar meu carro, não me sobrava quase nada da bolsa, ainda que tivesse recebido o dinheiro só duas semanas antes.

O chalé ficava num conjunto de pequenos bangalôs de verão construídos uns sessenta anos antes por uma alemã chamada Mary e seu marido. As portas do chalé tinham tamanhos estranhos, o teto e as paredes eram tortos, viam-se cabeças de pregos por toda parte, o linóleo do piso se curvava nas pontas e cogumelos cresciam no chão do banheiro, perto do boxe com sua plataforma de ripas de madeira. O marido de Mary morrera e depois de alguns anos ela havia vendido a propriedade a uma das inquilinas de verão, outra mulher chamada Mary, cujo marido também morreu em seguida. Um banco foi erigido em sua memória no meio do caminho para o lago. Foi inaugurado pouco antes de eu alugar o chalé.

O lugar era muito pacato. A maioria dos inquilinos tinha uns trinta anos a mais do que eu, o que me fazia me sentir jovem e enérgica. Quando eu descia para nadar no lago cheio de algas, no meio do dia, parecia que sempre encontrava mulheres que não havia visto antes, subindo e descendo a trilha íngreme com firmeza, mas devagar, ou descansando no banco na metade do caminho, ou desdobrando cadeiras nas tábuas tortas da doca sob o voo das vespas. Quase todo mundo que eu conhecia parecia se chamar Ruth, e, se não Ruth, Mary. Algumas eram irmãs de outras mulheres chamadas Ruth ou Mary, ou suas cunhadas. Algumas estavam acompanhadas dos maridos. Trabalhei bem ali no meu chalé, mas não cheguei a produzir tanto quanto pensava que produziria.

Um ano mais tarde, depois que conheci Vincent, eu saía bastante da cidade para visitá-lo. De novo pensava que, longe da cidade, teria a paz e a tranquilidade de que precisava para trabalhar no meu romance. Pensava até que o ônibus seria um bom lugar para trabalhar. No caminho de saída da cidade, de manhã bem cedo, os outros passageiros costumavam se mostrar cansados e de mau humor, e quando estavam de mau humor costumavam ser silenciosos. Podia haver conflitos no início da viagem, quando todos estavam se acomodando, uma mulher podia apoiar o guarda-chuva molhado em cima da mala de um homem, mas logo tudo se aquietava. Eu enfiava lenços de papel nos meus ouvidos e amarrava um xale em volta da cabeça para poder me concentrar melhor. Se baixava o rosto para as páginas, não precisava pensar em nada além do trabalho que estava fazendo. Se erguia o rosto, podia parar de pensar no trabalho e observar os outros passageiros. Mas, ainda que eu tenha escrito alguns trechos curtos no ônibus, não era um bom lugar para escrever algo longo.

Quando redigi o que aconteceu na quinta discussão que travamos, omiti o que ele disse enquanto eu o observava dormir. Eu disse que foi algo gentil e amável, mas não mencionei quais foram de fato suas palavras. Ele disse: "Você é tão bonita." Mas agora não acho que isso seja algo gentil e amável, no final das contas. Acho que era um grito de frustração. Ele sabia que estava mais indefeso do que queria estar, que, se não me achasse tão bonita, ele daria um jeito de se livrar de mim, como sabia que devia fazer. No fim, ele de fato se livrou de mim, mas levou mais tempo, e tive que magoá-lo mais vezes do que se não estivesse ligado a mim pelos laços do que ele via como minha beleza.

Também vejo, quando volto a olhar o caderno, que perdi o registro de alguns dias, deixando-os cair num dia só. Digo que ele voltou para mim e que mais tarde, nessa mesma noite, o observei dormindo, seus cabelos avermelhados sob o abajur, e depois fui à cozinha e fumei um cigarro enquanto esquentava o leite. Na verdade, isso foi várias noites depois, e outras coisas aconteceram no meio-tempo.

Depois que ele voltou, perguntei onde havia estado durante os dois dias e uma noite em que estivera longe, e ele me contou. Disse que havia ido se encontrar com Kitty à tarde, e que havia transado com ela só por despeito em relação a mim. Foi para casa à noite, ouviu o telefone tocando com as minhas chamadas e saiu de novo para ir a uma boate perto da praia, onde bebeu sozinho. Passou o dia seguinte inteiro com seu amigo, o velho.

Mas mesmo que soubesse agora onde ele estivera, isso não mudava o que eu havia imaginado enquanto ele estava fora, de modo que as duas versões continuavam existindo lado a lado, e, na verdade, a versão que eu imaginara era a mais forte das duas, porque se desenvolvera em mim muito lentamente e eu convivera com ela por muito mais tempo.

E esse também não era o fim, porque ele não podia simplesmente fazer aquilo que tinha feito e em seguida esquecer, como se nunca tivesse acontecido. Kitty o faria lembrar, e ele teria que continuar ou terminar algo com ela.

Embora tenhamos acordado juntos na manhã seguinte, ficamos separados o dia todo e, quando liguei para a casa dele naquela noite, ele já estava na cama e não queria me ver.

Disse que viria para almoçar no dia seguinte, e eu esperei, mas ele já estava três horas atrasado. Enquanto esperava, eu sabia que minha irritação seria desproporcional às suas explicações e desculpas, que seriam breves, como suas desculpas e explicações costumavam ser quando ele era culpado por qualquer coisa, breves e um pouco irritadas, como se estivesse bravo comigo antes por tê-lo colocado numa posição em que me decepcionaria e em seguida por me sentir decepcionada.

Almoçamos, e então ele partiu para encontrar Kitty de novo, e enquanto ele estava com ela caminhei até o vilarejo com Madeleine. Ele só voltou tarde.

No dia seguinte se mostrou frio, dizendo que não sabia se ficava comigo ou se voltava com Kitty. Tive a impressão de que estava tudo terminado entre nós. Ele saiu às três da tarde, depois voltou às quatro e disse que queria ficar comigo. Queria, na verdade, ir morar comigo, como para deixar tudo mais claro. Pensou que podia ocupar o quarto livre. Disse que conversaria com Madeleine sobre isso. Não fiz nada, simplesmente deixei que ele conversasse com Madeleine, assim como deixei Madeleine fazer o que quisesse em resposta ao seu pedido. Ela não queria que ele morasse lá e nem sequer se propôs a considerar o caso. Eu já imaginava que ela não aceitaria, mas não soube se ele se sentiu aliviado ou não.

Embora eu não pensasse que ela aceitaria que ele morasse lá, por um momento me convenci de que aceitaria o dinheiro que ele se propunha a pagar como aluguel porque ela sempre tinha dificuldade em pagar a sua parte. Mas eu a julguei de forma equivocada mais uma vez. Ainda que tivesse tão pouco dinheiro, o dinheiro nunca era a questão mais importante para ela, e em geral nem sequer o levava em conta. Na verdade, acho que ela se sentiu ofendida ao vê-lo oferecendo dinheiro como compensação pela perturbação que causava na sua vida.

Nós três saímos de carro depois de conversar sobre o assunto, para ir a um aniversário. Seguíamos em silêncio. Madeleine estava sentada no banco de trás, sentindo-se ofendida, enquanto nós, no banco da frente, sentíamos raiva por ela ter recusado o pedido que tínhamos feito, e nos perguntávamos o que podíamos fazer quanto a nós dois, embora eu não tenha certeza de que minha raiva era muito sincera. Tive o benefício de ficar brava e ao mesmo tempo não lamentar por inteiro a decisão que ela havia tomado por mim.

Na noite seguinte, apesar de ele ter estado a ponto de terminar comigo e ter desistido em seguida, saí para jantar com outro homem. Eu já havia feito esse plano e não o alterei. Ele não ficou feliz com isso. Enquanto eu estava fora, ficou lendo sozinho no meu quarto e depois foi dar uma volta, e quando voltei quase não conversou comigo e insistia em me dar as costas, e por isso tive medo e não consegui dormir depois que ele caiu no sono. Foi então que o contemplei por um tempo sob a luz do abajur e me levantei para fumar e ler na cozinha, observando um rato que saiu do forno e andou por cima do fogão à caça de comida. Foi quando voltei para a cama que ele disse, como se estivesse dormindo: "Você é tão bonita."

De manhã, depois que disse o que disse enquanto dormia, ele se sentou no mesmo banco em que eu tinha me sentado na noite anterior e posicionou a gatinha em seu colo, acariciando o topo da sua cabeça. Eu parei atrás dele e abracei seus ombros. Apoiei minha bochecha em seus cabelos macios. Agora que ele estava comigo de novo, depois de me amedrontar, eu queria fazer alguma coisa por ele, queria lhe dar alguma coisa, embora não soubesse o quê. Mas esse impulso se enfraqueceu depois de alguns dias e passou.

Toda a briga, começando pela saída dele de casa, tão nervoso, e terminando na minha contemplação de seu ombro branco já tarde da noite, havia durado uma semana.

Acho que não escrevi em um primeiro momento as palavras que ele disse porque temia que parecesse vaidade, mesmo que o romance se alegue fictício, e não uma história sobre mim, e mesmo que fosse só a opinião dele, não necessariamente a realidade. Na verdade, eu tinha que acreditar que ele via algo que eu não conseguia ver, porque, quando me olhava no espelho ou numa foto, o rosto que eu via, tenso e imóvel, ou congelado numa posição estranha, raras vezes me parecia sequer bonitinho, e sim, na maioria das vezes, comum ou desagradável, com feições que flutuavam ou se esticavam quando eu estava cansada, uma bochecha manchada com quatro pintas escuras que pareciam formar uma constelação, o cabelo achatado de um castanho sem graça, sobre uma cabeça grande e quadrada, o pescoço tão fino que parecia esquelético, os olhos arregalados ou apreensivos, de um azul tão pálido que quase pareciam brancos, espreitando de trás das lentes dos meus óculos, mas se tirasse os óculos, como fazia às vezes, eu tendia a assustar as pessoas, como me disse com muita franqueza ao menos um amigo.

O que também omiti nesta versão foi que, quando Madeleine e eu estudamos italiano juntas no terraço do café e em seguida desistimos por estarmos muito distraídas, o que finalmente nos deteve foi o excremento verde que caiu numa das páginas da gramática de italiano. Havia sido despejado por um pardal que estava na árvore sobre as nossas cabeças. Não incluí isso no meu relato daquele dia porque não me pareceu combinar com o clima do que eu estava escrevendo.

Não passou muito tempo desde a última vez que trabalhei, mas, quando me sentei à escrivaninha, me confundi de imediato com o meu novo sistema. Tenho quatro caixas cheias de pedaços de papel. Têm as etiquetas MATERIAL PARA SER USADO, MATERIAL AINDA NÃO USADO, MATERIAL USADO OU PARA NÃO SER USADO, e MATERIAL. A maior parte do que há na última, "Material", não tem nada a ver com o romance. "Material usado ou para não ser usado" quer dizer o que está dito: material que já usei ou não pretendo usar. O que me intrigou hoje foi o fato de não parecer haver qualquer diferença entre "Material ainda não usado" e "Material para ser usado". Então lembrei que "Material para ser usado" era de trechos acabados, prontos para serem incorporados, e "Material ainda não usado" era de esboços. A palavra "pronto" teria esclarecido as coisas, se eu não tivesse ficado com receio de escrevê-la na caixa.

Acabo de falar com outro amigo que está prestes a viajar para trabalhar em seu romance. Está indo para um hotel no México. Um número surpreendente de amigos está escrevendo romances, percebi agora que parei para contá-los. Uma mulher sai de seu apartamento toda manhã para trabalhar num café local. Diz que só consegue escrever por duas horas de cada vez, mas se vai a um café consegue estender um pouco o trabalho matinal. Um conhecido escreve num barraco velho atrás de sua casa, enquanto os filhos estão na escola. Outro vai a uma colônia de artistas para escrever, depois volta para casa por um tempo para trabalhar como carpinteiro e ganhar o suficiente para voltar para a colônia. Outro escreve à noite enquanto o colega de quarto está fora, dirigindo um táxi. Esse já escreveu 700 páginas até agora, e diz que está tentando tornar o romance engraçado, mas que é difícil ser engraçado por tantas páginas.

Não sei exatamente por que as coisas estavam dando errado naquele momento, mas chegou então um dia que, mais tarde, pareceu ser o começo de uma fase em que tudo daria tão errado que já não poderíamos consertar. Ele me dissera ao telefone que estava em casa trabalhando. Madeleine e eu fomos dar uma volta na cidade e paramos numa galeria de arte. Lá estava ele, entre as poucas pessoas que contemplavam com sobriedade aquelas pinturas, a bolsa militar pendurada sobre o ombro. Pareceu desagradavelmente surpreso ao nos ver. Disse que apareceria mais tarde em casa, naquela noite. Eu saí à noite com dois amigos, deixando um bilhete para ele, mas quando voltei ele não estava lá e nem tinha aparecido.

Liguei para ele, deixando o telefone tocar quinze vezes. Desliguei e fui de carro até seu apartamento. O carro dele estava parado do lado do prédio, mas com as luzes apagadas, e tive certeza de que ele não estava sozinho. Subi ao apartamento e bati na porta. Ele abriu a porta no escuro e voltou para a cama. Ficou deitado completamente imóvel e não reagiu quando me deitei na cama e tentei conversar com ele. Me levantei da cama. Falei que estava indo embora, e ele não disse nada, a não ser que tenha dito "Tchau" ou "Como quiser".

Em casa deitei na cama e comi uma fatia de pão com queijo. Levantei e levei para a cama outra fatia de pão com queijo, e em seguida mais uma. Enquanto comia, lia o livro de poemas de um amigo, um livro que chegara recentemente pelo correio, de modo que, enquanto enchia a boca de comida, eu também enchia os olhos de páginas impressas e enchia os ouvidos com o som da voz do meu amigo, e todo esse enchimento, todo esse alimento por diversos canais, conseguiu por fim mudar minha condição, ou porque de fato me preencheu com algo, ou apenas porque acalmou alguma coisa.

Três noites depois voltei a seu quarto, desta vez com ele. Nosso companheirismo não era muito forte agora. Não ia muito além da aparência de companheirismo. Havia essa aparência, e havia também certa familiaridade, mas nem a mais completa familiaridade teria dissipado todo o estranhamento que existia entre nós. No caminho até lá, paramos para comprar um baralho, algumas garrafas de cerveja e um pacote de salgadinho de milho. Posso ver agora, e senti naquele momento, embora tenha tentado ignorar, que estava entediada, e que sem as cartas, a cerveja e o salgadinho não saberia o que fazer com ele, que essas coisas eram uma distração do vazio que estaria lá no quarto entre nós, eram a distração de que eu precisava para ter vontade de ficar ali com ele e não preferir estar em casa sozinha, comendo e lendo e mais vidrada nisso do que podia estar nele.

É provável que eu estivesse ali, com ele, apenas porque tinha existido algo diferente antes. Se ele ainda estava ali, comigo, a mesma pessoa, e eu ainda estava ali, e alguma vez existira algo entre nós, decerto algo quase extático de tempos em tempos, era difícil acreditar que esse êxtase já não estava ao nosso alcance. Mas o que tínhamos juntos, agora, era a forma de uma coisa que já não estava viva – uma coisa deixada para trás e que se limitava a mostrar como havia sido a coisa viva.

Agora só a lembrança dessas coisas que compramos e levamos ao apartamento me enche de uma náusea com gosto de cerveja quente e salgadinho velho, que desliza daqui para lá como uma carta engordurada de baralho. Como foi miserável aquela tentativa. Que fraqueza de caráter aquilo mostrou, que eu não conseguisse simplesmente admitir que não havia nada que realmente quisesse fazer com ele, nada que restasse fazer, que a única coisa que restava era dizer adeus com toda a cordialidade que eu de fato sentia por ele. Mas em vez disso eu fui à loja com ele, uma dessas lojas grandes e bem-iluminadas, tão grandes que se tornam desalentadoras, e comprei com ele coisas que as outras pessoas compravam para se divertir, como se fazendo aquilo nós nos divertiríamos, enquanto eu não tinha a ilusão de que iria me divertir, ou talvez pensasse que poderia atingir algo que pareceria, ao menos por um momento, uma noite agradável simplesmente por seguir seu fluxo, que, se eu apenas seguisse em frente, meu humor mudaria de repente e o que havia sido prazeroso voltaria a ser prazeroso.

Agora eu gostaria de estar naquele quarto de novo, naquela noite. Fico curiosa de ver o que ele diria e o que eu responderia, porque esqueci muito do jeito como ele falava e das coisas que podia pensar em me dizer. Agora eu teria tanto interesse no encontro com ele que tudo seria cheio de um tipo de vida que não existia naquele momento.

Como não tinha mesa para jogar baralho, nos sentamos no carpete ao lado da cama. Tomamos cerveja, comemos salgadinhos e jogamos *gin rummy*. O jogo não era muito interessante. Eu poderia ter imaginado, se tivesse pensado um pouco, que não devia esperar muito do jogo em si porque, se havia tédio entre nós, também não haveria tensão no jogo.

Jogamos de novo e de novo, como se tentássemos forçar algum interesse naquilo. Tomamos mais cerveja do que gostaríamos, ou ao menos mais do que eu gostaria, e também não fomos afetados por isso. O álcool parecia não ter um poder de me intoxicar maior do que o jogo tinha de me interessar, e não mudava a situação como eu esperava que mudasse, sabendo que o álcool costuma mudar a situação ao menos um pouco. Comemos salgadinho e talvez outras coisas antes dos salgadinhos, ou talvez tivéssemos comido algo estranho ou em grande quantidade mais cedo, no jantar, porque, quando enfim fomos dormir, eu me sentia enjoada, e fiquei acordada me sentindo enjoada, e então meu enjoo se tornou tão ruim que não parei de ir ao banheiro e me sentar no chão do lado do vaso, os braços sobre o assento e a cabeça sobre os braços, e depois me sentava no vaso, depois de novo no chão do lado do vaso, quase a noite toda. Ele acordou de leve, uma vez, mas não pareceu notar que eu ia e voltava com tanta frequência, ou que estava acordada na maior parte da noite.

O dia seguinte era o aniversário dele. Fomos ao cinema. Depois do filme, voltamos para a minha casa, comemos bolo e sorvete e sentamos ao pé da cama, enquanto, do outro lado do quarto, tão grande e vazio que a cama, e o piano, a mesa de carteado e as feias cadeiras metálicas pareciam pequenos naquela vastidão de piso de ladrilhos escuros, Madeleine, sentada numa das cadeiras duras, lia em voz alta para nós, sob a luz de uma das lâmpadas incrustadas na parede de gesso, o horóscopo longo e complexo de uma revista. De novo eu estava inquieta, sentindo que, sem a comida e sem a companhia de Madeleine, haveria um vazio entre ele e mim, e tédio, que a presença de Madeleine, que estava tão longe de nós, na verdade nos aproximava um pouco, ao mesmo tempo que o que ela lia era muito engraçado, e as próprias reações dela eram muito inteligentes. Comi muito e ri muito também. Mas a comida só sustentaria a maior parte do meu interesse e da minha atenção enquanto durasse, e fiquei inquieta assim que acabou.

O que significava o tédio naquele momento? Significava que nada mais aconteceria com ele. Não que ele fosse tedioso; era eu que já não tinha qualquer expectativa para esse companheirismo. Expectativas haviam existido, e agora estavam mortas.

E por que esse tédio me deixava tão desconfortável? Por causa do vazio, os espaços vazios que se abriam entre ele e mim, ao nosso redor. Eu estava aprisionada com essa pessoa e esse sentimento. Vazio, mas também decepção: o que alguma vez havia sido tão completo era agora muito incompleto.

A noite anterior à partida para a minha última viagem contém outra lembrança difícil, não tanto pelos meus sentimentos ruins em relação a ele, acho, mas por uma combinação de outras coisas: o espaço estranho e as paredes feias de concreto do prédio em forma de celeiro onde se deu a recepção, a doçura nauseante do vinho branco barato, a chuva que caiu em seguida, o gramado vazio do lado de fora, sem nenhuma planta, e a própria palavra "recepção", que não me agrada.

Eu passava de uma pessoa a outra, com uma taça daquele vinho doce na mão, olhando através da multidão de tempos em tempos, quando de repente o vi parado com alguns de seus jovens amigos. Não esperava vê-lo, embora agora não consiga imaginar por que não teria conversado com ele sobre a recepção. Esse é o tipo de questão que mais me incomoda, porque nunca vou ter uma resposta – o que eram as nossas relações naquele momento, se eu planejava fazer uma coisa sem ele e sem sequer mencionar a ele. Talvez isso não fosse incomum entre nós, mas me parece especialmente estranho nesse caso, já que eu viajaria na manhã seguinte.

Não consigo lembrar com que amigos ele estava, ou se cheguei a notar quem eram, porque não me importava, e não consigo lembrar se fui até ele assim que o vi ou, permanecendo a alguns metros de distância, atraí sua atenção e acenei e continuei conversando com outras pessoas, ou se nem tentei atrair sua atenção, simplesmente o vi e me mantive atenta ao lugar da sala onde ele estava. Esta última me parece a alternativa mais provável, talvez porque é nela que tenho acreditado ao longo de todos esses anos. É também algo que eu estava propensa a fazer, dada a reação que tive quando o vi, uma reação de que me lembro inequivocamente. Foi um sentimento de absoluto desprazer vê-lo ali, como se ele fosse um elemento hostil naquele lugar, uma coisa intrometida onde não devia estar, de modo que, enquanto eu o contemplava entre os corpos em movimento, por cima dos ombros das outras pessoas naquele lugar lotado, aquelas mesmas feições dele que haviam exercido em mim uma atração positiva não muito tempo antes, e que voltariam a exercer um fascínio não muito tempo depois, foram naquele instante repugnantes, enervantes e fatais, primitivas e odiosas, desprovidas de inteligência, de humanidade, da cor do barro.

A chuva caía forte e algumas pessoas se reuniram junto à porta aberta, preparando-se para correr até seus carros. Embora eu não saiba como fui parar na porta com ele, de fato fui com ele até o meu carro, os dois correndo pelo gramado encharcado embaixo do meu guarda-chuva ou da minha capa, e o conduzi pela pouca distância que faltava até seu próprio carro. Com certeza me lembro melhor da grama esponjosa presa à sola do meu sapato do que me lembro do que disse a ele, ou do que ele me disse. Eu estava saindo para jantar, e ele seguiria para algum lugar onde seus amigos lhe dariam uma festa de aniversário. Ele disse que passaria na minha casa mais tarde, nessa mesma noite.

Quando chegou, eu já vinha trabalhando fazia algumas horas numa tarefa que tinha que executar antes de viajar pela manhã e, embora já fosse tarde, não tinha terminado. Ele foi para a cama do outro lado do quarto e caiu no sono. Continuei trabalhando, impaciente em terminar o que já se tornara muito mais tedioso do que eu pensava que seria. Estava revisando a tradução de uma amiga, fazendo isso como um favor. A amiga nunca chegou a me agradecer depois, ou não de maneira proporcional à quantidade de trabalho que investi ou ao momento estranho em que tive que fazer aquilo, embora não seja justo, é claro, esperar que ela soubesse como foi estranho esse momento, especialmente porque eu mesma não sabia que essa era a última noite que eu passaria com ele.

Terminei e fui para a cama. Ele acordou, e então conversamos por quase uma hora, mais companheiros e relaxados do que seria comum, como poderíamos ter sido o tempo todo, como se estivéssemos dando àquilo uma última chance.

Na manhã seguinte entramos no seu carro e ele me levou ao aeroporto. Não voltei a vê-lo até retornar mais de quatro semanas depois, quando ele me pegou no mesmo aeroporto e entramos juntos no mesmo carro. Ele esperou que estivéssemos na estrada para começar a me contar que tudo havia mudado. Seu distanciamento era suficiente para que eu soubesse que alguma coisa tinha acontecido, mas ele não dissera nada nos corredores do aeroporto ou na esteira à espera da bagagem. O distanciamento estava lá porque ele já dera início a um jeito diferente de estar comigo, enquanto eu ainda estava presa ao jeito antigo de estar com ele.

❖

Ontem perdi boa parte do dia de trabalho porque Vincent e eu levamos o pai dele à feira regional. Como fazia um dia muito quente, colocamos nele um boné e, enquanto o conduzíamos na cadeira de rodas, ele espiava tudo com atenção por baixo da aba. O levamos para ver os galpões de gado, ovelhas, coelhos e galinhas, e os pneus de borracha de sua cadeira rolavam tranquilamente sobre a serragem fresca. Um ganso colocou o bico contra a grade da gaiola e grasnou em sua direção, e em resposta ele mandou para o ganso um beijo com a mão. Não sei o que estava pensando.

Acho que tentávamos entretê-lo com um espetáculo mais incomum do que os programas de televisão e o que ele vê do banco da varanda, onde fica sentado por tanto tempo – as árvores tremulando ao vento, os galhos balançando de repente e farfalhando nesta época em que os esquilos correm de um lado para o outro, as castanhas verdes caindo no gramado. É verdade que, quando deixamos os animais para trás e seguimos pelos corredores de exibição e pela pista de corrida e junto à roda-gigante, o calor intenso, o sol resplandecente, o movimento constante da massa, o cheiro de algodão-doce e cobertura, tudo pareceu despertar nele alguma reação: pequenos pontos de cor apareceram em suas bochechas, seus olhos brilharam, e seu olhar por baixo da aba era tão concentrado, quase bravo, quanto o olhar dos galos no galpão das aves. Em meio à multidão havia outros homens e mulheres mudos como ele, idosos ou de meia-idade, até jovens, sendo conduzidos em cadeiras de roda ou guiados pelo cotovelo ou pela mão, fazendo um evidente esforço para absorver tudo o que os cercava, e também eles pareciam ter sido trazidos para serem instigados com um tipo de movimento mais acelerado e com o assalto desse cenário mais bruto. Então ali estávamos nós, apenas mais um pequeno grupo, mais uma parcela da massa efervescente, dois adultos de meia-idade, nossas camisas empapadas de suor, empurrando um terceiro, que era velho, pequeno e tinha uma cabeça em formato de ovo sob o boné, o corpo quase imperceptível em suas roupas largas demais.

Hoje ele está de mau humor e um pouco queimado pelo sol nos braços sardentos e nas mãos ossudas. A enfermeira reparou, depois de ficar sozinha com ele por alguns minutos, que ele estava agindo estranho. Eu garanti que ele só estava cansado.

Tive um sonho, na noite passada, em que eu procurava uma boa foto dele até que por fim encontrava. O estranho é que essa foto era uma imagem mais precisa e mais completa do que qualquer lembrança que eu tivesse do rosto dele, e quando acordei ainda conseguia vê-lo com clareza, embora agora a imagem já tenha esvaecido. Então, em algum lugar do meu cérebro deve haver uma lembrança clara do seu rosto, escondida durante a maior parte do tempo, mas revelada uma vez, como uma foto, no sonho.

Estou trabalhando mais sistematicamente agora, e sinto que tenho mais controle. Mas então encontro coisas que me desconcertam porque não tenho nenhuma lembrança delas, como um primeiro projeto para o romance que anotei a lápis num lugar onde era muito improvável que eu o encontrasse a não ser por acaso. Mas pode não ser um projeto para o romance inteiro, já que grandes partes da história estão faltando.

Quando encontro algo assim, não sei o que posso encontrar em seguida. Fico incomodada comigo mesma, como se outra pessoa tivesse feito essas anotações descuidadas e as deixado por aí para que eu tenha que decifrá-las sem muita ideia do que são e do que significam.

Tenho tentado distinguir os diferentes telefonemas que fiz a ele enquanto estava no Leste pela segunda vez, no apartamento emprestado de um velho amigo que estava no Oeste. Houve uma ligação já tarde da noite, depois que o estranho me deixou sozinha. Houve uma durante a qual eu podia ouvir o som de alguém digitando ao fundo. Houve uma em que eu soube que ele estava se encontrando com outra mulher, uma de suas amigas, a que fizera um bolo de aniversário para ele na véspera da minha viagem, e, na verdade, aquela com quem mais tarde ele se casaria. E houve uma ligação em que ele me garantiu que aquilo não era importante, que ela não significava tanto para ele quanto eu, que não mudava nada. Mas não sei se todas essas foram ligações diferentes.

Parece que escrevi dois relatos de um desses telefonemas e dos dias que o cercaram. Acabo de redescobrir o primeiro, que parece menos preciso e mais sentimental. Digo, por exemplo, que, quando ele me contou que estava saindo com outra mulher, foi doloroso porque ainda o mantinha guardado em algum canto do meu coração. Agora a ideia de meu coração ter um canto me incomoda, assim como me incomodam outras coisas nessa frase. Também disse que me lembrava de como me sentia feliz ao ouvir sua risada e vê-lo sorrir, o que certamente não é verdade.

O primeiro relato inclui coisas que depois excluí porque, embora tivessem a ver com a minha vida na época, não tinham nada a ver com a história em si: como fui a uma palestra na universidade, e antes a um jantar com professores universitários muito pálidos; como não entendi suas perguntas depois da palestra; a sala de conferências espaçosa com vista para as luzes, lá embaixo, de uma parte perigosa e pobre da cidade; os corredores largos do prédio vazio; as sacolas de lixo por toda parte, e o elevador lotado quando estávamos indo embora. Como sonhei com certos homens e havia muito mais raiva nos sonhos do que jamais senti quando acordada. Como o apartamento em que eu estava hospedada era uma parte da cidade onde moravam muitos velhos, e as calçadas eram cheias de bengalas e andadores, os velhos oscilando entre eles. Como eu sabia que estava tentando encontrar respostas para certas perguntas, respostas que provavelmente só viriam com o tempo, por tentativa e erro.

Eu não parecia capaz de entender muito, afinal. Não entendia o que meu apego a ele significava, ou o que significava amar e respeitar um homem, ou mesmo o que ele dissera ao telefone. Enquanto eu batalhava atrás de respostas, confiava mais na correção de alguns pensamentos do que de outros. Esses outros pareciam fracos e hesitantes, ou os músculos que eu utilizava para pensar pareciam fracos – e, no entanto, eram esses os pensamentos que deviam estar certos, que poderiam me ajudar se estivessem certos. Havia uma questão, e ao lado dela uma resposta, obviamente errada, e eu não conseguia encontrar nenhuma outra resposta. A questão sobre o que significava amar um homem era uma que eu levaria muito tempo e pensamento para responder, mas uma mais fácil, que eu sentia que devia ser capaz de responder, e não era, era por que eu tinha sentido vergonha ao ouvi-lo tocar os tambores.

Nenhum dos relatos inclui uma festa de escritores a que compareci, na qual um escritor me disse: "O que qualquer um compraria, é isso o que eu sou."

Recentemente encontrei a conta de telefone da época, e ela mostra cinco ligações para o número dele em doze dias. Uma das conversas durou trinta e sete minutos, e pode ter sido nessa noite que eles estavam fazendo pão, embora possa muito bem ter sido numa noite anterior, quando falei com ele apenas por catorze minutos.

Escrevi uma carta para ele e fiquei encarando-a lá em cima da escrivaninha antes de mandar, me perguntando que tipo de comunicação era aquele se a carta estava escrita, mas não podia ser enviada dado o horário tardio, ou se estava escrita e podia ser enviada, mas não o fora. Seria algum tipo de comunicação mesmo que ele não lesse?

No primeiro relato, pareço ter certeza de que a carta que observo é a mesma que mais tarde foi devolvida pelo correio, e no relato posterior só suponho que isso tenha acontecido. Não consigo decifrar por que tenho certeza num dia e não no outro.

A carta que nunca chegou a ele foi devolvida pelo correio ainda fechada, mesmo corretamente endereçada para o lugar onde ele morava na época e onde ainda estaria morando quando eu retornasse. Como foi devolvida, eu ainda tenho a carta e posso lê-la agora, como acabo de fazer mais uma vez. Não sei se minha impressão da carta é a mesma ou quase a mesma que ele teria. Parece alegre, positiva, muito jovial – jovial por ser tão aberta, tão franca, sem dissimulações, cuidados, indiretas ou insinuações. Na carta eu conto que telefonei para um homem que conhecera na festa de Ano-Novo e o convidei para ir ao meu apartamento. Não sei por que contei isso, já que o encontro com o estranho não tinha dado muito certo e com certeza não se refletiu bem em mim.

Eu havia saído para jantar com um velho amigo que foi embora cedo porque tinha que ir para casa e passear com o cachorro, como ele disse. Estava sozinha no meu apartamento, e inquieta. Embora não me lembrasse muito bem daquele estranho, liguei para ele e o convidei para ir lá. Tive uma ideia que só mais tarde me pareceu estranha. Pensei que tinha aprendido a fazer uma coisa que não sabia fazer, e que sempre seria agradável, nunca mais algo seco, desbotado, tenso, apressado ou estranho, e por isso só o que eu tinha que fazer era convidar um homem que eu julgasse atraente para vir até mim, e isso seria agradável.

Mas quando esse homem apareceu, terminando de subir o último lance de escadas, e me olhou ali em cima, assim como eu o olhava ali embaixo na escada, seu rosto não era como eu lembrava. Dentro do apartamento, ele falou sobre sua religião, e continuou falando sobre sua religião. Tinha mudado muito entre o primeiro e o segundo encontro. Na festa ele tinha se mostrado atraente e espirituoso, mas agora, algumas semanas depois no andar superior de um prédio estreito, já não era tão atraente, como se cada parte de seu rosto tivesse se alterado ligeiramente nesse meio-tempo, ou engrossado, ao mesmo tempo que sua mente havia se tornado bastante mais lenta e fixa em uma ideia. Fiquei sentada ali, deixando o tempo passar, porque achava que, embora fosse tarde demais para mudar qualquer coisa, eu pelo menos podia estar tão cansada quanto possível e um pouco bêbada quando acontecesse.

Na cama comigo ele continuou falando sobre religião. Em seguida, depois que ele terminou, como eu estava deitada de costas para ele e só grunhia quando falava comigo, ele deve ter notado que eu queria que fosse embora, e de fato foi embora, finalmente. Quando já fazia tempo que ele saíra, me levantei e fui de roupão para a sala. Tremia intensamente, em grandes trepidações e calafrios. Cheguei ao telefone.

Eram três horas mais cedo lá. Ele estava com uma amiga, me disse, e estavam fazendo pão. Ele me perguntou alguma coisa sobre o pão e recomendei que não deixasse a massa crescer por muito tempo. Pensei que, se ele estava fazendo pão com essa mulher, devia ter alguma coisa entre eles e provavelmente estava tudo terminado entre ele e mim, considerando como as coisas estavam ruins quando fui viajar. Eu disse algo assim para ele, e ele respondeu, com súbita irritação, que eu não tinha nada com que me preocupar. A irritação me convenceu de que ele dizia a verdade. Eu disse que sentia falta dele. Não contei sobre o homem que agora voltava para casa de metrô, que deixara de presente três livros seus que encontrei depois que ele partiu, três livros pelos quais passei os olhos mas não li nem guardei nem passei adiante. Pensei em levá-los para a livraria que ficava na mesma rua, mas em vez disso os joguei no lixo. Eu nunca fizera aquilo antes, com um livro.

Como a carta que escrevi para ele sobre a visita do estranho está datada, posso agora saber qual foi o dia em que encontrei o estranho e em seguida telefonei com minha pergunta patética. Vejo que tinha razão: essa foi a conversa que durou trinta e sete minutos. Mas o que também descubro na carta é que ele me disse, numa conversa anterior, que estava saindo com essa mulher, e quando eu soube disso me tornei mais apaixonada, ou mais frenética.

A essa altura eu já sabia que ela estava morando lá com ele, passando as noites com ele. Sabia que era mais que uma amiga da faculdade. O que me preocupava, o que eu queria saber dele, e o que ele não me contou com sinceridade, era se essa história que estava acontecendo entre eles seria permanente ou terminaria quando eu voltasse. Eu não queria que ele ficasse com outra mulher, embora eu pudesse ficar com outro homem. Eu podia ficar com outro porque aquilo não me machucava, e eu evitava o que pudesse me machucar e ia atrás do que me daria prazer.

Mas não querer que ele ficasse com outra mulher era mais que ciúme. Se ele estava com outra pessoa, de repente ficara muito longe de mim. Sua atenção estava voltada para ela e não para mim, como antes, mesmo a toda essa distância. A luz da sua atenção estava longe de mim.

Não me importa que tenhamos conversado por exatos trinta e sete minutos, mas importou à companhia telefônica, e enquanto eu pensava sobre aquela conversa na privacidade do meu apartamento emprestado, e, mais tarde, longe dali, sem saber quanto exatamente tinha durado, essa grande companhia, a companhia telefônica, registrava neste documento, a conta telefônica, exatamente quanto a conversa havia durado, junto com as outras conversas de longa distância que eu travara naquele telefone, e em seguida mandou essa informação, ainda que não se importasse com o uso daquilo, mas apenas com o pagamento da conta.

Não sei por que preciso reconstruir tudo isso – se é importante por alguma razão que ainda não descobri, ou se eu só gosto de responder a uma questão quando enfim enxergo como respondê-la.

Na noite em que voltei para casa, ele foi me pegar no aeroporto com seu carro, como havia prometido, mas não estava muito amigável e disse, ainda no caminho costeiro, que tinha más notícias.

Eu sabia qual era a má notícia, mas não queria que ele me dissesse até que estivéssemos sentados no bar e eu tivesse um copo de cerveja na mão. Então ele me contou que tudo havia mudado. Disse que tudo tinha acabado para ele, não estava funcionando e ele não queria continuar com aquilo. Nós dois havíamos pedido pratos grandes. Depois que ele me disse isso, não consegui comer nada, então ele terminou seu prato e em seguida comeu a maior parte do meu. Como ele estava sem dinheiro, fui eu que paguei pela comida. Não fiquei brava ou chorei. Tentei ser amigável porque, enquanto estivesse ali sentada com ele, não parecia ter terminado. Depois que acabamos de comer, um pouco mais relaxado graças à cerveja, ou tocado por meus protestos, ele me beijou e disse que teria que voltar para me ver porque não tinha onde morar.

Mais tarde negou ter dito isso. Não fazia sentido sequer para mim, porque ele tinha, sim, um lugar para morar. Ainda estava morando em seu apartamento. Morava com uma mulher de sua idade – uma mulher pequena, escura, atlética, Madeleine me contou. Ela os vira juntos no supermercado. Estava com raiva. Disse que ele tinha terminado comigo enquanto eu estava fora, depois de eu tê-lo ajudado a sair de tantas dificuldades.

Depois, nessa noite, quando estava sozinha, me arrependi de ter sido cordial. Nos dias e nas semanas seguintes, de vez em quando eu chorava ou ficava brava conversando com ele por telefone. Mas, sempre que voltava a estar com ele, eu sentia que ainda existia alguma chance, e por isso voltava a ser cordial.

Tinha dificuldades para dormir à noite. Caía no sono às duas, e sonhava com ele, depois acordava às seis, ao amanhecer, e permanecia na cama. Tinha uma visão terrível que parecia verdadeira simplesmente por ser tão distinta e ter se formado tão rápido: eu me via chegando aos 40 em poucos anos, levando o que eu chamava de vida "vazia", fazendo mal um trabalho tedioso e sem amar nenhum homem, ou ao menos nenhum homem que também me amasse.

Só uma parte disso aconteceu da maneira como previ. Quando cheguei aos 40, minha vida não era vazia. Algo do trabalho que eu fazia era tedioso, e uma parte eu fazia mal, o que me envergonhava, mas a maior parte eu fazia bem, e a maior parte era interessante. De fato, amei dois homens que não me amaram, ou não no mesmo momento em que eu os amava, mas também amei um homem que me amou, e ao mesmo tempo, o que me parecia uma sorte das mais raras.

Embora eu tenha estado com outros homens depois dele, alguns que só importaram um pouco e outros que importaram mais, meus sentimentos em relação a ele não mudaram tão rápido quanto eu teria pensado.

Onde os guardei durante todos esses anos? Eles permaneceram em grupo, intactos, em algum lugar do meu cérebro? Só tive que abrir a porta dessa pequena área do meu cérebro para voltar a experimentá-los?

No dia seguinte, as horas passaram devagar, como se muito mais tempo se passasse, como se dias inteiros se passassem. Ainda assim eu não conseguia me acostumar à nova situação. Sempre parecia que eu tinha acabado de ouvir a notícia.

Havia outras mudanças menores. A secadora estava quebrada. Madeleine vinha usando minhas roupas, e queimara uma das minhas blusas tentando secá-la no forno. Disse que havia permitido que um amigo, um policial, dormisse no meu quarto enquanto eu estava fora, e ele deixara um cheiro tão forte que ela tivera que arejar o lugar. Tinha algo de errado com o meu carro. Não dava a partida na primeira tentativa e, quando dava, rugia. Ele havia consertado o carro dele, mas não me devolvera o dinheiro. Agora seu carro era silencioso e o meu rugia. Talvez tenha consertado o carro com meu dinheiro no mesmo dia em que liguei para aquele homem que eu mal conhecia.

Como a secadora estava quebrada, pendurei minhas roupas úmidas na viga do quarto vazio, e ele ficou cheio de roupas brancas oscilando na brisa que entrava pela janela.

Eu fazia o que tinha que fazer, embora fosse difícil porque não parava de pensar nele. Tinha medo do que aconteceria quando chegasse a noite. Uma faixa que me apertava em volta da garganta tornava tudo difícil de engolir, e eu não parava de tentar alargar a gola do suéter. Mas não era o suéter que me enforcava, e sim algo dentro de mim.

Mal conseguia comer, ainda que quisesse ingerir um pouco de comida. Me sentia enjoada só com o cheiro da comida e a primeira garfada. Só conseguia consumir um pouco de fruta, pão seco, certos vegetais, água e suco.

Eu parecia flutuar, como se não estivesse ancorada em nada. Nada era muito real, ou era difícil distinguir o que era real e o que não era. As coisas reais no quarto pareciam tênues e transparentes, parte de uma superfície plana de cores e padrões que forravam as paredes.

Quando por fim fui dormir naquela noite, não conseguia parar de tossir e fiquei deitada no escuro tentando me manter muito imóvel. Ainda que não fosse ouvir o barulho do carro dele, agora consertado, eu ainda me esforçava para ouvir o barulho porque meus ouvidos estavam acostumados a fazer isso, e ouvia carros fazendo quase o mesmo barulho que o carro dele costumava fazer.

Deitada ali, tossindo, sem conseguir dormir, fui ficando cada vez mais brava. Mesmo tarde, levantei e fui ligar para ele. Ninguém atendeu. Agora eu estava mais brava ainda, porque ele estava em outro lugar, não estava sozinho e, se não estava sozinho, não estava sequer pensando em mim. Era isso o que mais me perturbava, que era muito provável que ele não estivesse pensando em mim. Se ele tinha me esquecido, onde eu estava, e quem eu era? Podia dizer a mim mesma que ainda estava lá, e ainda era eu, mas não conseguia sentir isso.

Voltei para a cama, tentei ler, não consegui, apaguei a luz, fiquei brava também comigo mesma, e depois com todo mundo que eu conhecia. Comecei a cair no sono, fui despertada por minha própria surpresa por ter caído no sono, e me pus de novo a tossir. Mais tarde voltei a dormir, e voltei a acordar tossindo. Isso aconteceu seguidas vezes, até que por fim pus dois travesseiros em cima de uma almofada e dormi o resto da noite apoiada naquele encosto, com um lenço molhado estirado na testa.

De manhã, Madeleine ligou para um amigo, um mecânico que trabalhava por conta própria, e ele veio dar uma olhada no meu carro, primeiro do lado de fora da casa, debaixo da chuva, depois dentro da garagem. O telefone tocou enquanto eu observava o mecânico pela janela.

❧

Neste ponto da história há outra lembrança difícil. Ele havia ligado para dizer que fôramos convidados para ir à casa de um casal que não sabia que já não estávamos juntos. Acho que devo incluir essa visita apenas porque ela aconteceu, mas isso me irrita. Os quatro nos sentamos numa sala pequena, e fiquei olhando para ele do outro lado do tapete, me sentindo mal, beliscando meu pescoço para não desmaiar, desviando o olhar para a janela de vidro laminado, ou para o homem e a mulher que nos tinham convidado. O homem era aquele que tinha me ignorado completamente no passeio de barco para ver baleias. Depois de uma hora, mais ou menos, fomos embora e ele me levou para casa.

Não sei por que essa visita me incomoda tanto. O que eu observava, através da janela do apartamento alugado, era um pedaço quadrado de gramado e, para além dele, a grama alta ou os juncos que se estendiam nas margens de um riacho estreito. Era o mesmo riacho, ainda que em outro ponto de seu curso, que eu havia visto do outro lado, e a uma grande distância, quando ele e eu saímos pela estrada costeira para comprar cerveja numa pequena mercearia muitos meses antes.

Será porque eu não conhecia muito bem essas pessoas e não gostava muito delas? Ou porque o apartamento alugado já mobiliado era tão pequeno e tão feio, com sua mobília marrom, suas paredes marrons e cortinas metálicas amareladas? Ou porque ele e eu tínhamos que fingir, naquele lugar e com aquelas pessoas, que nada tinha mudado? O homem e a mulher estavam encerrando sua estada ali, e aquilo era parte da preparação para a partida – uma última, e estranha, visita social nossa, e alguns dias depois eles telefonariam para pedir que ele os levasse ao aeroporto.

Depois de ele ter me dito de maneira tão abrupta que tudo estava terminado, perdi o interesse em qualquer outra coisa. O que ele fazia comigo, o fato de não estar mais comigo e sim com outra pessoa, tornara-se uma substância que se infiltrava pelo meu cérebro, que vazava, voltava a subir, estava presente e então sumia, como um aroma ou um sabor. Desaparecia por um tempo, e eu percebia que aquilo não estava em mim. Mas, de repente, sem qualquer razão, voltava a surgir e seu amargor se espalhava e penetrava por toda parte.

Eu não conseguia deixar de pensar que ele ainda voltaria para mim porque tinha me amado tanto antes, e porque eu nunca o conhecera de nenhuma outra forma que não fosse me amando. Nos primeiros dias, não desisti de convencê-lo a conversar comigo. Não me importava que estivesse com outra mulher. Eu ligava. Ele tinha que atender, já que podia ser outra pessoa. Então conversava comigo ao menos por um instante, para ser educado.

Eu não podia discutir se ele dizia que não queria continuar, mas também não conseguia deixar de tentar fazê-lo falar comigo sobre esse assunto. Ele não conversava comigo de uma maneira que me satisfizesse. Eu pensava que ele devia me dizer que tinha me amado profundamente, e que ainda era a mesma pessoa, mas que seus sentimentos haviam mudado por certas razões que ele podia explicar. Ele então devia explicar quais haviam sido os sentimentos e por que haviam mudado. Também devia admitir que havia me deixado sem aviso, e que, quando me disse ao telefone, numa chamada interurbana, que as coisas ainda estavam bem, ele estava mentindo.

Se eu não podia estar com ele e ele não conversava comigo, eu pelo menos queria saber onde ele estava. Às vezes o encontrava, embora na maioria das vezes não. Mesmo quando não encontrava, ainda preferia procurar por ele a ficar sentada em casa.

Uma noite fui de carro em direção ao norte e percorri vários vilarejos para jantar com Mitchell. Mal consegui conversar com ele e passei mal, de novo, ao ver o presunto ordenado em rolinhos e a manteiga sobre a mesa. Mitchell era sempre muito cuidadoso com as refeições, então devia ter um bom pão, talvez picles especiais e uma mostarda especial. Ele estava concentrado no planejamento da refeição, ou em servir os pratos, enquanto eu tentava manter controle sobre o que estava sentindo. No fim ele mencionou algo difícil demais para mim naquele momento, e eu já não consegui continuar comendo.

Pouco depois do jantar eu fui embora e dirigi de volta para casa descendo a estrada costeira. Estava chovendo forte, mas, como a estrada passava pelo vilarejo onde ele morava, a um quarteirão do seu apartamento, não consegui seguir adiante e tive que me desviar um quarteirão em direção ao mar, por uma pracinha que tinha uma fonte. Virei à direita de novo, saindo da praça, e parei o carro junto à calçada, de onde podia ver o telhado de sua sacada e suas janelas acesas. As janelas não tinham cortina, mas eu não conseguia ver o interior com muita clareza porque o apartamento era alto e distante, e porque chovia muito.

Abri o vidro do carro. Vi uma forma passando de um lado para o outro pela janela da cozinha. Parecia se mover mais rápido do que ele se moveria, e os cabelos eram mais escuros do que os dele. Decidi subir até a sacada e ver exatamente quem era. Dei a partida no carro, e dirigi até o estacionamento atrás do prédio. A chuva tamborilava na sacada de concreto, cobrindo o som das minhas pegadas enquanto eu subia suavemente a escada. Abaixo de mim, enquanto eu andava até a sacada, ficava o teto da estufa de cactos e, ao seu redor, na estufa em si, viam-se as formas indistintas do aglomerado de cactos. Eu estava usando uma capa escura e botas. Estava escuro ali fora, onde eu estava, e iluminado lá dentro, no apartamento dele.

Rapidamente olhei por uma das janelas e vi uma mulher de cabelos castanhos e curtos deitada na cama, lendo. Suas pernas estavam cruzadas nos tornozelos. Àquela distância, através do quarto amplo, e da janela molhada, seu rosto parecia presunçoso e desagradável. Olhei para a direita e vi que ele se deslocava em silêncio pela pequena cozinha. Voltei a me virar para olhar a mulher na cama dele, e ele apareceu de repente na entrada do quarto, inesperadamente perto de mim, embora do outro lado do vidro, e se pôs a falar com ela, embora eu não conseguisse ouvir o que dizia, mas apenas via sua boca em movimento. Preferi me afastar da janela.

Saí da sacada, desci até o carro e fui embora. Minhas bochechas estavam quentes. Liguei o rádio. Mais tarde percebi que a chuva havia facilitado o que eu fizera, porque me separava não apenas do que eu via fora do carro, mas também de mim mesma, e o barulho da chuva me separava do que eu podia pensar.

Assim que tirei a capa e as botas, em casa, fui pendurar as cortinas que tinha lavado antes, começando por encaixá-las em cada uma das varas de ferro. Me movia rápido para evitar o que podia começar a pensar. Então, sabendo agora onde ele estava, abandonei a pilha de cortinas e liguei para ele. Ele não foi pouco receptivo, e concordou em me ver no dia seguinte. Eu terminei de pendurar as cortinas e me troquei para ir para a cama, mas, mesmo sendo tarde, sentei para trabalhar na mesa.

Meus olhos estavam bem abertos, como se algo os prendesse. Eu não me sentia cansada. Tinha saído para jantar e voltado debaixo de chuva, e o conhaque que tomara com Mitchell não me deixou sonolenta demais para que pudesse me sentar à mesa e trabalhar com a mente acelerada. Não tinha fome, embora pudesse sentir que meu estômago estava vazio. Tinha analisado o que podia comer. Não conseguiria engolir nada daquilo.

Trabalhei muito e o trabalho pareceu correr bem. Enquanto trabalhava, parecia estar esperando alguma coisa, mas não sabia o quê. Então percebi que esperava até que pudesse ter certeza de que ele e ela haviam parado de fazer amor e ido dormir. Quando tivessem dormido, eu mesma poderia dormir.

Na manhã seguinte, sentei de novo à escrivaninha para traduzir. Ele dissera que viria em certo horário da manhã, mas não veio, e não ligou. Não parei de erguer a vista do trabalho, olhando pela janela. A cada vez que erguia a vista, via as mesmas coisas: a cerca do outro lado da rua, o topo da casa atrás da cerca e umas poucas árvores. De vez em quando algo aparecia entre mim e o que eu via, e eu então o observava, fosse o que fosse, até que sumisse.

A jovem voltou para casa, do outro lado da rua, de raquete na mão e um suéter dobrado no braço.

Um velho passou, descendo a ladeira devagar, em passos curtos. Era o que eu costumava ver ajoelhado entre as flores no jardim vizinho à igreja.

Com a brisa suave, uma flor vermelha caiu e rolou sobre a poeira macia.

Dois cachorros se aproximaram da janela. O maior farejou um arbusto, esticando o focinho e o pescoço. O menor ficou parado atrás do maior e esticou o focinho e o pescoço para cheirar seu rabo.

Várias vezes cruzei o hall e entrei no banheiro, me olhei no espelho, escovei os cabelos, lavei a boca e voltei à mesa. Depois fui até a loja, voltei, e liguei para ele. Ninguém atendeu. Liguei uma segunda vez, e em seguida uma terceira. Na terceira vez ele atendeu e disse que tinha me ligado, mas eu sabia que não, porque Madeleine estava em casa enquanto eu estivera fora. Ele me perguntou de que adiantaria conversar.

Outro dia eu o convenci a me encontrar depois do trabalho. Para gastar o tempo até a noite, fui a uma loja de discos no centro e de lá ao apartamento de Ellie, onde Evelyn e seus filhos estavam sentados no chão e no sofá. Saímos na chuva e descemos meio quarteirão até a praia para olhar as ondas altas e cinzentas, depois, no carro de Ellie, fomos jantar num restaurante. O carro fumegava com a umidade das nossas roupas, com tantos de nós apertados lá dentro.

Fiz questão de estar em casa na hora, mas ele não apareceu. Em vez disso ligou e disse que não podia ir porque tinha que acordar cedo na manhã seguinte. Em seguida pediu meu carro emprestado. Tinha que levar aquele casal mais velho ao aeroporto. Deve ter pensado que meu carro era mais apropriado que o dele. Eu disse que agora guardava o carro na garagem, e que deixaria as chaves em seu interior.

Mais tarde, de manhã, depois que ele foi ao aeroporto e voltou para deixar meu carro na garagem, nos encontramos para tomar café da manhã num restaurante à beira-mar. Eu temia que, se fosse desajeitada e deixasse a comida cair da minha boca, ou um garfo cair no chão, tudo estaria arruinado, embora soubesse que isso não podia ser verdade.

Sentamos lado a lado num banco de madeira com plantas pendentes sobre as nossas cabeças. Ele apoiou o ombro no encosto do banco, me encarando. Falou bastante, principalmente sobre si mesmo e seus planos, e eu ouvi. Eu estava comendo apenas uma pequena torrada do prato lotado que estava à minha frente. Eu queria fumar. Depois que pagamos e saímos, paramos no terraço ensolarado e ele me abraçou por um longo tempo.

Quando eu estava voltando, sozinha no carro, só pensava nas diferentes coisas que ele tinha me dito, tentando primeiro ter certeza de que as entendia e em seguida ver se significavam o que eu pensava que significavam.

A lembrança dessa refeição é mais uma que me incomoda. Será porque encontrá-lo não fazia nenhuma diferença, eram apenas horas que eu desperdiçava, debilmente puxada de lá para cá por um fio tênue de esperança? Mas a cena em si e cada um de seus aspectos parecem se tornar inimigos – a paisagem desinteressante de terra marrom do outro lado da janela, as escavadeiras e as novíssimas construções em madeira ao redor, a branda luz do sol dentro do restaurante, aquelas plantas bestas penduradas, o sorriso dele, de um afeto cruel, suas confissões, de uma abertura cruel, a madeira clara e venenosa dos painéis nas paredes, e a tonelada de comida do café da manhã.

Mais tarde, nesse dia, Ellie avisou que um amigo nosso estava dando uma festa. Pensei em ligar para ele e ver se queria ir comigo. Mas, quando tentei, ninguém atendeu. Subi ao posto de gasolina e segui até a casa dele. Depois fiquei subindo e descendo as ruas do meu vilarejo. Eu tinha ouvido que alguns amigos dele moravam perto do mar, embora não soubesse bem onde. Como todas as ruas abaixo da estrada costeira ficavam perto do mar, percorri cada uma delas à procura do seu carro. A essa altura não planejava falar com ele, já que isso implicaria tocar a campainha de um desconhecido. Mas, já que começara a procurar por ele, eu tinha que fazer tudo para encontrá-lo. Dessa vez não o encontrei. Por fim consegui falar com ele por telefone, mais tarde naquela noite. Ele me perguntou abruptamente o que eu queria. Disse que achava que não poderia ir à festa. Só se soltou um pouco na conversa depois disso, o bastante para rir uma vez, mas podia ser apenas por educação. Não entendi como ele podia ser tão afetuoso de manhã e tão frio agora.

Sentei à escrivaninha para trabalhar, mas, a cada vez que erguia o olhar, seu rosto aparecia na minha frente.

Eu devia ter imaginado que não havia muita esperança. Ainda assim, por quatro dias depois de ter voltado, disse a mim mesma que havia alguma chance de ele voltar para mim, embora ele não fizesse quase nada para me encorajar: me abraçou uma vez, me beijou uma vez, e duas ou três vezes mencionou coisas em sua vida que poderiam me incluir.

No fim da tarde do quinto dia, voltando da festa à qual ele não quisera ir, parei no posto, um pouco bêbada. Perguntei com leveza se ele ainda não tinha mudado de ideia.

Do outro lado da estrada, enquanto estávamos parados junto às bombas de combustível, um tanto estranhamente, como se esperássemos por alguma coisa, um trem de carga passou, deslizando devagar. A certa distância, via-se mais um morro com uma fileira reta de palmeiras no topo. Atrás de nós, escondido por prédios baixos, o sol pairava sobre o mar, e sua luz laranja e quente cobria tanto as palmeiras no morro quanto as que estavam mais próximas, mais baixas e mais densas, em volta da fonte no meio da cidade. A presença do mar tão lá embaixo fazia o asfalto do posto parecer uma plataforma elevada. Uma noite fresca de primavera estava começando, mas o ar era suave e perfumado. Um SUV parou junto às bombas, e uma mulher magra de quadris largos desceu e perguntou timidamente onde podia abastecer de butano ou propano. Antes de eu sair ele disse, também com leveza, que ainda não estava convicto, e agradeceu eu ter passado por lá.

Parada com ele, eu conseguia tolerar o que estava acontecendo, mas sempre que ficava sozinha eu já não conseguia. Como eu não tinha nada para me distrair, e Madeleine não estava lá para me deter, liguei para o posto para falar com ele. Conversamos por meia hora. A todo momento ele se afastava do telefone para atender clientes. A cada vez que se afastava, eu planejava o que diria em seguida, como se pudesse dizer a coisa certa que o faria voltar para mim. A cada vez que ele voltava, eu dizia o que planejara dizer. Enfim disse que queria vê-lo, e ele respondeu que eu não devia ir até o posto. Mas ele também não viria me ver depois do trabalho. Desligamos, voltei para o carro e segui de novo até o posto.

Da estrada eu podia vê-lo sentado no escritório, tão resplandecente na escuridão que era como uma vitrine em que ele se expunha, inundado pela luz. Estava sentado à escrivaninha, lendo. Quando entrei, ele se levantou e deu a volta na mesa, seus braços largos cruzados, como se contra mim, e mais fortes do que precisariam ser.

Falou sobre o que estava lendo, porque claramente não queria falar sobre nós dois. Sentado à escrivaninha, ele lia um romance de Faulkner. Estava lendo a obra completa de Faulkner nessa época, assim como meses antes lera a obra completa de Yeats. Queria conversar sobre Faulkner, mas eu não, e agora nossa conversa não ia a lugar nenhum, porque eu não conseguia suportar a situação, e ele não fazia o que eu queria que fizesse.

Comecei a chorar, ele pôs as mãos em volta dos meus ombros e disse: "Vá para casa." Disse que tinha que fechar o posto. Me acompanhou até o carro. Afastou-se de volta para o escritório. Eu entrei no carro e continuei chorando com a cabeça no volante. Ele voltou a sair, chamou meu nome, ficou em silêncio por um instante, e disse então que, se eu fazia aquilo, tornava tudo impossível. Não entendi o que eu estava tornando impossível. Ele saiu para atender um cliente, depois voltou, bravo, um pano oleoso na mão. Disse que tinha que limpar os banheiros, eram quase nove horas, agora ele não conseguiria sair antes das nove e meia, e não era pago por nenhum trabalho que fizesse depois das nove. Toda a raiva dele em seu emprego insignificante estava contida em sua voz. Então eu também fiquei brava, porque ele dava mais valor aos quatro dólares por hora do que a mim, e por fim fui embora. Preferia sentir a raiva dele à sua bondade. Eu não teria conseguido ir embora se ele não tivesse ficado bravo e me deixado brava. De volta às minhas próprias mãos, eu podia voltar a agir.

Depois desses cinco dias, desisti, ou ao menos parei de tentar tanto ir atrás dele, e um tipo diferente de vazio me cercou. Eu estava tão brava que queria machucar alguém. Dizia a mim mesma como ele tinha sido descuidado, como tinha sido vaidoso, superficial, vulgar, como tinha sido sujo, insensível, irresponsável, enganador. Dizia que ele não tinha consciência, traía amigos, insultava mulheres e abandonava amantes. Dizia que ele era tão profundamente egoísta que até seus melhores amigos tornavam-se motivo de irritação para ele e, quando tentavam ajudá-lo, ele enxergava aquilo como mais uma irritação.

Agora eu entrava e saía de sucessivos estados mentais a cada poucos minutos, primeiro raiva, depois alívio, esperança, ternura, desespero, depois raiva de novo, e batalhava para ter consciência do lugar onde estava.

Minha mente se deixava preencher por pensamentos a seu respeito, e sempre era doloroso. Eu sabia que parte da razão do fim era minha própria insatisfação. Enquanto ainda estava naquela relação, eu me tornara inquieta. Agora que estava fora, ainda me sentia ligada a ela. Eu tinha precisado arruinar tudo para poder sair daquilo, mas agora, fora, tinha que me manter ligada, como se o que eu precisasse fosse estar bem à sua margem.

Eu não entendera como amá-lo. Havia sido preguiçosa com ele, e não fizera tudo o que não era fácil fazer. Não me dispusera a abrir mão de nada por ele. Se não podia ter tudo o que eu queria, ainda assim eu queria, e não parava de tentar tê-lo.

Agora que ele tinha me deixado, eu sentia mais ternura e preocupação por ele, mesmo sabendo que, se voltasse, meus sentimentos se enfraqueceriam. Agora eu teria feito tudo para tê-lo de volta, mas apenas porque sabia que não podia tê-lo de volta. Antes eu era difícil, e às vezes dura com ele. Agora era apenas fácil e delicada, ainda que ele raramente sentisse minha delicadeza, já que na maior parte do tempo eu estava sozinha com ela em meu quarto. Antes, eu dizia o que pensava haver de errado nele, sem poupar seus sentimentos. Agora machucaria a mim fazer isso, embora talvez não tanto quanto a ele. Antes, eu gostava de me ouvir falando e tinha menos interesse pelo que ele dizia. Agora, quando era tarde demais e ele nem sequer queria falar comigo, eu queria ouvi-lo.

Depois de pensar nessas coisas, me senti inspirada para começar tudo de novo com ele. Empolgada, eu pensava que poderia fazer tudo de outro modo desta vez, se ele aceitasse. Mas essa resolução era tão vazia quanto a minha esperança de que ele voltaria para mim. Não podia significar nada enquanto eu soubesse que ele não queria compartilhá-la comigo.

Nos primeiros dias eu havia sido impaciente, como se as coisas resistissem a mim. Agora estava brava, não apenas com ele, mas comigo mesma, com certas outras pessoas, e com os objetos do meu quarto. Estava brava com meus livros, porque eles não sustentavam meu interesse o bastante para que eu parasse de pensar nele – eles não estavam vivos agora, não eram ideias, e sim papel. Estava brava com a minha cama, e não queria ir dormir. Os travesseiros e os lençóis eram hostis, pareciam virar a cara para mim. Estava brava com as minhas roupas, porque quando olhava para elas eu via meu corpo, e estava brava com meu corpo. Mas não estava brava com minha máquina de escrever, porque se a usava, ela cooperava comigo e me ajudava a não pensar nele. Eu não estava brava com os dicionários. Não estava brava com o piano. Eu tocava muito o piano agora, durante várias horas por dia, começando com escalas e exercícios de cinco dedos e terminando com duas peças cada vez melhores.

Havia muito ódio em mim. Era o sentimento de querer me livrar de alguma coisa que me incomodava. As montanhas que eram marrons em setembro agora se mostravam verdes. Mas agora eu odiava essa paisagem. Precisava ver coisas feias e tristes. Qualquer coisa bonita parecia algo a que eu não podia pertencer. Eu queria que os limites de tudo se escurecessem, se tornassem marrons, queria que aparecessem manchas em cada superfície, ou uma película fina, para que fosse mais difícil ver, para que as cores não fossem tão reluzentes ou distintas. Queria que as flores murchassem só um pouco, queria que a podridão aparecesse nos vincos das flores vermelhas e violeta. Queria que as lâminas gordas e encharcadas dos chorões-da--praia perdessem a água, secassem até se tornarem lanças afiadas e ruidosas, queria que sumisse o cheiro dos eucaliptos ao pé da montanha, e sumisse também o cheiro do mar. Queria que as ondas enfraquecessem, que o som das ondas se deixasse abafar.

Eu odiava cada lugar em que tinha estado com ele, e àquela altura isso se aplicava a praticamente todos os lugares que eu frequentava. Se via uma mulher dez anos mais nova do que eu, eu a odiava. Odiava todas as mulheres jovens que não conhecia. E havia uma grande quantidade de jovens andando pelas ruas do lugar onde eu morava, embora em sua maioria fossem altas, com cabelos loiros volumosos e sorrisos meigos, enquanto ela era baixa, de cabelo escuro e bastante amarga, pelo que eu vira.

Eu não queria mais dizer o nome dele. O nome o trazia demais para o quarto. Eu deixava que Madeleine dissesse seu nome, e respondia com *ele*.

Às vezes, nas semanas que se seguiram, os dias pareciam uma sucessão interminável de manhãs, tardes e noites árduas. Com frequência era difícil sair da cama de manhã. Eu ficava deitada e pensava ouvir passos do outro lado da janela, mas era meu próprio pulso, batendo como se fosse areia nos meus ouvidos. Eu temia o que vinha pela frente. Passava até uma hora de olhos fechados, sonhava, depois começava a me angustiar, depois começava a fazer planos. Muitas vezes enxergava as coisas com mais clareza nesses momentos, embora o que eu enxergasse geralmente aparecesse da pior maneira possível. Quando tinha planejado o bastante para parar de me angustiar tanto, tentava abrir os olhos. Quando conseguia abrir, olhava o quarto ao meu redor. Pensava nele, e tentava desviar o pensamento para outra coisa. Mas não conseguia pensar em nada mais, e era como se meu próprio corpo me impedisse, como se minha carne estivesse impregnada de alguma essência dele, porque essa essência subia ao meu cérebro e preenchia cada célula, e era tão forte que minha atenção recuava e voltava a recair sobre ele, apesar de minha vontade. Então, por fim, eu me levantava. Trabalhava de camisola e robe por algumas horas e finalmente me vestia, mas com roupas largas e macias que pouco se distinguiam de pijamas.

Em geral eu conseguia trabalhar até o fim da manhã. Mas a tarde era longa e lenta, tão lenta que simplesmente parava e morria em algum ponto. Eu gostava de que houvesse luz do dia lá fora, as horas de escuridão muito distantes de mim, no futuro ou no passado. Mas não costumava querer sair naquela luz, e mantinha as cortinas fechadas. Gostava de ver a luz nos vãos das cortinas, gostava de saber que a luz estava lá. Então, quando vinham a noite e a escuridão do lado de fora, eu mantinha as luzes acesas do lado de dentro.

Fazia o que podia para me distrair. Me mantinha em movimento, limpando alguma coisa na casa, ou andando lá fora, ou conversando com amigos e ouvindo-os falar, ou tentando ler um livro que mantivesse minha mente ocupada, ou fazendo algum tipo de trabalho na minha mesa que não permitisse que a minha mente viajasse. Às vezes a mesa à minha frente parecia ser um único lugar plano, e tudo o mais caía ou se erguia íngreme a partir dela.

Um bom trabalho a fazer era tradução, e havia um romance curto que eu devia estar traduzindo. Eu me sentava na cadeira de metal junto à mesa de carteado e trabalhava. Em geral traduzia de manhã, mas também voltava à tarefa em outros momentos, mesmo tarde na noite. Era um tipo de trabalho que eu conseguia fazer quase sempre, na verdade até trabalhava melhor quando estava infeliz, porque, quando estava feliz ou animada, minha mente vagava quase constantemente. Quanto mais infeliz eu estava, mais eu me concentrava naquelas palavras estrangeiras que apareciam na página numa construção estranha, um problema a resolver, difícil o bastante para me manter ocupada, e, se eu conseguisse resolver o problema, minha mente se deixava cativar, mas se o problema fosse difícil demais e eu não conseguisse resolvê-lo, como acontecia também, minha mente o remoía de novo e de novo, até que por fim pairava livre e se deixava levar para longe.

Não era um livro longo, mas era difícil e, como eu estava distraída, não fazia um bom trabalho ao traduzi-lo, mesmo trabalhando com dedicação e sentindo minha mente tão alerta. O que eu passava para o inglês era estranho, eu percebia mais tarde.

Enquanto estivesse lendo a frase a ser traduzida, ou redigindo sua tradução, ou lendo um verbete no dicionário, me encontrava absorta nas palavras daquelas outras pessoas, não nas vozes dos personagens do romance, já que eles quase não falavam, mas na voz do autor do romance, e nas vozes secas e precisas dos organizadores do dicionário oferecendo definições para as palavras que eu procurava, e nas vozes mais vivas dos diferentes escritores citados no dicionário. Mas durante o breve intervalo em que eu parava de digitar e pegava o dicionário, um intervalo que não podia durar mais que cinco segundos, quando eu não contemplava nenhuma palavra e sim olhava pela janela, e essas vozes se diluíam, a imagem dele aparecia flutuando entre mim e o trabalho, provocando uma dor aguda simplesmente porque eu o esquecera por alguns minutos, ou o empurrara para o fundo da minha mente com aquelas palavras que estudava tão de perto.

Eu também tinha cartas a escrever. Escrevi uma para o homem cujo livro eu estava traduzindo, e enquanto eu escrevia, olhei para mim mesma e disse: Olhe essa mulher, escrevendo para esse homem ao mesmo tempo que não consegue parar de pensar no atendente do posto ali perto, na estrada. E, no entanto, o homem para quem eu escrevia teria entendido, porque era sobre esse tipo de coisa que ele escrevia em seus romances.

Eu trabalhava na minha mesa, depois ia lavar alguma coisa, a mim mesma ou alguma coisa na casa, minhas roupas ou algo da cozinha. Tomava um banho atrás do outro, esfregando como se quisesse apagar meu corpo, raspando não só a sujeira, mas também minha pele e a carne, chegando até os ossos. Eu trabalhava nas janelas do meu quarto. Limpava ambos os lados de cada vidro até que pudesse ver através da superfície como se não houvesse nada, ver as plantas lá fora e a varanda vermelha e a parte de baixo do teto arcado, que se tornava rosa em dias chuvosos, refletindo o vermelho da varanda molhada.

Choveu muito naquele mês. A escuridão se acumulava, as nuvens se adensavam e a chuva caía, direto para baixo, pesada, e, depois de um curto tempo, parava. O sol surgia e brilhava num céu claro. Reflexos das poças do lado de fora da casa se moviam como cobras na superfície dos armários de madeira da cozinha. O sol aquecia o telhado molhado tão rapidamente que as telhas pretas exalavam um vapor por todo lado, e o vento o soprava para longe das calhas em nuvens que pareciam fumaça. Depois de o sol brilhar por um tempo, a escuridão voltava de repente, e eu olhava para a minha cama do outro lado do quarto e via a escuridão se espalhando, como se vinda daquele canto, dos lençóis escuros que envolviam a cama.

Eu nem sempre conseguia fazer o que tinha que fazer. Por exemplo, nem sempre conseguia cumprir ainda que uma pequena tarefa de limpeza, e acabava tropeçando na minha própria bagunça. Uma vez foi uma grande mancha de polpa de tomate que deixei no piso da cozinha. Eu estava dando voltas, de meias, falando em voz alta com ele. Pisei na polpa de tomate e, em vez de trocar de meia, fui deitar na cama e ler um conto, uma história tranquila, bem-escrita, mas monótona, sobre a caça de cervos, enquanto meu pé úmido, pendendo da borda da cama, ia ficando mais e mais frio.

Eu tinha que pensar com clareza, tomar boas decisões, fazer planos, e não conseguia. Estava no lugar errado para entender, envolvida demais em cada coisa ou distante demais. Pensava que uma coisa era a coisa certa a fazer, e em seguida me perguntava se logo eu pensaria o oposto. Às vezes sabia o que devia fazer, mas não tinha vontade de agir; outras vezes tinha vontade de agir, mas não tomava uma atitude. E como desse jeito eu enfrentava a mim mesma, tinha que me perguntar como podia mudar o que eu era, para não ser sempre essa pessoa com quem eu competia, essa pessoa que me derrotava.

Depois parei de questionar tudo e me tornei teimosa. Me recolhia em mim, mantinha a cabeça baixa e não dava bola para o que todos me faziam ou para o que eu fazia a todos.

Outros dias eu mal conseguia parar, e meu cérebro não parava de trabalhar. Tudo o que eu observava parecia conter uma ideia. A concentração da solidão ao meu redor, tão densa, parecia fazer as ideias me oprimirem e me alimentarem sem interrupção. Só quando havia um vazamento na bolha de solidão, algo do que eu podia pensar se dissipava. E cada ideia tinha que ser anotada, em qualquer pedaço de papel, na lista de supermercado, no talão de cheques, nas margens e nas páginas em branco de algum livro que eu estivesse lendo. Tinha que ser anotada para que eu não a esquecesse, mesmo que eu soubesse que mais tarde algumas dessas ideias não pareceriam tão memoráveis. E nem sempre eu era rápida em anotar a ideia no papel e sabia que a tinha perdido e que não a recuperaria, e tinha consciência desse pensamento como se fosse um espaço em branco numa página. Eu lamentaria ainda mais se não soubesse que, de qualquer forma, cada uma dessas ideias era acidental.

Nessas vezes eu falava rápido ao telefone, sentia impaciência em relação a tudo o que me segurasse, não me preocupava em comer, não comia até me sentir distraída demais pela fome para continuar pensando, e então andava de uma ponta a outra do meu quarto enquanto comia. Era difícil comer, de qualquer forma. Já havia tanto dentro de mim, em uma atividade tão intensa, que quase não restava espaço para a comida. Eu observava, como se estivesse fora de mim, como meu estômago virava quando eu tentava comer um pedaço de torrada, mordendo e mastigando devagar, engolindo um pouco de cada vez, e o mesmo processo com uma maçã. Às vezes eu conseguia tomar um pouco de sopa, ou comer um pedaço pequeno de algum vegetal cru. Era ruim num dia, melhor no outro.

Trabalhava meu corpo com afinco, andando, correndo, me movendo rápido, e comecei a frequentar de vez em quando a academia de Ellie, não pela saúde, mas porque pensava que, se enrijecesse meu corpo, seria capaz de me livrar daquelas emoções trêmulas como gelatina que me eram tão desconfortáveis. Fui ficando mais magra, meus músculos se tornaram tão duros quanto meus ossos, meus braços e pernas pareciam peças metálicas articuladas. Minhas calças pendiam frouxas, e o anel do meu dedo médio caía fácil.

Eu fumava mais e mais cigarros, um a cada poucos minutos, fumava na cama, fumava no carro, fumava fazendo compras. Meus pulmões estavam congestionados e eu sofria de uma tosse seca o dia inteiro. Não parara de tossir desde que voltara para casa. Às vezes a tosse me mantinha acordada por horas e eu me levantava para tomar uma colherada de mel ou um pouco d'água, e em seguida voltava a tentar dormir, engolindo saliva de novo e de novo.

As noites eram sempre a pior parte. Eu pensava que por fim conseguiria ler bastante, mas era difícil me concentrar. Era difícil descansar. Eu não conseguia levantar cedo. Era difícil deitar na cama e parar de me mexer, e mais difícil ainda apagar a luz e continuar deitada. Eu podia cobrir os olhos e usar tampões nos ouvidos, mas isso não teria ajudado. Às vezes tinha vontade de tampar minhas narinas, também, e minha garganta, e minha vagina. Pensamentos ruins entravam na cama e se apertavam contra mim, pensamentos ruins vinham e se sentavam no meu peito a ponto de eu não conseguir respirar. Eu me deitava sobre o lado esquerdo, meus joelhos ossudos apertados juntos até quase formarem hematomas, o direito em cima do esquerdo, e, em seguida, quando eu me virava, o esquerdo em cima do direito. Eu me virava de costas, depois de bruços, primeiro com a cabeça no travesseiro e logo empurrando o travesseiro para o lado e ficando reta, depois virando de novo para o lado esquerdo, segurando o travesseiro entre o joelho e os braços, virando de costas de novo e colocando três travesseiros embaixo da cabeça, começando a cair no sono e acordando de repente, assustada com o fato de ter caído no sono.

Eu me perguntava, como se estivesse distante de tudo isso, o que aconteceria agora, se eu comeria menos e ficaria mais magra ainda, se me ocuparia ainda mais pensando nele e chegaria a extremos à sua procura, na tentativa de fazê-lo conversar comigo.

Liguei para um inglês chamado Tim, e sua voz era suave e aguda em meu ouvido. Perguntei se queria almoçar comigo. Mas, quando desliguei o telefone, não me senti encorajada. Agora, eu pensava, tinha sido deixada para trás, ele me deixara para trás, num mundo que só continha ingleses gentis e delicados.

Meu plano era que fôssemos ao café da esquina, no pé do morro da minha casa, e que nos sentássemos a uma mesa ao ar livre ao lado da estrada. Meu plano era que eu me sentasse de frente para a estrada, de onde poderia observar o tráfego. Todos os arranjos corresponderam ao plano. Tim era um homem inteligente e podia ter sido uma boa companhia, mas nada nesse almoço me interessou de verdade, exceto os carros que passavam pela estrada.

Fiquei sentada para o almoço durante um longo tempo, vigiando o tráfego ao mesmo tempo que conversava com Tim. Então, por fim, justo quando o sinal fechou, melhor do que eu poderia ter planejado, o carro dele se alinhou a nós, e ele parou, olhou para mim, e manteve seu rosto voltado para mim enquanto o sinal estava fechado. Pude ver tudo isso pelo canto dos olhos. Posso ter me sentido desconfortável por fazer esse uso de um homem decente como Tim para atender aos meus propósitos, por arranjar um jeito de ser vista almoçando com outro homem, mas me sentir desconfortável não era suficiente para me parar.

Mais tarde nesse dia, Madeleine teve que me convencer a não ir procurá-lo no trabalho. Não podia fazer uma cena no trabalho dele, ela disse. Ressaltou que eu era mais velha que ele e devia ser capaz de lidar melhor com isso. Sentou-se e conversou comigo. Embora eu pudesse dar a mim mesma argumentos semelhantes aos dela, não conseguia me deter. Se ela tivesse saído naquela hora, eu teria ligado para ele. Ela se ofereceu para ir ao cinema comigo mais uma vez, ou para jogar cartas. Depois preparou o jantar. E disse: "Pelo menos jantamos. Já é alguma coisa."

Madeleine me dizia para não ir ao posto quando ele não falasse comigo ao telefone. Pensava que eu devia ter mais orgulho. Ela teria tido mais orgulho. Mas, a não ser quando ela estava lá para me impedir, eu ia. Às vezes inventava desculpas. Sabia que eram transparentes, mas ainda assim cumpriam o seu propósito.

Por exemplo, o convidei para ir a festas ao menos três vezes. Sabia que eram festas às quais ele gostaria de ir, e que provavelmente ninguém mais o convidaria. Ele não foi a nenhuma delas, embora a cada vez tenha hesitado antes de recusar. Na primeira vez esperou alguns minutos, na segunda levou a metade do dia, na terceira, uma semana.

Na segunda vez, eu o encontrei jogando basquete no estacionamento da praia perto de seu apartamento. Gaivotas pairavam no céu, gritando por cima dos pinheiros. Fiquei sentada no carro, observando-o jogar. Meu carro se encheu com a fumaça dos cigarros que eu acendia. Eu o observava por cima dos capôs de vários carros, e ele estava no lado mais distante da quadra, mas eu estava perto o bastante para estudá-lo com cuidado – seu short, a barba ruiva rala, os cabelos ruivos, lisos em cima e com uma ligeira onda no fim do pescoço, a pele branca, o rosto corado, a pele ficando rosa sob o sol num V que se formava em seu peito, a exuberância de seu corpo, sua agilidade, como ele aparecia de repente, se virava de repente, sempre firme, sempre equilibrado. Estava jogando muito bem.

Eu estava contente, porque por uma vez eu o tinha ali na minha frente, eu sabia onde ele estava e o que estava fazendo, e podia assistir por tanto tempo quanto quisesse, e a uma distância segura: ele não podia fazer nada para me machucar e eu não tinha que me preocupar com a minha aparência, ou com o que eu fazia ou dizia.

Quando ainda estávamos juntos, ou eu sabia onde ele estava ou não me preocupava em saber, porque não ficaríamos distantes por muito tempo, e não queríamos ficar distantes. Agora que ele estava longe a maior parte do tempo, eu sabia que estava longe por opção e podia não reaparecer a não ser que eu batalhasse para encontrá-lo em um lugar onde o pudesse ver e para mantê-lo ali. Pior, ele podia desaparecer por completo, eu podia nunca mais ser capaz de encontrá-lo.

Uma parte de mim crescera nele ao mesmo tempo que uma parte dele crescera em mim. Essa parte de mim ainda estava nele agora. Eu o olhava e não via apenas ele, mas também eu mesma, e via que aquela parte de mim estava perdida. Não só isso. Via que eu mesma, em seus olhos, quando ele me olhava, quando me amava, também estava perdida. Eu não sabia o que fazer com a parte dele que crescera em mim. Havia duas feridas – a ferida causada pela sua presença ainda dentro de mim, e a ferida da parte rasgada de mim que ainda estava nele.

Por uma hora, mais ou menos, fumei e assisti. Estaria também entediada? Será que, ao menos por um momento, pude vê-lo como nada mais que um garoto ao longe, um colegial jogando basquete? Ou me dava prazer reduzi-lo dessa forma, já que isso parecia torná-lo inofensivo? Ou será que só agora eu penso que devia estar entediada, e minha necessidade de saber onde ele estava era tão forte que satisfazê-la já era o bastante, não havendo sentido em estar entediada?

Então ele saiu da quadra na direção do meu carro, que eu havia estacionado num lugar por onde ele teria que passar na volta ao apartamento. Passou perto o bastante para que eu pudesse me inclinar sobre a janela do passageiro e chamá-lo. Ele virou o rosto, surpreso, ao meu segundo chamado, se aproximou, riu depois de me ver ali e entrou no carro, ao meu lado. O calor de seu corpo aos poucos cobriu as janelas de umidade. Ele sorriu para mim e pôs a mão na minha nuca. Enquanto eu conversava com ele e dirigia pelas poucas centenas de metros até seu prédio, me perguntava por que exatamente ele estava com a mão na minha nuca. Então ele tirou a mão da minha nuca. Subi até seu apartamento com ele. Me sentei na borda da cama e ele se sentou no chão, apoiado na parede. Pareceu considerar ir à festa comigo. Estava completamente suado e ainda corado. O suor come- çava a secar em seu corpo, provavelmente provocando algum frio. Pensei que ele devia estar esperando que eu fosse embora para tomar banho, e depois de um tempo eu fui.

Vincent se senta na poltrona florida da sala e estremece ao pensar que posso colocar algo de sentimental e romântico no romance. Diz que, se o romance é sobre o que eu digo que é, não deveria haver cenas íntimas nele. Isso faz sentido para mim. Não gosto das cenas íntimas que existem nele até o momento, ainda que não saiba bem por quê. Talvez eu devesse tentar ver por que antes de excluí-las, mas acho que, em vez disso, vou excluí-las primeiro e tentar entender depois. Por exemplo, nunca gostei da descrição da minha visita ao apartamento dele depois do jogo de basquete, e por isso fui tornando-a mais e mais curta. Não me incomoda a descrição dos meus pensamentos enquanto eu estava sentada no carro, fumando.

Vincent calhou de estar lendo um romance que inclui o mesmo tipo de coisa que ele quer que eu omita no meu. Ele acha que também não cabem no outro romance – e me conta como a mulher deseja o homem até que não consegue mais suportar, e como ele consente em satisfazer o desejo dela, embora volte a abandoná-la depois de poucas horas. Acho que Vincent não gosta do livro o bastante para continuar lendo-o.

Mas suspeito que ele pense que eu também devo omitir meus sentimentos, ou a sua maioria. Embora ele valorize os sentimentos em si, e tenha sentimentos fortes de diversos tipos, eles não lhe interessam particularmente como coisas a serem discutidas com profundidade, e decerto não pensa que devam ser oferecidos como justificativas para más ações. Não estou escrevendo o livro para agradar a ele, é claro, mas respeito suas ideias, ainda que costumem ser bastante inflexíveis. Seus padrões são muito elevados.

Ocorre-me que, embora eu costumasse ir a muitas festas, só descrevo duas no romance e, no caso da segunda, só o que falta nela. Agora, mesmo a palavra "festa" parece pertencer a outro tempo, à vida de uma mulher jovem.

Não que eu não vá a festas. Mas não vou com frequência suficiente para me ver como uma pessoa que vai a festas. Apenas umas noites atrás, contudo, Vincent e eu fomos a uma recepção. Era numa faculdade próxima, para dar as boas-vindas ao novo chefe de departamento. Não pareceu animador no convite formal, mas por alguma razão que não soube explicar, Vincent pensou que devíamos ir. Disse que devíamos confirmar presença e pedir para a enfermeira ficar até mais tarde.

Quando veio a noite, chovia, como Vincent ressaltou diversas vezes. Disse que a previsão era de que esfriaria e perguntou o que faríamos, por exemplo, se saíssemos da recepção e encontrássemos a estrada convertida numa camada de gelo. Disse que provavelmente não conheceríamos ninguém lá, mas depois citou duas pessoas que poderiam comparecer. Disse que teríamos que nos trocar, mas, como ele claramente ainda pensava que devíamos ir, nós nos trocamos. Vesti um terno de lã, e ele vestiu uma camisa limpa, gravata e um velho paletó esportivo. Partimos na chuva. Já estávamos muito atrasados.

Mas a recepção estava no auge. Havia um denso aglomerado de senhores de terno escuro, alguns homens mais jovens de aparência sóbria, e mulheres trajando roupas de coquetel. Só sobrava espaço em volta do trio de jazz. Vincent não parecia conhecer ninguém ali, e, quando me afastei para ver a seleção de drinks ou a bandeja de queijos e uvas numa mesa isolada num canto, ergui o olhar e descobri que ele tinha me seguido, agradável e aberto à conversa, com um copo plástico de cidra na mão. Ficamos ali por um tempo, depois fomos olhar o fogo aceso na lareira do saguão, em seguida passamos a uma sala de leitura no fundo do prédio. Quando voltamos à sala principal, o burburinho de vozes era o mesmo, e ainda não conhecíamos ninguém ali, por isso pegamos nossos casacos no saguão e partimos em direção à porta. Quando estávamos saindo, uma jovem simpática cujo nome estava impresso numa etiqueta presa ao vestido falou conosco por um minuto ou dois e agradeceu a nossa visita.

Eu não bebera nada, e só havia comido algumas uvas. No caminho de volta, Vincent disse que tinha reconhecido alguém e puxado conversa, mas o homem não pareceu se lembrar dele. Acrescentou que era bem possível que algumas pessoas que ele conhecia houvessem estado lá mais cedo e ido embora.

Mas o estranho é que, como as salas do prédio antigo da faculdade eram tão espaçosas e bonitas, como se ofereciam comida e bebida e música, como a jovem com a etiqueta nos desejou boa noite com tanta simpatia, e, principalmente, como tantas pessoas estavam sorrindo e conversando, ainda que não conosco, um sentimento de receptividade e animação ainda permanece hoje, apesar do fato de Vincent e eu termos chegado e saído quase despercebidos.

Madeleine costumava sentir, de sua parte da casa, através das paredes, que eu estava prestes a fazer algo que não devia. Então ela vinha e me fazia companhia, conversava comigo, me contava histórias, ou saía para caminhar ao meu lado. Ao menos duas vezes fomos ao cinema.

Contou como conhecera o homem com quem vivera na Itália. Ela estava com outro homem na época, um velejador. Achava-se lavando a lateral do barco que seu namorado estava prestes a levar ao Taiti, quando a vassoura caiu na água. O italiano, que calhava de estar por perto, remou até lá e pescou a vassoura da água, devolvendo-a a Madeleine. Alguns dias depois, ela se sentou para chorar no deque. Seu namorado tinha lhe dado um soco na boca. O italiano voltou a vê-la e sentiu pena dela. Eles moraram juntos em Cuba e em seguida na Itália com a família dele, onde ela tinha empregados que faziam tudo por ela, que passavam as suas roupas. Madeleine disse que isso a deixava desconfortável.

Tenho presumido que o porto em que os barcos estavam parados era na cidade próxima ao nosso vilarejo, o mesmo porto em que mais tarde ele estaria catando ouriços-do-mar, mas pode não ser verdade.

Outros amigos também me contavam histórias. Ellie contou sobre sua vida com o marido. Depois de ter aceitado casar, ela já não gostava dele, embora tivesse gostado antes. Eles foram a um resort na costa do Atlântico, e lá ele pareceu baixo demais para ela, mais baixo do que jamais fora. Depois do casamento, começaram a brigar. Ela ficava muito brava e falava alto, e ele ficava num silêncio ansioso na tentativa de encerrar a discussão, o que a deixava ainda mais brava. Contou que podiam brigar antes de um jantar com amigos que receberiam em casa, e a briga era interrompida quando os amigos chegavam. Ela e ele então fingiam que não havia nada de errado, mesmo que pouco antes ela tivesse atirado queijo e bolachas por toda a sala. Quando os amigos iam embora, o marido pensava que a briga tinha acabado, mas bastava que saíssem da casa para que ela recomeçasse.

Não é fácil morar com outra pessoa, ao menos não para mim. Isso me faz perceber como sou egoísta. Também não tem sido fácil, para mim, amar outra pessoa, embora já esteja melhorando nisso. Posso ser gentil durante um mês inteiro, agora, antes de voltar a me mostrar egoísta. Eu costumava tentar estudar o que significava amar alguém. Anotava citações das obras de autores famosos, escritores que não me interessariam por outra razão, como Hippolyte Taine ou Alfred de Musset. Taine, por exemplo, diz que amar é tornar o objetivo de alguém a felicidade de outro. Eu tentava aplicar isso à minha situação. Mas se amar uma pessoa significava colocá-lo em primeiro lugar, antes de mim, como eu poderia fazer isso? Três alternativas pareciam existir: desistir de tentar amar alguém, parar de ser egoísta, ou aprender a amar uma pessoa e continuar sendo egoísta. Eu não me achava capaz de executar as duas primeiras, mas pensava que podia aprender como ser altruísta o bastante para amar alguém pelo menos durante uma parte do tempo.

Abri o envelope que Ellie me enviou e olhei as fotos. Não vou voltar a olhá-las tão cedo porque não gostei do choque de vê-las. Eu não conhecia aqueles rostos, não os reconhecia. Não conhecia aquelas maçãs do rosto proeminentes. Não conhecia o homem a quem pertenciam. E não conseguia me fazer olhar as fotos o bastante para me acostumar com elas.

Olhar as fotos me fez pensar que também não sei de fato que tipo de pessoa ele era, porque nunca cheguei a vê-lo de fora. Só o conheci durante a metade de um dia antes de estar próxima demais dele para vê-lo de fora, e a essa altura era tarde demais para vê-lo de fora alguma vez. Gostaria de saber o que pensaria dele agora.

Tenho imagens dele na minha memória, fragmentos de coisas que disse, e impressões, algumas contraditórias, talvez porque ele era inconsistente, talvez por causa de meu próprio humor de agora: se estou brava, ele parece superficial, cruel e arrogante; se estou mais gentil e terna, me parece confiável, honesto e sensível. O centro está faltando, o original sumiu, tudo o que tento formar em volta desse centro pode não se parecer muito com o original. Estou pensando em algum exemplo do mundo natural em que a coisa viva morre e deixa uma casca, uma carapaça, uma concha, ou um pedaço de pedra com sua forma impressa, que se solta e perdura além da coisa. Sem conhecê-lo agora, posso estar imaginando suas características e seus sentimentos muito diferentes do que eram, ou, como estou tão constantemente com Vincent, posso estar pegando emprestadas características de Vincent. Tento identificar uma característica, e identifico uma que só poderia pertencer a Vincent.

♣

Da primeira vez que Madeleine e eu fomos ao cinema, percorremos vários vilarejos na direção norte até chegar a um cinema pequeno, um lugar simpático, calorosamente iluminado no meio da escuridão que o circundava. Vimos um filme que assustou a nós duas, sobre uma situação política perigosa.

Quando tentamos ir ao cinema pela segunda vez, foi no mesmo lugar. Chegamos cedo demais e tivemos que assistir ao final do filme anterior, depois a um curta sombrio com fotografias turvas, subexpostas, do vilarejo em que estávamos, acompanhadas de uma música inapropriada. Quando o filme começou, ficamos ambas tão perturbadas pelas cenas de abertura num banho romano, envolvendo figuras de rosto branco trajando togas, que decidimos sair.

Eu havia me esquecido dele quando estava dentro do cinema, mas, voltando para casa pela estrada costeira, passamos pelo vilarejo dele e, em seguida, em casa, imagens suas surgiram flutuando entre mim e as páginas do livro que tentava ler.

Eu havia falado a mim mesma para ler livros que me fizessem esquecer todo o resto. Mas sei que o livro que estava lendo naquela noite era de Henry James. Não consigo entender por que escolheria ler Henry James num momento como aquele. Talvez eu simplesmente fosse mais ambiciosa naquele tempo. Agora leio quase qualquer coisa, desde que tenha uma boa história – as experiências de uma enfermeira num grande hospital da cidade, o relato de um missionário inglês que conduziu crianças chinesas pelas montanhas que levam ao Rio Amarelo, a história de uma mulher que se curou do câncer numa clínica do México, a autobiografia de uma professora de crianças maoris na Nova Zelândia, a vida da família von Trapp etc. Se estou tentando desviar minha mente de algo doloroso, esse é o tipo de livro que escolho agora. Mas naquela época eu não escolhia livros que realmente me distraíam, só livros que deixavam parte da minha mente ainda livre para vagar do que eu estava lendo e procurar ao redor, incansavelmente, o mesmo velho osso para roer.

O livro estava aberto na minha frente, mas eu não conseguia entender o que ele dizia, ou, se me concentrava muito nas frases, cujas muitas partes tinham que ser assimiladas todas de uma vez, e as entendia, esquecia quase de imediato o que havia lido. Minha mente vagava o tempo todo, o tempo todo eu tentava trazê-la de volta, e no fim estava exaurida por aquela batalha, e ainda não me lembrava de nada daquelas páginas que tinha lido.

Eu parava para pensar sobre outras coisas, pessoas em outros lugares que haviam me magoado. Por exemplo, ele não era a única pessoa que me devia dinheiro. Tinha também o dono do jornal de uma cidade pequena que me havia pagado por um trabalho de edição com cheques sem fundos, e também um casal de Yuma, Arizona, que havia batido a van no meu carro enquanto dava ré num parque nacional. Eu não conseguia esquecer essas dívidas, mesmo sabendo que algumas pessoas podiam sentir que uma dívida pode ser aos poucos esquecida à medida que o tempo passa, até não ter mais que ser honrada.

Houve também uma senhoria minha, uma mulher impiedosa e cruel que tinha muitas propriedades na parte da cidade onde eu morava e que havia me cobrado o aluguel por vários dias quando eu já não morava no apartamento dela. Pensei no apartamento desajeitado que ela me alugara, com seus cômodos amplos e vazios, em como a luz da rua invadia as janelas sem cortina, como os sinais de trânsito da esquina davam estalos ao oscilar entre vermelho e verde no silêncio do início da primeira manhã, como durante o dia os caminhões pesados e as vans chacoalhavam ruidosamente nos buracos da rua debaixo das janelas, como ela não queria gastar o dinheiro necessário para a manutenção do espaço, como ela foi, mais tarde, assassinada em sua garagem. Pensei nas ruas que por aqueles dias eu percorria a caminho do trabalho, de manhã bem cedo, como eu abria o prédio vazio do jornal com minha própria chave, como sentava sozinha para ajeitar notícias e propagandas numa salinha sem janelas no térreo.

Os cheques que eu recebia por esse trabalho sempre voltavam, eu tentava depositá-los de novo na conta, sem obter sucesso com alguns deles. Ainda assim, nessa época eu tinha uma renda mais regular e mais dinheiro para viver do que teria depois. Duas vezes, mais tarde, que eu me lembre, gastei todo o dinheiro que tinha até não me restar nada em lugar algum, a não ser, numa das vezes, pelos treze dólares que uma amiga me devia. Ela me devolveu e não sei o que fiz em seguida, a não ser que tenha sido justo nessa época que surgiu uma oportunidade de ganhar mais dinheiro dando aulas particulares de língua para duas mulheres. Elas se ofereceram para vir ao meu apartamento, mas eu não queria que vissem o lugar onde eu morava, então combinamos de fazer a primeira aula num restaurante a alguma distância. Tive um estranho lapso nesse dia, pensando que para encontrá-las à uma eu tinha que sair de casa à uma. Quando cheguei elas tinham desistido de mim e já estavam na metade de seus sanduíches, com maionese nos dedos. Não conseguiam lidar com papéis e lápis, e nem mesmo conversar muito bem.

Em vez de inventar uma desculpa plausível, eu contei a verdade, o que só as desconcertou. Não restava tempo para uma aula depois que elas terminaram de comer, mas elas educadamente se ofereceram para me pagar mesmo assim. Eu aceitei o dinheiro, embora envergonhada. Era o oposto do que queria fazer, mas eu não tinha mais nenhum dinheiro. Uma delas parou de assistir às aulas pouco depois disso, mas a outra, que era mais rica, continuou por alguns meses.

Peguei o livro mais uma vez e forcei os olhos sobre a página para ler. Embora sentisse seu peso sobre mim, embora a escuridão o pressionasse sobre mim, eu não olhava para ele, não pensava nele, o mantinha a alguns metros de distância em relação a mim. Linha por linha forcei meus olhos pela página, e com grande atenção por fim comecei a ver a história por mim mesma, embora isso me tomasse tanta força e atenção que eu tinha que esculpir aquela densidade de palavras.

Pouco a pouco, como se as páginas que eu virava formassem um escudo entre mim e minha dor, ou como se os quatro cantos de cada página se tornassem as quatro paredes de um quarto seguro, um lugar de descanso para mim dentro da história, comecei a me sentir dentro dela com menos esforço, até que a história se tornou mais real para mim do que a minha dor. Agora eu continuava lendo, ainda rígida e pesada de dor, mas em um equilíbrio entre minha infelicidade e o prazer da história. Quando o equilíbrio pareceu garantido, apaguei a luz e dormi com facilidade.

Então, antes de amanhecer, acordei por um momento. Eu ainda estava dormindo, na verdade, mas abri os olhos e pensei que estava acordada. Eu estava deitada de lado. Diretamente à minha frente, do outro lado da cama, através do lençol, vi o rosto dele, lá perto da parede. Estendi o braço direito tanto quanto pude e abri a mão para tocá-lo. O rosto desvaneceu, e não restou nada a não ser a parede. Então a dor que eu vinha afastando à força se precipitou para dentro de mim com uma violência inesperada, e lágrimas se espalharam pelos meus olhos tão de repente que pareciam não ter nada a ver com a dor ou mesmo comigo. Encheram os meus olhos, vazaram e rolaram como contas de vidro antes que eu pudesse pestanejar, e então, enquanto eu permanecia perfeitamente imóvel, surpresa demais para me mexer, elas se acumularam nos ocos do meu rosto.

Durante essas semanas, todos os dias tinham o mesmo centro — a dúvida sobre se eu o veria ou não, ou se veria ou não seu carro. Uma manhã entrei no estacionamento da faculdade justo na sua frente, e ele me viu e parou o carro ao lado do meu. Saímos dos carros e conversamos. Eu o vi colocar dinheiro no parquímetro e me lembrei de fazer o mesmo. Nossa conversa tinha um ritmo irregular, espasmódico. Ele fazia algum comentário e eu respondia sem pensar, tão distraída que só registrava o que ele dizia num nível superficial. Um instante mais tarde eu respondia pela segunda vez, pensando melhor. Ele reagia do mesmo jeito. Juntos saímos do estacionamento na direção dos prédios da faculdade.

Algumas horas depois, voltando ao carro, eu tinha certeza de que o dele não estaria mais lá, e não estava. Um carro estranho estava em seu lugar, um que eu nunca tinha visto, que me desinteressava profundamente, que me pareceu feio por ser tão pequeno, escuro e novo, em vez de grande, branco e velho, talvez até repulsivo por não ter nada a ver comigo e pertencer a outra vida que devia ser pequena e limpa como o carro.

Ele tinha ido embora sem deixar uma palavra, um bilhete. Ele estivera comigo, nossos carros haviam estado lado a lado por uma hora ou mais, e agora tinha sumido e eu não sabia onde ele estava. Tudo o que eu tinha agora, embora fosse uma informação que eu valorizava, era o fato de que ele ia ao campus toda quarta de manhã.

Se não chegava a encontrá-lo, podia ao menos vê-lo de relance a alguma distância. Ele podia estar parado no posto ou se afastando de lá, seu carro à sombra dos prédios; ou dentro do veículo, virando uma esquina, sentado muito reto, sozinho ou com a namorada. Ou eu podia ver o que achava que era seu carro e segui-lo pela cidade ou em volta do campus, podendo ser o carro dele ou não. Uma vez vi um velho carro branco do mesmo modelo na frente de um supermercado, mas a placa era diferente. Eu repetia o número da placa para mim mesma enquanto fazia compras, tentando decorar: pensei que acabaria decorando as placas de todos os velhos carros brancos daquele modelo no vilarejo. Mas, quando saí, o carro havia sumido. Tudo o que eu sabia era que havia três carros como o dele no vilarejo, um com placa começando com C, um com E, outro com T.

Naquela noite, indo jantar com amigos, consegui avistá-lo a alguma distância. Ele estava andando na direção do escritório do posto sob uma chuva rala, trajando uma jaqueta jeans azul. Assim que chegamos ao restaurante chinês, entrei numa cabine telefônica junto ao banheiro e liguei para o posto. Um homem com voz animada atendeu e me disse que ele havia terminado seu trabalho e ido embora cinco minutos antes. Fiquei dentro da cabine por um tempo. Aquele lugar pequeno, privado, dentro de um lugar amplo e público, ficava mais próximo dele naquele momento do que qualquer outro ponto no restaurante, porque às vezes eu podia, se tivesse sorte, mesmo estando num lugar privado e distante, trazê-lo para tão perto de mim que eu ouvia sua voz em meu ouvido, sua voz fina percorrendo o fio e entrando no meu ouvido como um rosto dentro da minha cabeça.

A caminho de casa, mais tarde, vi que o posto estava fechado, as fileiras de bombas escuras debaixo do teto, o escritório vazio e o lixo no grande cesto brilhando à luz das lâmpadas fluorescentes. Passei por algumas ruas do vilarejo dele e depois segui pela costa até o meu. Ainda que tivesse dito a mim mesma que não iria procurá-lo mais, quando entrei no meu vilarejo virei à direita onde devia ter virado à esquerda, segui até a estação de trem e continuei percorrendo as ruas muito devagar. Eu tinha visto um velho carro branco parecido com o dele no dia anterior, num momento em que eu não podia parar, e o carro estava de novo no mesmo lugar. Cruzei com o carro pelo outro lado da rua, fiz o retorno, e passei bem rente a ele. Pensei que o número da placa não era o dele, mas, só para garantir, como se pudesse olhar melhor e descobrir afinal que era o seu carro, dei a volta de novo, agora numa garagem, e fui direto até o carro pela contramão, meus faróis confrontados aos dele. Não era o mesmo carro.

Quando não consegui encontrá-lo depois de circular pelo vilarejo, fiquei desanimada, depois apática, olhando as janelas de uma casa atrás da outra, vendo em quase todas a luz azulada e trêmula de uma tela de televisão.

De volta em casa, os galhos duros das plantas-jade se insinuavam para dentro do caminho de tijolos, me cutucando enquanto eu passava, com suas folhas grossas e flexíveis cheias de água, tão grossas e agressivas que pareciam animais, ali na escuridão. Uma lua branca pendia no céu preto, perto de três estrelas brilhantes e um pedaço de nuvem branca, e a luz da lua inundava o deque em que parei por um instante apenas para olhá-la, as sombras muito escuras sob as calhas da varanda.

Quando entrei, Madeleine pediu que eu adivinhasse o que acontecera pouco antes. Esperei. Ela disse que ele havia passado pela casa. A cachorra estava latindo, ela saiu e o encontrou ali. Ele havia caminhado morro acima, e conversado com ela por cinco minutos. Mais tarde ela viu o carro dele estacionado na frente da loja de conveniência ali perto. Ela achava que o carro estava quebrado e ele queria a minha ajuda. "Provavelmente queria pegar seu carro emprestado", ela disse.

Muitas vezes eu imaginara uma visita como essa, inclusive o latido da cachorra. Agora tinha acontecido. Mas, enquanto acontecia, eu estava lá embaixo, perto da estação de trem, dando voltas ao redor de outro carro branco.

Ocorreu-me que, se ele já não queria estar comigo, quando eu ia ao seu encontro apenas porque queria vê-lo, sentir seu cheiro, ouvir sua voz, independentemente do que ele queria, eu o estava transformando em algo menos que outro ser humano, como se ele fosse tão passivo quanto qualquer outra coisa que eu quisesse, qualquer outro objeto que eu quisesse consumir – comida, bebida, um livro.

Ainda assim, quando eu partia à sua procura eu mesma era passiva, mais passiva, na verdade, do que se não fizesse nada, porque estava tentando me colocar de novo nas mãos dele, ser algo com que ele tinha que lidar. Não fazer nada em relação a ele seria a coisa mais ativa a fazer, e, no entanto, eu não era capaz de fazer isso.

Eu sentia que meus olhos tinham neles um lugar para a imagem de seu corpo, os músculos dos meus olhos estavam acostumados a se contrair exatamente o bastante para tomar a sua forma, e agora sofriam por não o ter à frente.

No dia em que convidei Laurie para jantar, pedindo que trouxesse a flauta, tentei ligar para ele, mas ninguém atendeu. Estava escurecendo e começando a chover. Saí na chuva e percorri a rua principal do vilarejo olhando os carros, me virei para voltar para casa, e então vi o carro dele, foi o que pensei, passando com duas pessoas dentro. Olhei de novo: ele sumiu num instante. Eu não podia ter certeza de que era ele. Passei pela minha casa para ver se Laurie já estava lá, mas, como ela não estava, segui até o supermercado. Se o carro dele não estivesse no estacionamento, eu não faria nada mais para encontrá-lo. Só queria saber onde ele estava. Seguia andando pelo meio da estrada. Quando quase chegara ao fim, uma van apareceu de repente na minha frente e jogou em mim seus faróis. Eu tropecei e caí numa canaleta rasa na lateral, e fiquei ali até que a van passasse. Depois saí da canaleta. Fiquei parada com minhas botas de borracha e minha capa, olhando para mim mesma, para o que eu estava fazendo, uma mulher da minha idade – algo vagando na noite e na chuva, não tanto uma pessoa, mas outra coisa, como um cachorro.

Andei até o meio de outra estrada, uma estrada larga que descia íngreme do topo da montanha muito acima do parque ao lado do mar, e voltei a parar ali, desorientada, virando a cabeça de um lado para o outro. Olhei para baixo, para o estacionamento do supermercado, o último lugar em que eu procuraria o carro dele. Não estava lá.

Eu sabia que às vezes ele fazia compras naquele supermercado. Algumas semanas antes, Madeleine o tinha visto ali. Ele não parecia feliz como antes, ela disse, e sim bastante perturbado. Ela pensou que ele iria parar para cumprimentá-la, mas ele havia seguido até o setor de carnes. Estava com a namorada. Madeleine tinha dito: "Ela parece muito jovem – uns 17 anos. Muito jovem. Simpática. Sim, bem bonita." Eu não a havia visto ainda, na época.

Só a vi duas vezes, acho, uma do outro lado do quarto através daquele vidro molhado, outra quando Ellie e eu voltávamos do cinema.

Estávamos numa parte mais sombria da cidade, com muitos espaços vazios, saindo do que me parece agora um amplo estacionamento ao lado de um grande cinema, passando por uma longa fila de figuras obscuras esperando pela próxima sessão, quando Ellie, espiando pela janela da direita enquanto eu, no volante, olhava para a frente, o avistou e o apontou para mim, parado ali na fila com a namorada e outra mulher, uma colega tão alta que ele e a namorada estavam de pescoço dobrado para trás para olhá-la, os três ridiculamente pequenos e escuros naquela vasta paisagem branca.

Na verdade, eles não podiam ser tão pequenos quanto eu os recordo – tornaram-se cada vez menores nessa lembrança, e tudo o mais se tornou cada vez maior, à medida que o tempo passava.

Por que perguntei a Madeleine se ela era bonita? Quanto isso importava? Seria algum tipo de bruxaria, ser bonita?

Mas eu mesma queria estar o mais bonita possível, caso ele me visse, como se isso importasse, mesmo que ele sempre tenha me aceitado do jeito que eu era, parecendo cansada, com algumas rugas. Mas eu não estava o mais bonita possível. Eu havia cortado o cabelo curto demais, meu rosto parecia mais velho, mais acabado, e minhas roupas estavam largas no meu corpo. Como eu costumava passar o dia em casa, minha pele estava branca, como outras coisas que permanecessem longe da luz. Ou, quando olhava o meu rosto no espelho de manhã, como se estivesse olhando o céu ou o jornal, via que hoje minha pele não estava branca, e sim amarela e laranja, ou às vezes de um rosa cheio de manchas, e meus olhos estavam menores.

Eu não tinha tempo para verificar todos os lugares de novo, percorrendo o vilarejo de um lado ao outro. Às vezes eu fazia isso. Às vezes ia até uma ponta do vilarejo e imaginava que ele estava na outra ponta, voltando até a outra ponta e imaginando que ele estava na ponta de onde eu acabava de vir. Como o tempo passava enquanto eu fazia isso, era sempre possível que ele tivesse chegado a um lugar enquanto eu estava no outro.

De volta em casa, ouvi um carro parando do lado de fora e em seguida o portão se abrindo. Era Laurie. Ela não sabia que tinha tão pouco a ver com o que acontecia ali, naquele momento, comigo. Deve ter pensado que estava no início de uma noite agradável em que comeria um bom jantar, travaria uma boa conversa e faríamos música, e é provável que pensasse que eu também estava ansiosa por nossa noite juntas. Ela sorriu e já saiu falando. Mas havia algo como uma neblina diante dos meus olhos e eu tinha dificuldade para ouvi-la. Outras coisas já ocupavam meu cérebro, pressionando de dentro suas paredes, e por isso quase não restava espaço para qualquer coisa que ela dissesse, e ainda menos espaço para que eu elaborasse qualquer resposta. E, ao mesmo tempo que tentava ouvi-la e pensar numa resposta, eu ainda preparava o jantar.

Se fosse Ellie eu poderia ter dito que não me sentia bem, mas a Laurie eu não podia dizer isso – ela adorava fofocas, e sempre parecia sentir algum prazer com o infortúnio dos outros, porque isso fazia com que ela se sentisse afortunada. Tinha prazer em ver os outros gordos ou pouco atraentes, porque isso fazia com que se sentisse magra e bonita, mesmo já sendo magra e bonita sem precisar da comparação. Tinha prazer em ver os outros na solidão, porque assim se sentia segura contra sua própria solidão.

Como a chuva havia parado, pusemos a mesa de carteado no deque e comemos ali, embora estivesse escuro. Uma luz fraca vinha das velas sobre a mesa e das lâmpadas da varanda, mas ainda estava escuro demais para ver a comida. Eu não tinha cometido grandes erros no prato principal do jantar, mas tinha colocado tanto sal na salada que era impossível comê-la. Laurie disse que estava boa.

Ela trouxera uma caixa de doces para a sobremesa. Madeleine saiu de sua ala da casa para dar oi, e eu lhe ofereci um doce. Ela pegou um, e parou para comer o doce um pouco atrás de nós, à sombra de um arbusto grande que crescera contra a parede de vidro da varanda. Antes de voltar para a sua parte da casa, disse algumas coisas a Laurie com nuances que ela não deve ter percebido, sobretudo porque Laurie não achava que Madeleine era alguém a quem devia prestar muita atenção. Eu sabia que mais tarde ela tiraria sarro de Laurie, pois esse era o tipo de mulher cujo comportamento, cuja própria natureza, Madeleine desprezava – a inteligência do tipo desinibido, os flertes compulsivos, a curiosidade lasciva, a falta de compaixão. Laurie tinha outras qualidades, melhores, mas elas não costumavam aparecer na presença de Madeleine.

Eu também sabia que, enquanto Madeleine estaria agora sentada em seu quarto, acalentando a desaprovação em relação a Laurie, seu rosto já não suave e gentil, como costumava ser, mas dissimulado e sarcástico, Laurie também estaria examinando Madeleine, e se sentindo confortável em sua sorte se comparada à solidão de Madeleine – seus modos estranhos, sua severidade, as roupas indianas já mofadas e desbotadas, seu cheiro de alho e de lençóis velhos, sua pobreza.

Quando Laurie foi embora, várias horas haviam passado desde que eu saíra para andar na chuva, e aquelas horas agora eram uma barreira firme, uma boa proteção entre mim e aquilo que antes eu havia sentido e pensado.

Passei a manhã seguinte trabalhando numa longa carta para ele. Então parei, não no fim da carta, mas porque sentia cada vez menos esperança à medida que trabalhava naquilo, e por fim minha desesperança era pesada demais para que eu pudesse continuar: como pareciam fracas aquelas letras pretas convulsas sobre a página, página atrás de página daquelas letras, tagarelando entre si mesmas, explicando, argumentando, reclamando, apontando inconsistências lógicas, descrevendo, persuadindo etc.

Percebo agora que Laurie também deve ser a "L.H." com quem eu estava almoçando quando o desgraçado apareceu entre os estudantes e professores.

Tarde da noite, quando tudo estava quieto, eu ouvia não apenas as ondas quebrando na praia mas, muitas vezes, também, vozes se erguendo por toda parte ao meu redor, primeiro a gata uivando com gritos quase articulados, depois a cachorra despertando de seu sono, ainda sonolenta e irritada, e em seguida, se eu estivesse lendo, ouvia também as palavras que lia. Se estivesse com raiva, elas pareciam agudas, maldosas, ranzinzas, viajando em linha pela página.

Tentando dormir, eu deitava de lado com os joelhos juntos e as mãos, com as palmas coladas, entre as coxas. Ou deitava de costas com as mãos cruzadas sobre o peito e os pés também cruzados. Precisava unir meus membros em arranjo simétrico, precisava conectar tudo tanto quanto fosse possível, me sentir atada a mim mesma, e atada ao colchão. Se ficava imóvel por tempo suficiente, meu corpo parecia se fundir ao colchão e não restava nada além de uma cabeça no travesseiro, olhos pestanejando, um cérebro na cabeça.

Às vezes eu só conseguia dormir se ficasse sentada, com a coluna reta amparada por dois travesseiros. Tossia menos nessa posição, e podia afastar as perturbações que vinham se instalar sobre meu peito. Não estava tanto na posição de repouso de alguém e, quando deixava a luz acesa, estava mais próxima de uma pessoa em estado de alerta, um estado mais fácil porque me mantinha mais no controle.

Eu começava a aprender a acordar assim que começava a cair no sono, e a me corrigir quando começava a sonhar: isto é um sonho, minha mente dizia, e eu acordava para começar de novo direito. Às vezes minha mente simplesmente não parava de trabalhar.

Ou o sono caía de repente em todas as partes do meu corpo de uma vez, e minha mente se surpreendia com isso e me despertava. Ou um barulho estranho me acordava e primeiro meu coração batia, depois eu me enchia de raiva, e então minha mente voltava a trabalhar, mais e mais rápido.

No meio da noite, a gata, lá fora, miava à espreita de uma caça, saltava sobre a janela, escalando e cravando as garras na tela num barulho áspero. Ou um carro de motor ruidoso parava na esquina, e meus olhos se arregalavam. Eu ficava deitada, ouvindo, ou me ajoelhava na cama e olhava pela janela. O carro seguia, e eu deitava de novo. Embora estivesse de pálpebras fechadas, atrás delas meus olhos ainda estavam abertos, encarando a escuridão.

Se eu acendesse a luz, mesmo que dolorosamente clara, e colocasse meus pensamentos no papel, isso me bastaria. Ou eu lia algo, ou levantava e preparava um leite quente ou um chá e levava para beber na cama. Não era a bebida em si o que ajudava, mas, provavelmente, o fato de ter feito algo para cuidar de mim, como uma mãe ou professora.

E de vez em quando minha mente parava de vigiar e corrigir, meus pensamentos se tornavam irracionais à medida que se convertiam em sonhos, e eu tinha a sensação, então, de que minha mente estava ávida para trocar tudo aquilo por outra coisa, de que, na verdade, ela estava apenas sentada ali esperando que eu abdicasse do meu controle rígido.

Quando eu estava caindo no sono, ele entrava em cena e me acordava, ou imagens dele se confundiam com outras e se tornavam parte de um sonho. Num sonho ele me dizia: "Nunca tive outra amante como você", mas logo ia embora, para trabalhar num café, ele alegava. Eu o seguia para dentro do café, porque, como sempre, tinha mais coisas a dizer. Mas, ali dentro, ele estava no banco de motorista de um carro pequeno e escuro cheio de outras pessoas, incluindo uma mulher muito bonita sentada no banco de trás. Eu me sentia traída de novo, porque ele mentira para mim, e porque estava com outras pessoas. Ele saía do carro e entrava no banheiro masculino. Como eu não o podia seguir, entrava numa cabine telefônica. Mas não ligava para ele.

Enquanto dormia, eu estava ainda mais vulnerável a ele. Ainda assim, às vezes era um conforto tê-lo comigo daquele jeito durante a noite, mesmo que fosse só em sonho. Uma vez ele foi até onde eu estava, no refeitório de uma instituição pública. Tinha mudado: seu rosto estava mais vincado e mais magro e muito sóbrio. O que me importava era que ele havia voltado. Aquilo tinha algo de definitivo, encerrando muito mais do que meus devaneios diurnos. Era algo tão definitivo que nem sequer o discutimos, eu simplesmente sabia que íamos nos casar. Eu contava à minha mãe e ela se surpreendia, não porque eu estivera a ponto de me casar com outro homem, como estivera, mas porque, quando contei sobre ele, ela o confundiu com certo homem negro da indústria do entretenimento. De manhã fiquei na cama como se quisesse permanecer naquele sonho comprido que ainda impregnava os lençóis.

Tudo o que eu lembrava de outro sonho era que a vulgaridade dele não tinha me incomodado, embora eu não soubesse que vulgaridade era aquela. Em outro, minha mãe, velha e não muito bem, mas ainda independente e alegre, precisava de um acompanhante. Ela me dizia, envergonhada, que ele havia aceitado ir para a Noruega com ela se a universidade lhe pagasse duas vezes certa bolsa.

Outra noite eu lia um livro de Freud, e aplicava o que lia diretamente a ele. Ele havia me emprestado três livros que eu não devolvera. Também havia trazido, numa noite fria, uma manta xadrez verde que eu também não devolvera. Agora eu me cobria com aquela manta e tinha os dois livros ao meu lado, lendo o terceiro. O que eu lia era sobre esquecimento. Li que, para a pessoa que esquecia, esquecer era uma desculpa adequada, mas não para qualquer outra pessoa. Todos diziam corretamente: "Ele não *quis* fazer isso! Só não tinha interesse na questão!" Freud chamava isso de "contra-vontade". Eu dizia a mim mesma que ele tinha esquecido tudo o que não o tocara no momento. Mas isso não era inteiramente verdadeiro ou justo. Se ele queria, no entanto, ele podia esquecer tudo mais, em particular tudo o que julgava desagradável, como velhos credores, velhas amantes e outras pessoas bravas em sua vida.

Depois de apagar a luz, fiquei deitada no escuro, relaxada e em paz, e invoquei a imagem dele pelo prazer de poder olhá-lo, e para obter companhia, embora estivesse muito cansada para imaginar qualquer coisa a mais — era só a imagem dele parado num lugar bem-iluminado, contra a parede de um quarto. Eu o mantive ali, ainda que ele parecesse irritado, mas, assim que comecei a adormecer, com seu próprio consentimento ele se virou e foi embora, para fora da minha vista, como se descesse de um palco e passasse aos bastidores, para meu assombro. Acordei para pensar no que tinha acontecido: eu o trouxera até ali, mas tinha sido fraca demais para segurar sua imagem e havia perdido o controle sobre ela. Mesmo que ele fosse apenas uma imagem, tinha seus próprios sentimentos, estava lá sob protesto, e, assim que me tornei fraca demais para segurá-lo, desapareceu da minha vista.

Ainda tenho dificuldades para dormir. Sempre me falta um pouco de sono. Se eu dormisse mais, alguma cor poderia voltar ao meu rosto e eu não teria tanta dificuldade em me prender a um pensamento, ou a dois de uma vez, e também não adoeceria tanto. Mas é complicado: se durmo demais uma noite, não estou cansada o bastante na seguinte – não consigo cair no sono, ou acordo no meio da noite e começo a me angustiar. Por isso tenho medo de dormir demais e prefiro não dormir o bastante para que o sono seja sempre profundo.

De vez em quando estou agitada demais para dormir, porque tenho o plano de mudar alguma coisa: se não o que comemos, o que devia ser a dieta dos caçadores-coletores, então o que temos na casa, o que devia incluir a mínima quantidade possível de plástico e o máximo de madeira, barro, pedra, algodão ou lã; ou os hábitos das pessoas do nosso vilarejo, que não deviam derrubar árvores nos jardins ou queimar folhas ou lixo; ou a administração da cidade, que devia criar mais parques e construir calçadas nas laterais de todas as estradas para encorajar as pessoas a andar etc. Eu me pergunto o que posso fazer para ajudar a salvar as propriedades agrícolas locais. Depois penso que devíamos ter um porco para comer os restos da mesa, e que o Centro de Apoio aos Idosos também devia ter um porco, porque se joga muita comida fora quando os velhos não a comem, como eu via quando íamos pegar o pai de Vincent na hora do almoço. O porco poderia engordar comendo esses restos até o período de festas, e em seguida fazer parte do banquete festivo para os idosos. Um novo porquinho podia ser comprado na primavera e divertir os idosos com suas travessuras.

Hoje em dia minhas noites são perturbadas, de qualquer maneira, pelo pai de Vincent, que pegou o hábito de se levantar a qualquer hora. Ele vaga pelos corredores, quase se arrastando de tão lento, e a cada vez, quando ouço um estalo do piso de madeira e acordo, é enervante encontrá-lo ali quase imóvel, sob a iluminação parca dos postes da rua e dos carros que passam, a camisola branca, a pele pálida, as mãos retorcidas que se estiram para tentar garantir o equilíbrio, o cheiro ruim que paira ao seu redor, e um sorriso até que gentil estampado no rosto.

E então, no dia seguinte, como estou muito cansada ou talvez num estado mental induzido por outra coisa, quando me sento aqui para trabalhar, vejo, pelo canto do olho, ratos correndo pelo chão, mas quando viro a cabeça e olho são apenas nós da madeira do piso.

Cansada, tento decifrar uma palavra que escrevi. Não consigo ter certeza. Ao mesmo tempo, ouço uma voz em minha mente. É a minha própria voz pronunciando a palavra, estranhamente insistente, embora meus olhos ainda não consigam saber qual é a palavra.

Em outros dias, minha mão insiste em digitar um ponto final depois de uma palavra, tentando encerrar uma frase antes que eu esteja pronta para terminá-la, como se minha mão tentasse me impedir de dizer o que eu quero dizer.

O velho acorda durante a noite, mas dorme mais e mais durante o dia. Mesmo quando está acordado, fica sentado em silêncio num só lugar, olhando para o vazio. Sua companhia é pacífica, é como a companhia de uma vaca. Na verdade, como uma vaca, ele parece ruminar enquanto olha para o vazio. Mas não faz muito tempo que ele se animava quando chegava alguma visita, e se levantava, apoiado no andador. Se lhe perguntavam sobre sua saúde, ele falava sobre o comunismo.

Tenho encontrado problemas para dormir porque voltei a me preocupar muito com tempo e dinheiro. Pensei que conseguiria terminar isto em um ano, mesmo parando de vez em quando para trabalhar em alguma tradução. Parei uma vez para traduzir um conto muito difícil de um escritor do século 18 de que eu nunca ouvira falar. Era um conto besta sobre um encontro amoroso numa casa de campo. Mas gostei da mudança de ares porque, nesse trabalho, as decisões mais importantes já haviam sido tomadas por outra pessoa. Parei de novo para traduzir outro conto do século 18, e depois um terceiro. Então percebi que afinal essa não era uma boa ideia, porque o ano estava passando rápido e me faltava tempo para trabalhar no romance. Eu tinha que pensar em outra coisa. Assinei um contrato de outro projeto de tradução, com prazo maior, peguei um grande adiantamento e não comecei a fazer o trabalho, continuando no romance em vez disso. Logo, quisesse ou não, eu teria que voltar a traduzir.

Com tudo isso, comecei a ter problemas estomacais. Eu reclamava, mas continuava abusando. Tinha que tomar, de manhã, minhas três ou quatro xícaras de café, mesmo sabendo que me faziam mal. Também não comia frutas ou vegetais, só pão de fôrma e bolacha salgada. Minha saúde começou a sofrer.

Talvez eu esteja tentando sabotar isto ao começar a avistar o final, para ter boas desculpas se não conseguir terminar: um resfriado que peguei nas festas e foi piorando, virando um caso leve de pneumonia; duas costelas rachadas por tossir demais; em seguida o que me pareceu uma intoxicação alimentar aguda, mas acabou se revelando uma gastroenterite. A complicação permaneceu e se converteu numa sensibilidade em relação à comida, mas quando percebi que meus problemas estomacais já eram autoinduzidos, eles melhoraram e peguei um resfriado forte, desta vez afetando meus seios nasais.

Um pensamento bobo me acometeu outro dia quando parei de trabalhar, entrei no banheiro e me olhei no espelho. Quando comecei a tentar escrever este romance, anos atrás, pensava que minha aparência era muito mais de tradutora do que de romancista. Agora, em certos dias, acho que estou começando a ter cara de romancista. Olhando no espelho disse a mim mesma: Talvez, enquanto não parecer uma pessoa que escreveu um romance, vou ter que continuar trabalhando neste texto, e, quando por fim parecer uma pessoa que pode ter escrito um romance, vou ser capaz de terminá-lo.

Se terminar, será uma surpresa. Está inacabado há tanto tempo que eu me acostumei a tê-lo comigo assim, inacabado – e talvez eu sempre vá encontrar maneiras de procrastinar. Ou talvez fique exausta demais para continuar. Mas, se de fato continuar, sei que vou chegar a um ponto em que, por várias razões, não vou ser mais capaz de mudá-lo, mesmo que precise de mudanças.

Por um longo tempo pedi a mim mesma que escrevesse mesmo que o resultado não viesse a ser o que eu queria, e inseria nele tudo o que podia. Agora, se terminar, não sei se ficarei satisfeita. Sei que ficarei aliviada, mas não sei se ficarei aliviada porque contei a história ou simplesmente porque o trabalho acabou.

As coisas não têm saído do jeito que eu imaginava. Não sei quanto controle cheguei a ter sobre isso. No começo pensava que podia escolher cada uma de suas partes, e isso me preocupava, porque parecia haver escolhas demais, mas então tentei certas opções que não funcionaram, e percebi que afinal só tinha uma opção: muitas partes da história se recusavam a ser contadas, ou exigiam ser contadas de um jeito específico.

Por exemplo, eu costumava me perguntar se precisava usar o vocabulário que tenho usado, ou se podia usar um vocabulário diferente, mais vasto, se me esforçasse mais. Pensava que devia ler o dicionário só para lembrar a mim mesma de palavras que eu podia ter esquecido. É claro que há palavras que eu nunca usaria. Uma mulher uma vez me disse com súbita paixão que desejava que mais pessoas usassem a palavra vex (atormentar). Só ingleses usam essa palavra, ela disse. Eu queria concordar, mas não gosto da palavra tanto quanto ela, embora possa até usá-la numa tradução.

Agora suspeito que eu também não tinha muita opção em relação ao vocabulário, ou a qualquer outra coisa, e na verdade o romance tinha que ter justo esta extensão, deixar de lado este tanto, incluir este tanto, alterar os fatos este tanto, ter esta quantidade de descrições, ser preciso aqui e vago ali, literal aqui e metafórico ali, usar frases completas aqui e incompletas ali, uma elipse aqui e nenhuma ali, palavras contraídas aqui e não ali etc.

Dois poetas ingleses que estavam como visitantes na universidade vieram ficar conosco por alguns dias, e Madeleine e eu debatemos os arranjos como duas irmãs solteironas desacostumadas a ter homens em casa.

Um era jovem, o outro era velho, com uma pequena pança e barba branca. Eles dormiram nas camas de solteiro do quarto extra. À tarde, ensaiaram suas apresentações no deque.

Hóspedes atenciosos, ajudaram na organização da casa, deixando xícaras limpas de café viradas sobre o balcão limpo. Eram educados, sorriam muito, e davam risadas altas de vez em quando — o mais novo, de pálpebras pesadas, mais lento, sentado num banco da cozinha, e o mais velho, mais enérgico, ali de pé ostentando sua barriga redonda, de xícara na mão ou de mãos vazias. Quando foram embora, encontrei cabelos grisalhos e curtos acumulados no canto da pia do banheiro, cabelos que então se prenderam à minha calça preta.

Os poetas ingleses se apresentaram numa sala que tinha, ao fundo, às suas costas, uma parede de vidro. Através do vidro eu podia ver um pequeno pátio, pouco iluminado, limitado por um muro de tijolos em que estava pintado o retrato de um líder político de barba. Por cima do muro só se via a escuridão dos eucaliptos que cobriam o campus. No começo os poetas leram juntos, e o que leram eram sons que não tinham nenhum significado: faziam algo como uma música com palavras partidas, sílabas singulares. E como os sons não tinham significado, não impediram que minha mente continuasse vagando através da parede de vidro, procurando por ele na escuridão, voando para além da luz fraca do pátio e indo aonde quer que ele estivesse. Como não sabia onde ele estava, eu o localizava em toda aquela larga escuridão, preenchendo-a, como se tivesse que torná-lo grande o bastante para ocupar a escuridão e a noite.

O poeta mais jovem sentou, e o mais velho continuou sozinho com um novo poema em que se usavam palavras. Pronunciou uma palavra que tinha significado, e em seguida outra. Essas palavras eram usadas da mesma maneira que as sílabas que não tinham significado, e talvez se pretendesse que perdessem o significado. Mas para mim não o perdiam, e a cada nome eu via uma imagem, e cada imagem podia ser um lugar em que eu estava, diferente do lugar onde estava. Se o poeta dizia, com seu sotaque inglês, através de seus pequenos dentes amarelos, por cima de sua barba branca, as palavras "cerca viva" logo seguidas da palavra "muro", eu estava na Inglaterra, era verão, eu estava entre uma cerca viva e um muro, a cerca viva era cheirosa, com uma graciosidade desigual, e o muro era de pedras grandes e irregulares, aquecido pelo sol. Eu queria mais palavras, mas o poeta não usou mais palavras por um tempo, pronunciando apenas sílabas sem significado.

Mais tarde, em casa, na cama, quando apaguei a luz, continuei evocando para mim mesma imagens do livro que estava lendo. Queria ver se conseguia continuar colocando coisas entre mim e aquilo sobre o qual eu poderia pensar. Do livro que estava lendo retirei uma mesa lisa de carvalho, uma despensa, um bufê mal-iluminado, panquecas acinzentadas, um molho amargo preto, uma varanda, gotas de chuva alinhadas nas calhas da varanda e lanças roxas de flores do deserto. A inocência dessas coisas, da comida, das partes da casa, da luz dentro da casa, me ajudava a lutar contra ele. Fiquei deitada com o braço para fora da cama, na corrente de ar frio que percorria os ladrilhos do chão, e comecei a pensar em outras coisas, coisas mais próximas, as estradas correndo para o mar, planas e descendentes, uma planície entre o deserto e o mar, a praia na maré baixa, pequenas figuras andando de um lado para o outro vistas do penhasco logo acima. Ouvia o tique-taque do relógio, os solavancos dos carros passando rápido na estrada e o rugido indistinto do mar. Mas o barulho do mar era desagradável. Assim como o barulho do trem que passava, que era como o barulho do mar, porém mais pesado, mais firme, mais longo, com início e fim. Todos os barulhos da noite, na verdade, eram desagradáveis, carregando as mesmas associações. Agora eu tinha chegado a um lugar ruim e, quando tentei retornar a algo mais seguro, quando tentei voltar a imaginar coisas na Inglaterra, o enorme barulho do mar já era tão pesado, tão escuro, que a cerca e a parede se tornaram finas e fracas, até que eu já não conseguia mais me agarrar a elas, até que se esvaíram.

Às vezes, à noite, quando eu tinha feito tudo o que tinha que fazer, quando Madeleine e eu já tínhamos ido para nossos quartos, e toda a atividade ao meu redor, e por quilômetros à minha volta, começava a ceder, quando o silêncio se fazia mais e mais profundo por toda a cidade, quando a escuridão parecia se abrir em zonas cada vez mais vastas, me concedendo todo o espaço de que eu precisava, eu me sentava na cadeira de metal junto à mesa de carteado, ou contra vários travesseiros empilhados na cama, e escrevia sobre ele. Anotava tudo que tivesse qualquer coisa a ver com ele, inclusive tê-lo apenas avistado na rua ou tê-lo procurado sem sucesso. Anotava não só o que acontecia ou deixava de acontecer, mas também qualquer coisa que pensasse sobre ele. Era possível relacionar tudo a ele. Mesmo quando não havia relação, sua ausência o inseria em certa situação com força ainda maior. Eu anotava tudo o que lembrava sobre ele, mesmo que nem sempre conseguisse lembrar tudo na ordem certa, ou percebesse que estava enganada sobre certa coisa, ou que não tinha entendido algo, e então repassava tudo. Mesmo depois de dormir, às vezes, eu continuava escrevendo em sonho, escrevia até a coisa mais ínfima, no meu sonho nada acontecia sem que fosse escrito.

Como ele não fazia o que eu queria que fizesse, eu faria algo que podia fazer sem ele. Eu costumava escrever a seu respeito quando ainda estávamos juntos, qualquer coisa que me surpreendesse. Agora ainda escrevia a partir da surpresa, mas o que escrevia sobre ele não combinava com outras coisas. Eu não sabia se escrever tanto a seu respeito significava que eu já me afastara da dor, ou se só estava tentando me afastar. Não sabia quanto do que escrevia era de raiva e quanto era de amor, ou se a raiva era na verdade maior que o amor, e havia uma paixão forte em mim, da qual o amor era apenas uma pequena parte.

Primeiro havia a raiva, depois uma agonia maior e maior, e então eu enxergava como uma parte disso podia ser escrita. E, se escrevia com muita precisão, o pensamento ou a lembrança, então muitas vezes me acometia um sentimento de paz. A escrita tinha que ser cuidadosa, porque só se escrevesse com cuidado eu podia despejar minha dor. Escrevia com fúria e paciência ao mesmo tempo. Sentia um poder enquanto escrevia: ordenando os parágrafos, um parágrafo após o outro, tinha certeza de que eram importantes. Mas quando parava de trabalhar e me afastava, o sentimento de poder se esvaía, e o que eu havia escrito já não parecia significativo.

Havia dias em que eu escrevia tanto a seu respeito que ele já não era muito real, de modo que, se de repente eu ficava face a face com ele numa rua, ele parecia mudado. Eu tinha conseguido drená-lo de sua substância, eu pensava, e preenchido meu caderno com aquilo, o que significava que em certo sentido eu o matara. Mas então, quando voltava para casa, a substância parecia estar nele mais uma vez, onde quer que ele estivesse, porque o que agora estava vazio e sem vida era o que eu escrevera.

Talvez eu devesse ter me conformado mais. Se esse era o único jeito de possuí-lo agora, eu estava fazendo tudo o que podia. E por um breve período aquilo me satisfazia, como se toda a dor não fosse por nada, como se eu o estivesse forçando a me dar alguma coisa no final das contas, como se tivesse algum poder sobre ele agora, ou estivesse salvando algo que de outra maneira se perderia. Na verdade, eu não o estava forçando a me dar alguma coisa, e sim pegando por minha conta. Ele eu não tinha, mas tinha estes escritos, e ele não poderia tirá-los de mim.

Eu tentava imaginar que o que estava acontecendo agora, na verdade, estava acontecendo no passado. Já que o presente logo seria passado, eu podia imaginar estar olhando para trás a partir do futuro ao mesmo tempo que estava no meio de tudo. Desse jeito eu o distanciava um pouco de mim e me sentia mais confortável.

Certas coisas eu escrevia em primeira pessoa, outras, as mais dolorosas, acho, ou as mais constrangedoras, escrevia em terceira pessoa. Chegou então o dia em que, tantas vezes eu já usara ela no lugar de eu, que mesmo a terceira pessoa era próxima demais de mim e eu precisava de outra pessoa, ainda mais distante que a terceira pessoa. Mas essa outra pessoa não existia.

Por isso continuei na terceira pessoa, e depois de um tempo ela se tornou mansa, inofensiva. Até que se tornou mansa demais, inofensiva demais – todas aquelas mulheres que não eram eu, e sim Ann ou Anna ou Hannah ou Susan, personagens fracas ou nem sequer personagens, apenas nomes.

De modo que, depois que já estava na terceira pessoa por um longo tempo, depois que tinha me assentado naquela pessoa com muita firmeza, pude me convencer de que tudo aquilo havia acontecido com alguém mais e voltei à primeira, alegando, embora falsamente, que tudo tinha acontecido comigo.

Não sei por que não parei de escrever sobre ele depois de um tempo. Acho que já havia escrito tanto àquela altura, e a ideia de escrever sobre ele estava comigo fazia tanto tempo, e a frustração tinha permanecido por tanto tempo, que eu não queria parar antes de ter terminado alguma coisa.

Talvez outra razão por que não larguei aquilo mais tarde tenha sido a falta de boas respostas para as minhas questões. Eu sempre conseguia encontrar algumas respostas para cada questão, mas não ficava satisfeita: embora parecessem oferecer uma resposta, a questão não desaparecia. Por que ele dissera ao telefone, quando liguei de longe, que ainda estávamos juntos e eu não tinha nada com que me preocupar? Alguma vez ele chegou a se sentir de fato tentado a reatar comigo depois que voltei? Por que ele me mandou aquele poema francês um ano mais tarde? Terá recebido minha resposta ao poema? Se recebeu, por que não respondeu? Onde ele estava morando quando fui procurar por ele naquele endereço? Se me escreveu uma vez, por que nunca ouvi mais nada dele?

Comecei a me perguntar como as coisas que eu estava escrevendo podiam se ordenar numa história, e parti à procura de um início e um fim. Uma razão por que eu queria, mais tarde, que ele se mudasse para a minha garagem era que isso daria um fim para a história. Mas se ele me pedisse para morar lá e Madeleine recusasse, isso não daria um bom final, sobretudo porque não seria eu quem teria recusado. Como foi isso o que aconteceu, tive que procurar outro final. Podia ter inventado um, mas não queria fazer isso. Eu não estava disposta a inventar muito, mas não sei bem por quê: eu podia deixar coisas de fora ou rearranjar passagens, podia deixar que um personagem fizesse algo feito na realidade por outro, podia antecipar ou adiar alguma coisa na trama, mas só podia usar os elementos da história real.

Há pouco parei para observar uma anotação que fiz para mim mesma algum tempo atrás. É a típica anotação inútil que eu fazia de quando em quando. Tem duas lacunas que devem ter me parecido no momento óbvias demais para precisarem ser preenchidas. Leio: "Estranhamente, uma vez que ela escreveu x____, tudo pareceu ____. Mas então esse sentimento desapareceu."

Voltei a essa anotação de novo e de novo, tentando alcançar o pensamento que existia por trás daquilo. Deve ter algo a ver com reversões, coisas que parecem verdadeiras até que são escritas, ou verdadeiras num momento e falsas mais tarde. Parece se referir, creio, a duas reversões, uma que ocorre logo depois de anotar alguma coisa e outra posterior, quando a primeira reação se enfraquece. Posso, é claro, ter anotado esse pensamento de outra forma, mais clara, em algum outro lugar, e já tê-lo incorporado sem reconhecer.

Em tinta de cor diferente, no mesmo cartão, instruí a mim mesma, com certa impertinência, a incluir esse pensamento entre os outros pensamentos sobre escrever sobre ele. Mas, se não entendo qual é o pensamento, não posso incluí-lo.

Nunca gostei de perder um pensamento, mas lamento ainda mais ter perdido este porque ele me parece tão familiar que quase o reconheço. De qualquer forma, sei que perco pensamentos o tempo todo. Um dia está sempre desaparecendo atrás do próximo, carregando coisas consigo. Trabalho com afinco para registrar algumas coisas tão precisamente quanto possível, e mesmo assim erro muita coisa, mas há muito mais que acaba escapando.

Tiro outra anotação da caixa e tento ler a primeira linha, mas a letra está de cabeça para baixo. Viro o cartão, mas a letra ainda está de cabeça para baixo. Não importa como eu segure o cartão, a primeira linha sempre parece de cabeça para baixo. No começo acho que devo estar imaginando coisas, ou que minha letra se tornou muito ruim. Mas logo vejo que a última linha está sempre de cabeça para cima: fiquei sem espaço no cartão e fui escrevendo ao redor das margens.

Em outro cartão, há outra anotação cheia de reversões: ao escrever sobre ele, pensei, eu o estava afastando de mim e lhe fazendo um mal, mesmo que ele nunca chegasse a saber disso. Isso me perturbou, não porque eu estivesse lhe fazendo mal, mas porque não via problema nisso. Ainda assim, no instante em que disse isso a mim mesma, fiquei ainda mais perturbada, até assustada, e quis pedir que ele me perdoasse. Mas ao mesmo tempo eu podia ver que isso não me impediria de fazer o que eu estava fazendo. Esses sentimentos simplesmente me traspassavam, um após o outro.

Às vezes tenho medo de que ele apareça agora, ou me ligue de repente, sem aviso. Se tenho pensado tanto nele, será que ele não o sente, onde quer que esteja? Tem sido difícil escrever isto – não sei o que aconteceria se ele interferisse.

Mas é bastante possível que, se ele tivesse passado só um pouco de tempo conversando comigo de forma cuidadosa enquanto tudo acontecia, se tivesse me ouvido, ele podia ter me poupado de um imenso contingente de problemas, de todo este trabalho. Talvez o romance não precisasse ser escrito. Porque eu vejo que não consigo suportar, e nunca consegui, que alguém se recuse a me ouvir por todo o tempo que eu queira falar. Acho que eu poderia falar sem parar se alguém se interessasse. É provável que eu conseguisse ficar parada do lado do correio aqui nesta cidade só falando sobre algum assunto do momento.

Tenho muitas opiniões fortes sobre assuntos atuais. Vincent não escuta além de um certo ponto. Primeiro pede que eu me acalme, em seguida muda de assunto. Quando saímos com amigos eu tenho que me controlar para não ficar interessada demais no que digo. É o contrário do que costumava acontecer, quando eu era tímida demais para falar com facilidade e esperava tanto tempo que se fazia um silêncio quando eu finalmente começava a falar. Então o que eu dizia não era interessante, porque era sempre a coisa mais segura a dizer. Agora temo que, quando eu tiver que parar de falar, no que deveria ser o fim da história, eu não vá querer parar.

De quando em quando uma amiga, como Ellie, foi generosa o bastante para me ouvir por um longo tempo, mesmo que eu visse que seu rosto ficava mais e mais exausto. Por muitos anos depois de eu voltar do Leste, Ellie vivia perto o bastante para que os telefonemas fossem baratos ou para que eu pudesse visitá-la com facilidade, mesmo depois de ter me mudado da cidade. Agora ela foi embora e sinto sua falta. Mas o estranho é que, quando ela me contou que estava indo embora, eu não me preocupei. Talvez parecesse tão apropriado para ela naquele ponto de sua vida que eu não podia me preocupar, ou talvez eu pensasse que a encontraria com a mesma frequência. Por outro lado, talvez eu tenha pensado que ela precisava ir para que eu terminasse o romance por minha conta. Não que o que ela decide fazer da vida dependa do que eu estiver fazendo, ou que ela me ajudasse no romance, exceto no começo, quando eu pedi que ela lesse as primeiras páginas. Mas o sentimento persiste de qualquer forma: como eu chegara até certo ponto no romance, e tinha que continuar por minha conta, Ellie se mudou e me deixou com ele.

Certos amigos, aqueles com os princípios morais mais fortes, agora me faziam companhia mesmo quando ausentes. Suas vozes haviam se tornado vozes em minha cabeça, de tanto que eu os ouvia. Eu agora os deixava decidir coisas que não conseguia decidir sozinha, e me impedir de fazer coisas que não devia. "Pare!", as vozes diziam, chocadas. "Você não pode fazer *isso*!"

Disse a mim mesma que ficaria sozinha agora, e esse pensamento era um lugar seguro. Algo em mim parecia morto, ou anestesiado, e eu ficava satisfeita por não sentir nada, ou muito pouco, assim como, em outros tempos, ficava satisfeita por sentir alguma coisa, mesmo que fosse dor.

Eu não me via particularmente como uma mulher. Não sentia que tinha um gênero particular. Mas num restaurante, um dia, quando sentei e apoiei o pé de sandália na beira de uma cadeira, um estranho veio conversar comigo e voltou para seu lugar, e mais tarde, quando estava saindo, passou por mim e se abaixou para tocar meus dedos nus. Para minha surpresa, fui forçada a passar de um jeito de ser a outro. Quando retornei para o jeito de ser anterior, eu não era bem a mesma.

Fui forçada a lembrar que havia algo em mim além desta mente que trabalha tanto, e de forma tão monótona, e que este corpo podia parecer servir não apenas para uso desta mente, para estar sozinho com ela por longos períodos de tempo, que este corpo e esta mente podiam ser coisas sociais.

Na academia de Ellie, uma tarde, sentei no degrau de azulejos de uma banheira quente e observei todos os diferentes corpos de mulheres ao meu redor, de diferentes formatos e proporções. Algumas tinham peitos planos, pequenos, outras tinham peitos pesados que pendiam em direção à barriga. Algumas tinham ombros roliços e caídos, outras, ombros retos e ossudos. Algumas tinham costas curvas e rechonchudas, nádegas cravejadas, outras tinham costas retas e estreitas e nádegas redondas. O que mais me surpreendia, em algumas mulheres, eram as aréolas dos mamilos tão grandes e escuras, ou tão pequenas e pálidas que eram quase invisíveis, e então, em outras, que os pelos púbicos cresciam até tão em cima na barriga, ou não eram escuros, mas loiros, ou ruivos.

Na verdade, todos esses outros corpos me surpreendiam por não serem como o meu, e vinham de todos os lados numa sucessão interminável, saindo das cabines dos chuveiros, da sauna, entrando na água pelos degraus de azulejos, saindo da água. E todos esses outros corpos pareciam mais plenamente sexuais do que o meu, apenas porque eu estava acostumada com o meu corpo e o utilizava para tantas outras coisas que não eram sexuais. Embora meus peitos estivessem sempre ali, embaixo da blusa, na maior parte do tempo eles meramente me acompanhavam enquanto eu andava pela cidade, ou fazia compras, ou dirigia, ou ficava parada com um drinque ou um prato de comida numa festa. Se eu me sentava à mesa para trabalhar, meu corpo apenas me sustentava, minhas nádegas pressionadas contra a cadeira, minhas pernas e meus pés me rodeando dos dois lados da cadeira, ou estirados à minha frente, ou cruzados embaixo de mim, meus peitos descansando na superfície da mesa quando eu ia ficando mais cansada e me apoiava sobre o cotovelo, minhas costelas contra a borda. Quando meu corpo parava de ser apenas útil e se tornava o que devia ser uma coisa sexual, essa mudança às vezes me parecia estranha e arbitrária.

❧

Depois de uma noite que passei em meu quarto acompanhada de umas poucas pessoas, um homem ficou quando os demais foram embora. Era um homem bom e gentil, pensei, e pensei que estar com ele seria confortante e também um prazer, mas no fim não foi algo nem agradável nem desagradável, apenas algo a que assistir e esperar que terminasse. Não era o homem com quem eu estava acostumada, e quando toquei o corpo desconhecido, cada fração era um choque para a minha mão, habituada a um formato diferente em cada parte: sua bunda era menor e mais flácida, suas coxas eram mais ossudas, e daí por diante — nada que minha mão tocava era familiar.

Esse homem me dava instruções, embora com gentileza, e eu fiquei ali deitada pensando que tudo começava a parecer uma operação distante, mecânica. Havia tanto vidro no caminho, pensei, como se eu estivesse de óculos, ali na cama, e estivesse vendo tudo muito claramente, ou como se tivesse um microscópio e pudesse ver muito de perto, com muitos detalhes, com muita ciência, ou como se o observasse se juntando a mim atrás da vitrine de uma loja, abaixo de uma luz fluorescente, ou como se houvesse lâminas de vidro entre nós, entre todas as partes dos nossos dois corpos, entre nossas duas peles quando se encontravam, de modo que, enquanto eu via tudo com tanta clareza, não conseguia sentir nada, ou talvez apenas algo macio e frio.

Nossos corpos não se confundiam. Eu sabia qual braço era o dele e qual era o meu, qual perna, qual ombro. Não perdia a noção e beijava meu próprio braço, ou o que quer que chegasse perto da minha boca. O menor movimento não levava de imediato a outro movimento. Aquilo não era interminável, eu não caía mais e mais profundamente no meu corpo e no corpo dele como se fosse o mais longe possível da minha mente, e da mente dele, tão consciente, tão implacável. Não terminou quando ainda estava no meio.

Ele acordou cedo de manhã e, quando eu só queria continuar dormindo, acendeu um cigarro e ficou ali deitado, fumando, enquanto, deitada, esperei que ele terminasse de fumar. Então ele apagou o cigarro e voltou a dormir, enquanto eu fiquei deitada, acordada.

Mais tarde, nessa manhã, quando eu me levantei e ele se levantou, não me sentia confortável, não me sentia sociável, andando de um lado para o outro no quarto, conversando com ele, me movendo ao seu redor na cozinha, passando por ele no corredor. Cada movimento meu era deliberado demais, cada comentário era planejado demais, enquanto cada uma de suas respostas também era deliberada, pensei, e pensei, sentindo falta do que tive certa vez, em como havia sido muito mais fácil com ele, mas em seguida pensei melhor e lembrei que não havia sido muito diferente me mover e tentar conversar com ele, era o mesmo sentimento, muitas vezes, de iluminar cada palavra com uma luz forte demais porque ele era tão calado e me olhava com tanta atenção. Ele sorria mais do que falava, ria rápida e prontamente, durante a maior parte do tempo, quando não estava bravo comigo, e quase nunca estava bravo, no começo, embora muitas vezes estivesse magoado, é provável, e de vez em quando me dizia que queria que eu fosse boba com ele. Eu não era boba, e não era gentil.

Eu pensava que sentia falta dele havia muito tempo, embora não fizesse tanto tempo que ele me deixara. Porém, mais ou menos na mesma época em que meus amigos pararam de me perguntar como eu estava, eu também já não queria falar sobre isso. Acordei uma manhã com a mesma mágoa e senti que já estava cheia daquilo. Ela havia seguido seu curso, pensei, havia nascido, vivido e morrido. Eu já não tinha parte da minha mente focada nele o tempo todo, várias horas se passavam sem que eu o tivesse em minha imaginação, como companhia, tendo apenas a mim mesma. Eu estava contente, como se isso fosse uma boa notícia, algo que devesse ser comemorado.

Mas então eu disse a mim mesma que, como parecia curada da minha mágoa, ele e eu podíamos entrar num novo tipo de relação, e na alegria desse sentimento fui de novo atrás dele. Estava enganando a mim mesma o tempo todo, porque nesses momentos uma parte de mim se fazia inteligente e a outra parte se fazia burra, tanto quanto fosse necessário.

Desta vez o encontrei, e ele disse que jantaria comigo, e desta vez ele não cancelou o encontro. Veio para a minha casa depois do trabalho, tomou banho, cantou no banheiro enquanto se vestia como se quisesse me manter a alguma distância. Reapareceu de roupa limpa, cabelo molhado. Descemos o morro até o café da esquina, e depois do jantar ele voltou para a minha casa. Só foi embora bem tarde, não porque quisesse ficar comigo, mas porque tinha que ficar em algum lugar. Não podia voltar para casa até que todos onde ele morava estivessem dormindo. Não me disse por quê. Disse que costumava passar as noites na biblioteca.

Falamos sobre a biblioteca, e falamos sobre o deserto, que estava em época de florescência, e falamos sobre muitas outras coisas. Quando fomos até o carro dele, ele pôs o braço em volta de mim. Disse que minha casa era muito agradável, e quando não entendi por que ele disse isso naquele momento, acrescentou que sentia falta de estar lá. Então perguntei se ele queria ir a uma festa comigo. Era a terceira festa para a qual eu o convidava. Ele disse que talvez fosse, e que me ligaria em uma semana para avisar. Depois que ele foi embora, eu tinha certeza de que aquela noite tinha sido o começo de algo diferente. Eu tinha certeza de que teria mais noites com ele. Mas estava errada, e ter certeza não significava nada.

Pensei que ele podia dar meia-volta e aparecer ainda nessa noite, mas estava errada nisso também, e estava errada em pensar que ele me ligaria logo, antes que passasse uma semana.

Eu estava na plateia de um teatro, andando em direção a algumas pessoas amontoadas na porta, pedindo que todos fossem embora, e o encontrei parado em um canto, desafiador. Acordei e voltei a dormir, e agora estava sentada no banco de trás de um táxi, na escuridão, quando ele apareceu de repente do meu lado, pegou na minha mão e disse: "Está tudo bem." Tentando voltar a dormir, imaginei que envolvia meus olhos em clarões, folhas brancas flutuando em volta dos meus olhos, e quando caí no sono essas folhas se transformaram num diálogo em que nada era dito – vazio, vazio – até surgir no final um comentário sobre o intercâmbio de silêncios.

Acordei de manhã numa tempestade pesada, o mar agitado, a terra tremendo sob meus pés, algo que chacoalhava ruidosamente do lado de fora da casa, o vento uivando e as árvores sussurrando, batendo umas nas outras.

Quando contei a Madeleine sobre minha noite difícil, ela lembrou que também havia tido uma hora difícil durante a noite. Seu rosto ficou sério, quase raivoso. "Senti um arrepio às três da manhã", disse. "Não era exatamente frio, mas senti um arrepio. Era psicológico." Visualizei, como se olhasse nós duas de cima, como eu, de um lado da casa, estava deitada, acordada, enquanto ela, do outro lado da casa, sentia um arrepio.

A tempestade passou e o dia veio muito quente. Do outro lado da rua, três ou quatro homens cortavam árvores no terreno do vizinho. Quando saí para fazer compras, passei pelo carro azul deles, amassado e enferrujado, e olhei para o banco da frente, onde um cachorro preto estava deitado de costas, com as patas espalhadas, os olhos abertos, a longa coleira serpenteando para fora da janela e voltando a entrar.

Em casa, sentada à minha mesa tentando trabalhar, vi o carro azul de um ângulo diferente, bem de frente para mim do outro lado da rua. O sol era forte, cozinhando algo ali fora cuja fragrância flutuava na brisa, em rajadas. Era o perfume quase de limão das plantas-jade junto à cerca, entrando pela janela aberta. Aquilo me lembrou do perfume da pele dele, interpondo-se entre mim e o trabalho, entre mim e a leitura. Perguntei-me mais uma vez por que isso durava tanto.

Ele era ainda tão parte de mim, dentro de mim, que seu corpo, em toda a doçura, suculência, fragrância, parecia estar por inteiro dentro do meu. Agora, depois de uma noite em que estivera comigo e quase não se retraíra, ele voltava a se recolher no silêncio. Seu silêncio terrível o distanciava tanto de mim que ele estava em outro país. Eu tentava adivinhar o que estaria passando por sua cabeça e não conseguia. Seu vasto silêncio parecia pesado como uma nuvem a oprimir uma paisagem que se encolhe sob seu volume, cada ser vivo se dobrando ao chão, continuando a esperar na presença abafada daquela nuvem terrível.

Ao longo desta semana, enquanto esperava uma resposta dele, almocei com três homens diferentes em três dias. O primeiro era um professor de literatura clássica na universidade. O segundo era tão silencioso e discreto que eu o esqueci quase de imediato, ainda que, não tendo outro lugar onde pudesse ficar, ele tenha dormido no nosso quarto vago nas duas noites seguintes. Só fui me lembrar dele meses mais tarde, quando encontrei no meio das minhas coisas um bilhete modesto que ele deixara na segunda noite que passara lá: "Fui dormir. Não estou me sentindo muito bem." O terceiro era Tim, de novo. Quando percebi que os três eram ingleses, me perguntei se agora eu só tolerava as maneiras gentis dos ingleses, ou se três ingleses eram necessários para preencher o espaço dele, ou se ele de alguma maneira tinha se cindido em três ingleses.

Na mesma semana, minha mãe e minha tia chegaram para ficar conosco por um tempo, e a casa parecia de repente cheia de gente, porque as duas falavam muito mais, e muito mais alto, do que Madeleine e eu, e faziam muitos planos complicados, e deixavam suas coisas, suéteres e bolsas, jornais, revistas, canetas e óculos, em pequenas pilhas em qualquer cômodo em que entrassem. Madeleine se sentiu invadida e foi se hospedar na casa de uma amiga morro acima.

Foi enquanto elas estavam lá que tive o pior dos sonhos, embora muito simples: eu acariciava o corpo de algum animal selvagem, provavelmente um javali.

Por fim, na tarde anterior à festa, ele ligou para dizer que queria ir, mas logo acrescentou que pretendia levar a namorada. Eu fiquei brava e disse que ele não podia fazer isso. Ele então ficou bravo, e eu fiquei ainda mais brava, porque ele ousava ficar bravo comigo.

Seguidas vezes, depois de desligar, eu o imaginei entrando na festa com aquela mulher. Eu os via juntos na porta de entrada, embora fosse estreita demais para os dois. Imaginava a mim mesma sendo violenta com ele de alguma maneira. Mas quando me sentei um pouco no meu quarto, e me levantei e dei uma volta, sendo violenta na minha imaginação, ele não podia sentir essa violência, onde quer que estivesse. Na época me parecia que não seria errado ser violenta.

Como passei a maior parte daquela noite de olho na porta, esperando por ele ao mesmo tempo que bebia e conversava com outras pessoas, a festa parecia vazia, apesar de cheia. Parte da minha cabeça estava sempre lá fora, na estrada larga e escura, flutuando ou deslizando costa abaixo entre altas placas de postos de gasolina, no carro com ele e a namorada, os dois sentados de olhos cravados na estrada, as luzes dos outros carros reluzindo em seus rostos, e em seguida nas ruas menores do bairro da festa, onde as lojas estavam todas fechadas, as nuvens baixas no céu rosado pelas luzes do centro próximo, as palmeiras altas e baixas escurecidas contra elas, e as velhas casas de estuque, de um único andar, afastadas da estrada por gramados desiguais e cheios de ervas daninhas, atrás de muros de pedra e grades enferrujadas.

Voltei da festa nas primeiras horas da manhã. Enquanto esperava, quase em casa, que o sinal abrisse no cruzamento deserto, enquanto mantinha meus olhos na luz vermelha e na luz verde, cercada pelo silêncio depois do murmurinho de vozes que ouvira por tantas horas, uma música muito alta surgiu no meio do nada e parou de maneira igualmente repentina, e senti que duas ou três coisas se juntavam para me revelar algo. Mas então não houve nenhuma revelação, apenas um espaço vazio.

Passei a tarde sentada no deque, sob o sol. Pequenas flores de lavanda haviam começado a aparecer nos canteiros de chorões-da-praia junto à estrada e, como eu não esperava aquilo, era como um presente súbito. Ali perto havia grandes flores amarelas em outra planta e, na pesada planta-jade que se insinuava por cima da cerca, aquelas pequenas florações brancas com seu cheiro espesso e doce de limão que tão frequentemente entrava pela janela do quarto ou me atingia numa onda enquanto eu caminhava pela estrada sob as árvores.

Por várias horas fiquei sentada no deque, minha cabeça sob a sombra de uma árvore, de quando em quando pensando na minha mãe e na minha tia, que estavam no zoológico, e esperando a volta delas. Foi uma longa espera. A raiva dele pairava sobre as páginas do meu livro. Ele tinha me dito que não era bom que eu ainda gostasse dele. Realmente, eu pensava, ele estava bravo porque queria ir à festa. Sua raiva era uma raiva infantil que excluía tudo o que não fosse ele mesmo. E também havia sua súbita violência quando ele disse "Não!" a uma pergunta minha.

Os pombos selvagens que estavam no cedro batiam asas e arrulhavam. Um riso vindo de algum lugar próximo ecoou num muro. Uma pipa ou um pássaro pairava distante contra as nuvens.

Eu voltava a sentir falta dele, agora que minha mãe e minha tia estavam lá, como se tivesse que voltar a passar por isso a cada nova situação. Naquela noite, deixei as duas no quarto de hóspedes e fui para o meu, mas não fechei a porta. Sentei para trabalhar à mesa de carteado, mas fiquei só olhando a janela. Embora a noite estivesse apenas começando, eu estava cansada demais para trabalhar e até para ir dormir. Afastei o trabalho e em seu lugar comecei a montar um quebra-cabeça. Uma hora se passou. A noite era quente e, pelas janelas abertas, mais uma vez entrava o cheiro de flores e de cedro. Junto com o cheiro vinham os sons de uma festa do outro lado da rua: risos altos, música tocada ao piano, portas de carro batendo. Minha mãe e minha tia começaram a conversar em voz baixa no corredor, preocupadas comigo, tenho certeza. Então minha mãe, trajando um robe macio, entrou com ar de emissária, evasiva, hesitante, tocando a borda da mesa, querendo comunicar alguma coisa. Eu não queria comunicar ou ouvir nada e, como mal falei com ela, por fim ela saiu.

Agora eu estava constrangida demais com a atenção delas para continuar com o quebra-cabeça. Dei um passo porta afora e me afastei de casa. Minha tarefa era comprar comida de gato. A estrada estava escura e silenciosa. A gata estava grávida e os filhotes podiam nascer a qualquer momento. Estávamos preocupadas porque ela era nova demais. Segui até a loja fumando um cigarro, e além da ração comprei um pacote de cigarros e acendi outro antes de sair da loja. Eu andava devagar pela rua. Fui até o estacionamento do supermercado. A essa altura eu já fizera aquilo tantas vezes que já não passava de um hábito. A estrada era o lugar mais provável em que poderia encontrá-lo, se o encontrasse ou ao seu carro. E uma estrada escura sempre me fazia lembrar de outras, de modo que parecia haver mais espaço para respirar e pensar, e mais possibilidades. Mesmo longe da casa, um cheiro forte de flores continuava pairando no ar, vindo de outros jardins. Idosos passavam numa direção ou na outra. Vi muitos carros no estacionamento, mas não o dele. Eu nunca o vira ali, em tantas vezes que o procurei.

Voltei a subir a ladeira íngreme. Nas sombras mais escuras debaixo de algumas árvores, longe das luzes do supermercado, um homem curvado estava parado, segurando nos braços uma grande sacola marrom de compras. Quando me aproximei, ele perguntou com polidez formal o que estava acontecendo: havia tantos carros nos estacionamentos da igreja e do supermercado. Demorei um tempo para juntar uma coisa com a outra e, quando o fiz, expliquei que os adolescentes da rua de cima estavam dando uma grande festa. Ele disse apenas "obrigado", e se virou para subir a ladeira enquanto eu entrava na estrada da minha casa, mais escura e estreita. Voltando a mim mesma depois de sair para interagir com o velho, descobri que a maior parte do meu mau humor havia sumido, como se ele o tivesse levado consigo ladeira acima. Sua dignidade e a simplicidade de sua pergunta e da minha resposta haviam mudado tudo.

Mais tarde naquela noite, depois que a festa aquietara, ouvi cigarras cantando com ritmo, firmemente, e a distância um pássaro-das-cem-línguas cantando uma música que se transformava no escuro e que seguiu por horas. No chuveiro, observei uma pequena traça encharcada tentando subir pela cortina do boxe. O papel de parede estava descascando do gesso cinza com suas manchas pretas de mofo. Quando me deitei na cama havia caminhos de areia cinza nos meus lençóis.

Só o vi duas ou três vezes depois disso, como se a primavera, mais quente a cada dia, o estivesse desbotando, uma nódoa úmida que desaparecia da minha vida.

Ele veio à minha casa uma noite. Deve ter percebido pela minha postura ou pelo modo de falar que eu já não tentava ir atrás dele, porque ele disse algumas coisas, e fez um gesto ou dois, que pareceram me convidar a reatar com ele.

Já na rua, olhando em volta a casa e a vizinhança, ele disse de repente, como se tivesse acabado de pensar naquilo, que talvez pudesse ir morar na minha garagem. Andei até a garagem com ele, e paramos ali dentro, no escuro. Havia luz suficiente para vermos as manchas de óleo no concreto. Ele perguntou se estava louco de pensar naquilo. O lugar era seco e cheirava a limpeza. Sim, pensei, ele podia morar ali, na minha garagem, a gente consertaria a luz elétrica, eu garantiria que ele ficasse bem, eu o teria ali ao alcance dos olhos, onde poderia vê-lo ir e vir, e ele seria amigável comigo, porque estaria morando na minha garagem. Só não sabia se ele pretendia ou não trazer a namorada com ele.

Mas Madeleine não queria. Disse que não suportaria aquilo e, não, não o ajudaria em nada e, não, não nos ajudaria em nada também, e não, neste bairro não se pode ter alguém morando numa garagem.

Depois disso, pensei que ele não voltaria a falar comigo. Por que se importaria?

Mais uma vez eu tentava planejar como escreveria a história, embora ela ainda estivesse em curso. Pensei que podia começar com o sol e terminar com o sol. Pensei em começar na garagem dele e terminar numa garagem diferente, a minha garagem. Ainda que ele não tivesse ido morar na minha garagem, eu diria que sim. Haveria uma boa quantidade de chuva no meio da história.

Mas eu estava errada. Depois de alguns dias, ele ligou. Era de noite. Ao fundo ouvia-se um violento burburinho de vozes que riam. Era uma pena a questão da garagem, ele comentou. Disse que não precisava realmente de um lugar para morar, só para trabalhar. E que realmente tinha pensado na garagem, não no quarto vago. Bom, não importava, disse.

Duas semanas depois ele voltou a ligar, desta vez para dizer que precisava de um lugar para guardar suas coisas. Perguntou se podia deixá-las na minha garagem. Eu estava ajeitando minha mãe e minha tia e a bagagem delas no carro. Devo ter dito que ligaria de volta. Fui levá-las ao aeroporto. Não sei se foi dessa vez que eu vi uma infinidade de soldados e marinheiros no aeroporto, como se o país estivesse se mobilizando para uma guerra. Andavam aos pares, cabeças raspadas, ou estavam sentados em silêncio entre seus pais, os cotovelos sobre os joelhos, os olhos fixos no carpete. Lembro que a música de fundo não tinha nada a ver com o humor de qualquer um de nós, da minha família ou dos soldados, e que do lado de fora da janela havia uma silhueta escura, de braços e pernas estendidos, limpando o vidro. Em vez de conversar, deixamos nossos olhos seguir os movimentos dessa silhueta enquanto esperávamos que o voo fosse anunciado.

Ele de fato guardou as coisas na minha garagem, mas não lembro bem quando foi deixá-las. Eu saí para acompanhar o traslado, que ele fez com a ajuda de outro homem. Eles descarregaram um pequeno caminhão, ou talvez uma picape.

Deixou as coisas na minha garagem, e Madeleine emprestou a ele e à namorada uma barraca, porque agora eles não tinham onde morar. Dormiam na barraca no denso bosque de eucaliptos do campus, assistindo às aulas durante o dia. Quase não houve sinal dele ao longo de maio ou de junho.

Eu o vi uma vez nessa época. Estava passando pela cafeteria do campus e ele me chamou, mas não pude parar para conversarmos, e ele pareceu lamentar. Para mim ainda era difícil vê-lo. Mas não sei se a dor ainda vinha diretamente da separação ou se a essa altura eu já associava certa dor conhecida à visão dele, como sempre associaria — de modo que ainda agora, passados tantos anos, eu sentiria a mesma dor se o visse, apesar de estranhamente desconectada de qualquer coisa na minha vida.

Em junho uma feira chegou à cidade. Na estrada costeira, as luzes das barracas se refletiam na água da baía à noite, suas cores iluminando a roda-gigante e as demais atrações. De longe, o som da roda-gigante era como um vento firme nas árvores, soprando sem parar. Fazia um pouco de frio à noite, a essa altura. O cheiro de fumaça pairava no ar sobre as ruas, e em volta da casa havia um aroma de madressilva. O quarto vago, frio e vazio, se enchia do cheiro pungente de eucalipto.

As aulas haviam terminado, as pessoas tinham ido embora, e por longos períodos, naquele verão, o vilarejo ficou silencioso, e eu estava tão sozinha que afundei numa indiferença peculiar em que tudo se tornava exagerado, o que eu percebia e como reagia. Ficava muito atenta ao menor ruído no quarto, na casa silenciosa. Às vezes o ruído vinha de uma criatura viva, em geral um inseto, e essas criaturas pareciam companheiras porque haviam escolhido, na medida em que podiam escolher qualquer coisa, estar no quarto comigo. Cada contato que eu tinha com elas, mesmo apenas vê-las, se tornava um encontro íntimo.

Um besouro de carapaça dura ia batendo no teto do quarto, tentando se localizar em seu voo. Uma traça acastanhada se prendia à parede branca como uma lasca de madeira. Uma traça cinza voou direto de um armário até mim e parou nos meus óculos. Fui à cozinha, vi uma barata no chão e cuidei de pisar nela. Enquanto eu lia, deitada na cama, uma grande traça negra cometeu o erro de cair na minha caneca de água e ficou ali se debatendo em círculos. Eu continuei lendo. A traça parou de se mexer e flutuou, para então voltar a se debater. Por fim a resgatei com um lenço de papel e, depois que ela descansou, voltou a voar contra a luz, se chocando contra meu livro, meus óculos, minhas bochechas. Eu tinha salvado a traça para que agora ela continuasse me importunando. Apesar de toda a sua persistência e energia, ela não viveria muito mais, de qualquer forma.

A cachorra entrava o tempo todo, tão silenciosa que a princípio eu não notava. Só depois ouvia um golpe abafado e erguia os olhos para vê-la ali, deitada nos ladrilhos do canto mais distante, rangendo os dentes para as pulgas, de cara ansiosa, os pelos duros e amarelos feito palha.

Coisas inanimadas se tornavam animadas, e então também elas se tornavam companheiras: vistas pelo canto do olho as cinzas de cigarro que rastejavam pela mesa com a força da brisa se convertiam numa aranha que corria e parava, corria e parava. Uma única letra escrita à caneta numa margem branca virava um tipo de ácaro percorrendo a página. Ou uma mecha de cabelo que se mexia na minha cabeça era outra pequena criatura abrindo caminho em direção à minha pele.

Como eu ficava sozinha por muito tempo, pensava em como fazer as coisas da maneira mais lógica possível, como se não fosse suficiente apenas fazer o que tinha que ser feito de um jeito ou de outro. Eu criava um sistema de recompensas para mim mesma – não fumar até o anoitecer, por exemplo. Ou separava horas do dia para atividades diferentes. Dizia que iria escrever uma carta por dia depois que o correio chegasse. Mas não fiz isso por muito tempo. Não respondi à maioria das cartas que me chegavam. Planejava caminhar para o sul no começo da tarde, para que meu rosto pegasse sol. Mas não fiz isso por muito tempo. Embora gostasse da ideia de uma ordem rígida, e parecesse acreditar que uma coisa teria mais valor se fizesse parte de uma ordem, eu logo me cansava dessa ordem.

Muitas coisas que eu tinha que fazer eram necessárias, algumas não eram necessárias mas eram boas, e outras não eram necessárias nem especialmente boas, como ficar deitada na cama comendo e lendo. Mas mesmo essas coisas pareciam ter um propósito, nem que fosse apenas me dar algum alívio das atividades boas e necessárias.

A solidão em si parecia me jogar para baixo, como a gravidade, num tipo embotado de depressão. Quando eu tentava pensar, não conseguia. Sentia que o estado constante da minha mente era a ignorância. Minha mente parecia não conter quase nada. Sentia que o estado constante dela e do meu corpo era a paralisia: cada alternativa que eu considerava era tão forte que eu não conseguia agir, ou cada ato que eu considerava era contrariado por uma crítica não dita.

Ao cair no sono à noite comecei a sonhar, e no sonho me perguntei o que devia fazer com esses dois substantivos, "ignorância" e "paralisia", apenas observando-os à medida que se transformavam em dois queijos diferentes, um dos quais escolhi não comer porque era menos saboroso que o outro. Sonhei, de novo, que numa situação perigosa eu estava prestes a cruzar o deserto a cavalo, mas ouvi um chacoalhar de ossos ou de algo como ossos no mastro de um navio. Sonhei, de novo, que o feixe de luz de uma lanterna perseguia um ratinho que corria em pânico para a frente e para trás sob o umbral da porta.

Às vezes, se estava com outras pessoas, me faziam uma pergunta e eu não sabia responder. Uma parte essencial de mim parecia estar congelada. Meu cérebro ainda funcionava e observava, de um jeito desapegado, o modo como eu não conseguia falar – não conseguia formular uma resposta, não inspirava suficiente ar, não conseguia mexer a língua e os lábios.

Às vezes eu nem conseguia entender as palavras: só conseguia vê-las ali, como se estivessem cercadas por cristais de gelo, e ouvi-las zunindo no ar.

Por essa época, um amigo me escreveu uma carta. Dirigiu-se a mim com a palavra "Queridíssima". Não importava como eu olhasse a palavra "Queridíssima" ao lado do meu nome, não conseguia juntar as duas palavras, que não pareciam nem um pouco relacionadas. Ele terminava a carta me aconselhando: "tenha coragem" – e descobri, para minha surpresa, que, simplesmente ao olhar as palavras "tenha coragem" grafadas ali na página, eu obtinha a coragem que me faltava um instante antes.

Guardei a carta dentro do envelope ao lado da cama. A cada vez que a olhava, meu nome e endereço escritos à mão pelo amigo se tornavam sonoros e incisivos, porque sua mão dizia meu nome, repetindo quem eu era e onde morava, e assim me localizava com mais segurança.

Sonhei, alguns dias depois de receber essa carta, que pedia ajuda a esse amigo. Mas ele não era grande o bastante, no sonho, para me ajudar, ele tinha o tamanho que tinha, não se estendia para além dos contornos de seu corpo.

❧

Um homem veio até o portão para fazer uma pergunta, e respondi sem me aproximar. Ele era cortês, gentil, e seria atraente se não fosse pelos óculos estranhos. Conheci outro homem no corredor do supermercado. Mais jovem, mais atlético que o primeiro, seria atraente, também, não fosse pelo penteado estranho.

Percebi como funcionava a recuperação. Vi como, à medida que o tempo passava, outras coisas entravam no meio, como se um muro estivesse em construção. Coisas aconteciam e recuavam no tempo. Novos hábitos se formavam. Situações da minha vida mudavam.

Se tudo permanecesse como estava, parecia possível que ele voltasse. Se tudo permanecesse como ele deixara, seu lugar estaria aberto para acolhê-lo. Mas, se as coisas mudassem para além de certo ponto, seu lugar na minha vida começaria a se fechar, ele não seria capaz de se encaixar de novo, ou, se o fizesse, teria que entrar por um novo caminho.

❧

Foi nessa mesma época, no meio do verão, que o vi pela última vez, quando ele veio tirar as coisas da garagem, embora eu o recorde de um jeito um pouco diferente hoje. Ele atravessou o portão e passou pelo deque, estava suado, e parou para conversar por um momento, perguntando se podia pegar um copo d'água. Mas não tenho certeza, afinal, de que estivesse relaxado e amigável. Podia estar inquieto na presença de outra mulher, ou na minha presença, ou porque duas mulheres o observavam ao mesmo tempo. Talvez tenha encontrado dificuldade em sorrir, e falado de um jeito estranho. Lembro agora que ele levou as coisas da minha garagem para a de um amigo, e mais tarde ouvi que as deixou lá por muito mais tempo do que o amigo esperava.

No começo lamentei que ele me visse dessa maneira, como uma entre duas mulheres mais velhas, em especial quando percebi que era a última vez que me viu. Mas então me lembrei de como ele gostava de mulheres de todos os tipos, tanto mais velhas quanto mais novas. Não gostava apenas de uma pele rígida e macia, ou de quadris estreitos, ou de seios perfeitamente redondos e cheios, também gostava de quadris largos, peitos pesados, peitos pequenos, braços carnudos, panturrilhas grossas, coxas largas, joelhos pontudos, pele solta embaixo do queixo ou das bochechas, dobras no pescoço, rugas em volta dos olhos, um rosto cansado de manhã. Cada parte de uma mulher, tão particular a ela, se tornava preciosa para ele se ele a amasse, mais preciosa do que para ela própria.

À medida que o verão passava, pessoas visitavam a casa, ficavam por alguns dias ou uma semana e voltavam a partir. Acho que Madeleine só me avisava, a cada vez, que teríamos um hóspede por alguns dias. Mas não perturbavam o silêncio. Talvez Madeleine dissesse que não gostávamos de barulho ou talvez fossem silenciosos por natureza, o caso é que pareciam se esgueirar de um cômodo para o outro, manuseavam as panelas com delicadeza, falavam aos sussurros. A mais silenciosa entre todos foi uma mulher gorda que usava vestidos longos, talvez fosse budista, era lenta nos movimentos, lenta para falar, lenta para responder quando falavam com ela. Lavava o arroz na pia e o levava para fora para secar ao sol. Quando perguntei por que fazia isso, ela disse que não sabia, mas que lhe haviam dito que devia fazer assim.

Com essas outras pessoas entrando e saindo, Madeleine costumava ficar nervosa com mais frequência agora, embora eu não soubesse se algo em particular a irritava. No calor do meio-dia ela acendia o forno e assava uma batata-doce, fazendo que por uma ou duas horas a cozinha esquentasse, e a casa se enchesse de um cheiro doce. Ou ela escondia a panela, a frigideira e as tigelas em algum lugar que ninguém encontrava e ficava em seu quarto, saindo apenas quando os outros haviam partido.

Meses se passaram sem que eu tivesse qualquer notícia dele. Eu ainda olhava o posto de gasolina a cada vez que passava. Mesmo sabendo que ele não trabalhava mais lá, ainda esperava vê-lo ou ver seu carro. Então descobri que a barraca e tudo o que havia em seu interior tinham sido roubados, que ele e a namorada foram se hospedar com amigos, e que depois de algum tempo esses amigos pediram que fossem embora. Ouvi que agora estavam morando no centro, na cidade, e que ele trabalhava em turnos noturnos nas docas, empacotando ouriços-do-mar.

Imaginei que eu dirigia até as docas no meio da noite e procurava por ele junto à água. Ele estaria suando muito, empacotando e erguendo caixas, a água seria preta atrás dele, os galpões escuros à sua volta, os refletores iluminando as tábuas do píer e um barco pesqueiro atracado, e alguns feixes isolados de luz flutuariam na água preta. Seria forte o cheiro de mar, de peixe morto e de óleo.

Os outros homens que trabalhavam com ele parariam por um instante para observá-lo vindo conversar comigo. Ele estaria cansado e preocupado, incomodado por ser interrompido porque agora a noite pareceria ainda mais longa, ou constrangido porque eu o veria fazendo esse trabalho, ou constrangido diante dos outros homens por receber a visita de uma mulher, ou talvez feliz por ter um intervalo na monotonia do trabalho, por ter uma companhia inesperada no emprego no meio da noite, e satisfeito diante dos outros homens.

Como eu agora sabia que ele morava em algum lugar da cidade, tentei descobrir seu telefone, mas ele parecia não ter telefone. Era provável que devesse dinheiro à empresa de telefonia, porque foi nessa época que uma mulher da companhia, surpreendentemente cortês e compreensiva, costumava me ligar para perguntar onde era possível encontrá-lo. Ele devia ter dado meu nome como referência. Eu também era cortês, mas não sabia onde ele estava. Ouvi mais tarde que ele não pagara as últimas contas telefônicas e que, quando ele e a namorada criaram outra linha telefônica no nome dela, também não conseguiram pagar as contas.

Ouvi algo sobre a marinha mercante e logo sobre um emprego lavando pratos. Ouvi que ele abrira uma revista, e logo que tinha se mudado para o Norte e de novo estava procurando emprego. Eu me apoderava de cada notícia ou informação discreta, adicionando-a ao que já sabia. Às vezes era algo neutro e me chegava de forma bastante direta, às vezes era perturbador e vinha através de um circuito, partindo de uma mulher que ele insultara, que contou para outra que o odiava, que contou para outra que ele iludira e decepcionara, que contou para mim. Eu sempre tinha curiosidade de saber a próxima informação da história da vida dele, e imaginava seu fim. Quando ouvia notícias perturbadoras, imaginava um fim triste. Eu o visitaria na prisão?

Ouvi tudo isso antes de me mudar de volta para o Leste. Ellie também ainda não voltara para o Leste, embora fosse fazê-lo antes de mim, e foi ela quem me contou que ele agora estava casado. Disse que fora em Las Vegas. O irmão da mulher com quem ele havia se casado trabalhava ao seu lado na biblioteca e tinha lhe contado. Na tarde em que ela me deu essa notícia, sentei ainda de casaco numa mesa comprida diante de uma parede de livros, esperando que Ellie terminasse de trabalhar. Isso aconteceu na seção de Livros Raros, atrás de um portão de metal que ficava trancado. Ellie estava sentada na minha direção, à frente de outra parede de livros. De um dos lados, uma cortina tapava uma janela de vidro, escondendo a vista que eu sabia que estava lá, de um pequeno cânion atrás da biblioteca.

Depois que contou aquilo, Ellie me olhou por entre as pilhas de livros e perguntou se eu estava chateada. Eu não soube dizer exatamente, mas quando tentei explicar comecei a entender: em certo sentido, não importava o que acontecia com ele, já que não tinha mais nada a ver comigo, mas cada notícia era dolorosa no momento em que eu ouvia porque me lembrava que agora ele era só alguém de quem eu ouvia falar, por outras pessoas, e que havia muitas coisas que eu não sabia a seu respeito, enquanto eu queria acreditar que sabia tudo o que tinha para saber, que o que eu não sabia não existia – que ele mesmo não existia, na verdade, a não ser do jeito como eu o conhecia.

Enquanto conversávamos, o irmão da mulher, que era agora cunhado dele, trabalhava perto de nós, atrás do portão trancado, ordenando livros. Andava de um lado para o outro, desaparecia entre as estantes e reaparecia carregando pequenas pilhas de livros ou um carrinho, às vezes parava para conversar com um amigo ou responder à pergunta de algum estranho. Sempre que aparecia eu o observava, de calça escura e camiseta branca.

Mais tarde, acompanhando Ellie até o elevador, passei por ele, debruçado sobre uma mesa falando ao telefone. Observei de novo o que podia ver dele, seu corpo e a lateral de seu rosto, como se fosse importante reparar em tudo o que pudesse. Eu tinha muita consciência do modo como ele e eu estávamos relacionados, mas, se ele virasse para me olhar, teria visto apenas uma mulher desconhecida.

Mas esse casamento não chegou de fato a mudar nada no modo como continuei pensando nele, atenta a ele, procurando por ele, ao menos com uma parte da minha mente, enquanto outra parte seguira adiante, para longe dele. Não sei se era porque procurar por ele já se tornara um hábito àquela altura, ou porque eu pensava que se casar com uma mulher era tão fácil para ele quanto pedir para morar na minha garagem, por mera conveniência.

Quando a primavera voltou, ele me mandou aquele poema em francês, e por uma vez eu pude ter certeza de que, mesmo que eu não soubesse, ele estivera pensando em mim.

As coisas de fato mudavam e, à medida que passou o tempo, mais coisas mudaram. A gata teve seus filhotes, que Madeleine manteve no chão do closet. Estavam anêmicos por causa de picadas de pulgas e, embora Madeleine cuidasse deles com ternura, ou não sabia fazer as coisas direito ou não estava disposta a fazer, e a maioria morreu antes de ganhar peso. Nós os enterramos, um por um, na terra vermelha do jardim, debaixo de um grande pinheiro na lateral da casa. Quando Madeleine se mudou, a gata ficou para trás, mas morando na rua por conta própria, alimentada pelos vizinhos.

Tivemos que nos mudar porque a proprietária planejava remodelar a casa e voltar a morar lá com sua família de enteados. Eu fui embora antes de Madeleine, e fui morar num complexo imobiliário para estudantes casados que parecia um edifício militar. Os cheiros eram diferentes, os sons eram diferentes. Havia campo aberto e um cânion próximo, com sálvia nas encostas, corvos voando, uma escavadeira amarela ao fundo, e eu voltava do cânion com a pele cheirando a sálvia e uma poeira amarela nas roupas e debaixo das unhas. A poeira amarela cobria o interior do apartamento, que cheirava à palha das esteiras no chão. Eu ouvia os corvos grasnando no cânion e jogadores de tênis urrando nas quadras do outro lado da rua, a bola batendo de novo e de novo. Ouvia as vozes e os ruídos das famílias através das paredes, fragmentos de ópera zumbindo como mosquitos, água correndo, e algo como aplausos, quase constantes, e, no banheiro, algo como um sussurro ou um lamento e, durante uma tempestade, a água correndo pelo teto plano e seixos farfalhando ao rolar pela água. Fiquei nesse lugar por alguns meses.

Depois de se mudar, Madeleine foi passando de casa em casa, ou de chalé em chalé. Parecia tomar conta das casas, ou de pessoas nas casas. Depois, por um tempo, quando voltei para o Leste, ela me mandava cartas em que dizia que não estava morando em lugar nenhum, embora eu não saiba o que queria dizer. Eu sempre escrevia de volta para a mesma caixa postal. Só fui visitá-la uma vez, quando ela estava em outra casa espaçosa e bonita no topo de uma montanha acima do nosso vilarejo. Foi lá que a cachorra, que já era bem velha, finalmente morreu. Madeleine me escreveu sobre essa morte, dizendo que o espírito da cachorra estava sempre perto dela.

Depois que Madeleine saiu, a casa cresceu. Ela repetiu com raiva em várias cartas que as lindas plantas-jade haviam sido cortadas. Uma carta veio com uma foto de um colar que ela havia confeccionado. Ela estava usando o colar na foto, eu podia ver seus ombros, mas o rosto ficara de fora. Disse na carta que voltara a viver com a gata, mas que não gostava da gata, não gostava de nenhum gato. Quando respondi pedindo uma foto que incluísse o rosto, ela me mandou três em que aparece segurando a gata à sua frente, à distância de um braço em direção à câmera. A gata, que parecia nervosa, estava muito grande agora.

Na época em que a companhia telefônica costumava me ligar, uma ponte nova, larga, foi construída ao lado da velha ponte estreita por onde eu passava para ir em direção à pista de corrida e ao terreno das feiras. Depois de terminada e em uso, a velha foi fechada, e em seguida desmantelada e removida. Percebi que em alguns anos ninguém saberia que houvera uma ponte ali. E, se casas fossem construídas na planície de lama, o que eu tinha certeza de que aconteceria, todos esqueceriam que a planície era vazia e marrom e que, durante a feira, a cada ano, as pessoas estacionavam naquele local, batendo seus carros nos sulcos.

❖

Os amigos que deram a última festa à qual o convidei para ir se mudaram pouco tempo depois, de modo que o que eu vinha imaginando – a sala onde a festa se deu, a porta de entrada pela qual pensei que ele entraria com a namorada, tão vívidas e presentes como se eu ainda estivesse lá – havia mudado de um jeito que eu não podia imaginar, nas mãos dos novos inquilinos. Na verdade, não só esses amigos, mas quase todos os outros amigos que eu tinha naquele lugar também já se mudaram a essa altura, para longe da cidade e dos vilarejos vizinhos, ou para longe de qualquer casa em que estivessem morando quando os conheci, e, como nunca mais visitei alguns deles, tenho que imaginar seus rostos familiares entre paredes de casas que nunca vi.

A sala em que a festa se deu enquanto eu esperava, durante toda a noite, pela chegada dele pertence à mesma casa em que, meses antes, no quintal, a outra festa aconteceu, depois da leitura dele, à sombra de um limoeiro e com os aviões esporádicos que passavam. Mas, como essas duas festas eram tão distantes no tempo e tinham climas tão diferentes, para mim, parece difícil aproximá-las o bastante para localizá-las no mesmo pedaço de terra. Ele e eu entramos naquela festa de quintal pelo portão lateral da casa, sem passar pela casa em si. Quando entramos para pegar mais uma cerveja na geladeira, subimos alguns degraus de madeira e chegamos à cozinha pela porta dos fundos. A maior parte da cozinha, contudo, não consta da minha lembrança daquela tarde, mas de outras visitas à casa em que fui buscar mais uma cerveja na geladeira, ou procurei papel-toalha sem encontrar, ou lavei alface na pia já cheia de panelas e pratos. Naquele dia não entramos na sala de jantar, que pertence a outras lembranças, de uma noite, ou talvez duas, que passamos jogando um jogo de palavras na mesa de jantar, e de uma festa em que um dos pés da mesa cedeu de repente e o bolo de aniversário ou deslizou até quase cair no chão, ou realmente caiu.

Essas lembranças às vezes estão corretas, eu sei, mas às vezes se confundem, uma mesa está na sala errada, ainda que eu tente devolvê-la ao lugar certo, uma estante de livros some e há outra em seu lugar, uma luz brilha onde nunca brilhou, uma pia migra um palmo do lugar onde estava, e até, em uma lembrança, uma parede inteira se ausenta para tornar o espaço duas vezes maior. Mas há sempre a mesma comida nos aparadores e balcões, o mesmo burburinho de vozes, e as mesmas figuras obscuras de pessoas passando pouco além da minha vista direta.

Ele pode dizer que não é verdade que eu o convidei para ir àquela festa. Pode dizer que foi convidado pelas pessoas que organizaram a festa. Eu me excedi ao ditar que ele não devia ir com a namorada. No fim, ele pensou nos meus sentimentos, quando resolveu não ir.

Ele pode estar certo. O que eu lembro pode estar errado. Venho tentando contar a história com a máxima precisão possível, mas posso ter me enganado em algumas partes, e sei que excluí algumas coisas e acrescentei outras, tanto por deliberação quanto por acidente. Na verdade, ele pode pensar que muitas partes desta história estão erradas, não apenas os fatos, mas também as interpretações. Mas só existiu o que vi, o que ele viu e o que outras pessoas viram, se deram alguma atenção. Um punhado delas pode lembrar algo disso tudo e, se eu o mencionasse, é quase certo que elas fariam algum comentário que daria uma luz completamente diferente, ou me recordariam de alguma coisa horrível ou absurda que eu esqueci, algo que me forçaria a mudar tudo o que eu disse, ainda que sutilmente, se não fosse tarde demais.

Há algumas inconsistências. Digo que ele estava aberto para mim e digo que ele estava fechado para mim. Digo que era silencioso comigo e que era falante. Digo que era modesto e arrogante. Que eu o conheci bem e que não o entendi. Digo que eu precisava ver amigos e que passava muito tempo sozinha. Que precisava me movimentar muito rápido e que muitas vezes ficava na cama sem nenhuma vontade de me mexer. Ou tudo isso é verdade em momentos diferentes, ou eu lembro dessas coisas de um jeito diferente dependendo do meu humor no momento.

Vou querer mostrar o romance para alguém antes de dizer que está terminado. Posso mostrar para Ellie, ainda que ela já conheça a maior parte da história. Vou mostrar a Vincent, mas não antes de ter mostrado a alguém que diga que está terminado. Não posso mostrar a ninguém até eu mesma achar que terminei. E, antes de mostrar, tenho que adivinhar quais podem ser os pontos fracos, para não ser tomada de surpresa.

Quando Vincent me perguntou para quem eu planejava mostrar o livro, mencionei alguns nomes, e ele perguntou: "Não vai mostrar a nenhum homem?" Eu acrescentei mais um nome à lista, porque não tinha a intenção de excluir os homens.

A última notícia que tive dele foi alguns meses atrás, por Ellie, de que ele tinha aparecido inesperadamente, bem-vestido ou pelo menos formal, no escritório de um amigo em comum na cidade. Não lembro por que ele apareceu lá. Não sei se Ellie soube a razão e me contou, ou se não soube. Acho que tinha a ver com um pedido estranho, de um favor ou uma informação. Ele estava trabalhando num hotel nessa época.

Agora que Ellie está morando no Sudoeste, está menos em contato com nossos amigos em comum e é menos provável que ouça alguma coisa sobre ele.

❖

O sol está se pondo no topo de uma montanha que eu posso ver, atrás do quintal, pela janela do meu quarto. Se ele estiver nesta costa, pode estar terminando o dia de trabalho agora mesmo, já que muitos trabalhos terminam às cinco da tarde, ou pode estar terminando outra coisa, como uma tarde de leitura em seu quarto. Pode estar se preparando para sair ou dar uma volta pelas ruas da cidade, mais antigas que as ruas da outra costa.

Pode muito bem estar na outra costa, mas o simples fato de que agora são duas da tarde lá, uma hora do dia que não me agrada, parece tornar isso menos provável.

Não excluí a xícara de chá amargo do começo, então pode não fazer sentido dizer que o fim da história é a xícara de chá trazida para mim, na livraria, enquanto eu estava sentada numa poltrona, cansada demais para me mexer depois de ter procurado por tanto tempo seu último endereço. Ainda assim eu sinto que esse é o fim, e acho que sei por que agora.

Mas primeiro preciso me fazer uma pergunta que tem me perturbado: Será que eu acertei pelo menos nesse incidente particular? Será que olhei a expressão no rosto do homem da livraria e senti que esse homem me via como uma indigente, e articulei mais tarde, para mim mesma, o que aquela expressão significava? Ou foi só depois que fui procurar na minha memória o rosto daquele homem e observei primeiro o rosto e em seguida a posição de seu corpo, imóvel ou quase imóvel e ligeiramente curvado atrás do balcão enquanto seu rosto expressava perplexidade; foi só depois que resgatei o rosto da minha memória ou retornei à minha memória para parar diante do rosto daquele homem e estudá-lo? Sei que devo ter lido mais naquele rosto posteriormente do que de imediato, porque depois eu tinha mais informações – por exemplo, que ele sentira compaixão suficiente para me trazer uma xícara de chá, e que, portanto, atrás de sua expressão de perplexidade ele sentia compaixão, ou estava prestes a sentir compaixão.

Acho que uma razão para que a xícara de chá na livraria pareça o fim da história, embora a história tenha continuado depois, é que eu de fato parei de procurar por ele naquele ponto. Embora ainda pensasse, de tempos em tempos, que podia vê-lo ao virar a próxima esquina, e embora tenha continuado a receber notícias suas, nunca mais tentei entrar em contato com ele por telefone ou carta.

Outra razão, talvez até mais importante, é que essa xícara de chá, preparada para mim por um estranho para me dar algum alívio da exaustão, não foi apenas um gesto de bondade de uma pessoa que não podia saber qual era meu problema, mas foi também um ato cerimonial, como se a oferta de uma xícara de chá se convertesse em ato cerimonial no instante em que houvesse razão para cerimônia, mesmo sendo o chá amargo e barato, com uma etiqueta de papel pendurada para fora da caneca. E como o tempo todo houve muitos fins para a história, e como eles não terminaram nada, mas apenas deram continuidade a alguma coisa, alguma coisa que não se tornou história nenhuma, eu precisava de um ato de cerimônia para terminar a história.

O texto deste livro foi composto na tipologia
Garamond Pro, em corpo 11/16,5
pelo Sistema Cameron da Divisão Gráfica
da Distribuidora Record.